MARION STIEGLITZ

Schwarzwälder Kirsch mit Blutwurz

NEUSTART MIT FOLGEN Weder im Job noch in der Liebe hatte Hannah Aschenbrenner bislang großes Glück. Doch als sie eine Affäre mit Jochen Weiß, dem Direktor des Schwarzwälder Hotels »Rebenglück«, beginnt und wegen ihrer Eroberung sogar von Bayern nach Baden zieht, hat dieser Entschluss fatale Folgen für ihr Leben. Denn Jochen wird tot in seinem Bett gefunden und für den ehrgeizigen Kommissar Björn Klingele könnte die Lage nicht klarer sein: Die »Reingeschmeckte« ist höchst verdächtig, schließlich hat sie ihren Liebhaber im Streit mehrfach per Handy-Botschaften ins Nirwana gewünscht. Um ihre Unschuld zu beweisen, muss Hannah nun selbst in der Ortenau ermitteln. Dabei trifft sie auf mysteriöse Sagengestalten wie den »Moospfaff« und deckt hochprozentige Geheimnisse auf. Während sie immer tiefer in den Kriminalfall eintaucht, bringt sie sich zunehmend in Lebensgefahr.

Wie die weibliche Hauptfigur ihres neuen Buchs zog Marion Stieglitz von Bayern in die badische Ortenau – allerdings ganz ohne fatale Folgen. Vielmehr regte die neue Umgebung ihre Kreativität an: Sie ist seit mehr als 15 Jahren als Redakteurin für verschiedene Wohn- und Gartenzeitschriften tätig, außerdem veröffentlicht sie Frauenromane sowie Reiseführer. »Schwarzwälder Kirsch mit Blutwurz« ist ihr erster Krimi. Darin widmet sie sich augenzwinkernd der Frage, warum sich »Dipfelischisser« und »Gscheidhaferl« mal mehr, mal weniger gut verstehen. Ihr Krimi ist eine amüsante Liebeserklärung an die alte und die neue Heimat.

MARION STIEGLITZ

Schwarzwälder Kirsch mit Blutwurz

KRIMINALROMAN

MIX
Papier | Fördert gute Waldnutzung
FSC® C014496

Besuchen Sie uns im Internet:
www.gmeiner-verlag.de

Im Ehnried 5, 88605 Meßkirch
Telefon 07575/2095-0
info@gmeiner-verlag.de

1. Auflage 2024

Herstellung: Julia Franze
Umschlaggestaltung: U.O.R.G. Lutz Eberle, Stuttgart
unter Verwendung eines Fotos von: © Corri Seizinger / shutterstock.com
Druck: GGP Media GmbH, Pößneck
Printed in Germany
ISBN 978-3-8392-0644-7

Dieses Buch ist ein Roman. Ereignisse, Personen sowie der Handlungsort Bad Appenbach sind frei erfunden. Ähnlichkeiten mit lebenden oder toten Personen sind nicht gewollt und reiner Zufall. Die Veranstaltung »Sagenhafte Begegnungen« ist ebenfalls frei erfunden, wobei das Freilichtmuseum Vogtsbauernhof tatsächlich existiert.

Auf den letzten Seiten finden Sie ein badisch-bayerisches Wörterbuch, mit dessen Hilfe Sie zahlreiche Dialektbegriffe nachschlagen können.

1. KAPITEL

Die Ausbilderin während ihres Crashkurses zur Wellnesstherapeutin hatte ihn den Hülsengriff genannt: Schließt eure Hände behutsam um den Hals, als sei er eine zarte Erdnuss, die sich im Reifestadium befindet. Hannah brachte dieser Gedanke zum Schmunzeln. Nuss passte eigentlich ganz gut. Dumme Nuss, um genauer zu sein. Wobei die Erfindung des Ausdrucks »Hülsengriff« ein ziemlicher Schmarrn war, den sich nur eine Esoterikerin hatte ausdenken können, die zu viel Qualm von Räucherstäbchen inhaliert hatte. Für Hannah war es ganz klar der Würgegriff: Jetzt ein bisschen fester zudrücken und das Problem hätte sich erledigt. Zumindest rein theoretisch. Praktisch war es freilich eine Schnapsidee, über die Hannah selbst erschrak. So weit hatte die hoffnungslose Situation mit Jochen sie gebracht, dass sie mittlerweile bereits Mordpläne schmiedete. Hannah hasste sich selbst für ihre boshaften Gedanken. Selbstverständlich konnte sie ihr Beziehungsproblem nicht dadurch lösen, dass sie ihre Widersacherin ins Jenseits beförderte.

Mit sanfter Bewegung rieb sie den Nacken von Angelika Weiß mit Limettenöl ein. Es war fast schon ein Streicheln, als könnte sie ihre Gedanken mit besonders liebevollen Gesten rückgängig machen. Ohnehin war es ein Glück, dass sich ihre Kontrahentin gerade bäuchlings auf der Massageliege vor ihr entspannte und vermutlich keine Ahnung davon hatte, was hinter ihrem Rücken vorging. Angelika war nackt bis auf das Handtuch um ihre Hüften. Ihre Haut glänzte rosig wie ein frisch eingeölter Babyarsch. Der Kopf ruhte auf einer ovalen Öffnung, unter der Hannah jeden Tag neue Blumen platzierte. Heute waren es Dahlienblüten, passend zum bunten September draußen vor dem Fenster. Statt eines Gesichts war eine nussbraune Kurzhaarfrisur zu sehen – so ein teurer Schnitt mit akkuraten Kanten, der spätestens alle vier Wochen nachgetrimmt werden musste, damit er nicht aus der Form geriet.

»Wunderbar! Sie haben himmlische Hände, Frau Aschenbrenner! Davon kann ich nie genug bekommen«, raunte ihre Kundin. Vorgestern noch hatten diese himmlischen Hände Angelika Weiß' Ehemann verwöhnt, und zwar an Stellen, die für eine Wellnesstherapeutin normalerweise tabu waren. Hannah ärgerte sich darüber, dass sie Jochens Avancen erneut nachgegeben hatte. Eigentlich hatte sie ihn so lange nicht mehr sehen wollen, bis er endlich eine Entscheidung getroffen hatte, wie es mit ihnen beiden weitergehen sollte.

»Was für ein Glück, dass wir Sie für unser Hotel gewinnen konnten. Und dieses rollende R von Ihnen klingt ja wirklich herzig. Wenn Sie möchten, können Sie auch gern bei uns im Dirndl massieren – ein bisschen Oktoberfestflair kommt bei den Gästen sicher gut an«, flötete die Frau unter ihr und schien dabei äußerst vergnügt über ihren Einfall.

Schon klar, du Mistbritschn – so dachte Hannah über den Plan von ihrer Chefin, sie wie eine exotische Trophäe auszustellen. Sie sah in ihrer Vorstellung den extra erstellten Werbeflyer: »Unser bayerischer Import kann nicht nur das R rollen wie eine Weltmeisterin, sondern auch noch jodeln wie die Zenzi von der Alm. Und das alles gibt es zusätzlich zur Massage obendrauf. Nach Wunsch schuhplattelt sie das Rosenöl sogar gekonnt in den Nacken. Statt über ein Trinkgeld freut sich unser Schatzerl über Weißwürste oder über Bier im Maßkrug – und plärren Sie unserem Bussibärli dazu gern ein ›O'zapft is!‹ ins Ohr.« Hannah zuckte zusammen bei diesem Horrorszenario. Sie hatte sich mal wieder mit allzu viel Fantasie eine absurde Idee zusammengesponnen.

»Danke, aber ich fühle mich sehr wohl in der aktuellen Arbeitskleidung«, erwiderte sie in einem möglichst sachlichen Ton und blickte dabei auf den cremeweißen Zweiteiler, den alle Mitarbeiter im Wellnessbereich trugen. Sie hatte ihn nie besonders gemocht, weil er fad und unförmig aussah. Bei dem Gedanken allerdings, in einem Dirndl arbeiten zu müssen, gewann die aktuelle Garderobe plötzlich an unermesslichem Wert.

»Mir gefällt die Idee ganz hervorragend – aber das können wir ja später noch besprechen«, gluckste es von unten. »Extra für uns von München in den Schwarzwald zu ziehen, war ja sicher nicht leicht, oder? Alles aufgeben und neu anfangen. Ist das nicht ein großes Opfer?«

Hannah kniff ihre Augen zusammen. Es war, als ob Angelika einen siebten Sinn dafür hätte, was ihr gerade durch den Kopf ging. Vielleicht war ihre Chefin doch nicht so ahnungslos, wie sie schien. Womöglich wusste sie längst Bescheid, und die Tatsache, dass sie ausgerechnet bei Hannah eine Relaxmassage gebucht hatte und sie mit der Dirndl-Idee aufzog, war ihre subtile Art, sich an der Konkurrentin zu rächen. Wenn das der Fall war, dann hatte Hannah es verdient. Trotzdem wollte sie sich nicht die Blöße geben, etwas Privates über sich zu verraten. Jochens Ehefrau sollte nicht merken, wie sehr sie unter der Situation litt und wie sehr sie sich darüber ärgerte, jemals nach Bad Appenbach gezogen zu sein. Noch dazu hatte sie sich von Jochen überreden lassen, diesen Job im Wellnessbereich seines Hotels zu übernehmen. Er hatte sie so lange am Telefon besäuselt, bis sie seinen Verlockungen nachgegeben hatte. Das sei doch eine großartige Möglichkeit für sie, etwas Neues anzufangen. Sie könne schließlich nicht ewig als Bedienung arbeiten. Für die Intensivausbildung zur Wellnesstherapeutin würde selbstverständlich er aufkommen. Entwicklungschancen biete sein Hotel allemal. Und er würde sich wahnsinnig freuen, sie immer in seiner Nähe zu wissen. Er könne sich ein Leben ohne sie nicht mehr vorstellen. Er brauchte sie einfach – dringend! Wahrscheinlich war das der entscheidende Satz gewesen, der ihren Verstand übertölpelt hatte. Die Vorstellung, für jemanden lebenswichtig zu sein, hatte Hannah alle guten Vorsätze vergessen lassen, sich nie wieder Hals über Kopf in eine zweifelhafte Beziehung zu stürzen und sich noch dazu finanziell abhängig zu machen von einem Mann. Kurzum: Der Umzug in die Ortenau war die saudümmste Idee ihres Lebens gewesen.

»Der Schwarzwald ist eine fantastische Gegend. Ich bin sehr dankbar für die Arbeit in Ihrem großartigen Hotel«, flunkerte sie und wurde dabei knallrot, so sehr schämte sie sich für ihre Lüge.

»Aber Sie vermissen doch sicher Ihre Familie und Ihre Freunde?«, bohrte die Stimme weiter nach.

Hannah schüttelte genervt den Kopf. Das war genau das, was sie an ihrem Job nicht mochte. Fremde und halbnackte Menschen zu berühren, um Verspannungen zu lösen, machte ihr nichts aus – im Gegenteil. Es gefiel ihr, dass manche Probleme des Lebens mit einigen beherzten Fingergriffen gelindert werden konnten. Aber diese neugierigen Fragen rund um ihr Privatleben gingen ihr zu weit. Wer käme schon auf die Idee, beim Bäcker drei Semmeln zu bestellen plus eine Auskunft darüber, wie es denn in der Ehe so läuft. Oder seine Hausärztin in die Mangel zu nehmen, ob sie eigentlich selbst genug auf ihre Gesundheit achtet. Nur bei ihr im honiggelb gestrichenen Behandlungszimmer mit dem wenig subtilen Namen »Sonnenfreude« wurde allzu gern hemmungslos nachgefragt. Vielleicht lag es daran, dass die Kunden entblößt vor ihr lagen. Aus ihrer eigenen Nacktheit schienen sie ein Anrecht auf ein bisschen

Seelenstriptease abzuleiten. Hannah war entsprechend geübt darin, Auskünfte zu gewähren, die möglichst nichtssagend waren.

»Das ist nicht so schlimm. Es gibt ja das Telefon und WhatsApp«, antwortete sie knapp. Die ehrliche Antwort wäre gewesen: Es gibt daheim gar nicht so viele Personen, die auf mich warten. Und daran war sie selbst schuld. Sie war 41 Jahre alt, und es war ihr nie gelungen, so was wie ein geregeltes Leben aufzubauen. Sie hatte es auch nie wirklich darauf angelegt, denn Angepasstheit erschien ihr seit jeher so fad wie lauwarmer Kamillentee. Nach einem abgebrochenen Biologiestudium schlitterte sie von Aushilfsjob zu Aushilfsjob und arbeitete mal als Messe-Hostess, mal als Verkäuferin oder wie zuletzt als Bedienung. Meistens waren ihre Berufsstationen begleitet von unrühmlichen Affären. Das Einzige, was ihr mit Bravour gelang, war das zielgenaue Aufspüren von Männern, die sich für langfristige Beziehungen als ungeeignet erwiesen. Und dafür hatte sie vieles vernachlässigt, was ihr hätte wichtiger sein sollen: Freunde und Familie allen voran.

Ihre Großtante Luiserl war eine der wenigen Ausnahmen, mit der sie regelmäßig Kontakt hatte. Von ihren Eltern hingegen hörte sie nur sporadisch, seitdem diese ihre Eigentumswohnung gegen ein Wohnmobil eingetauscht hatten, um quer durch Europa zu touren. Zwischendurch schickten sie ihrer Tochter verrutschte Schnappschüsse: Mamas Stirn vor der Alhambra in Granada, Papas linke Körperhälfte auf der

Karlsbrücke in Prag. Dazu kryptische Nachrichten wie »Endlich lassen wir uns treiben in Richtung Welt« oder »Auch viel gelaufene Füße können neue Wege beschreiten«. Immerhin waren beide so sehr mit sich beschäftigt, dass sie Hannahs verkorkstes Leben weitestgehend ignorierten. Ihre Mutter hatte ohnehin eine ganz eigene Theorie zum Werdegang ihrer Tochter: »Du konntest erst sprechen, als alle anderen Kinder längst geplappert haben. Und mit dem Gehen hast du dir auch viel Zeit gelassen. Du bist einfach ein Spätzünder. Deine goldenen Tage kommen noch. Irgendwann kommen sie bei jedem.« Hannah hatte sich diese Litanei schon zu oft anhören müssen. Damit Angelika Weiß nicht weiter in ihrem Privatleben herumwühlte, versuchte sie, schnell das Thema zu wechseln, und schaute sich dafür Hilfe suchend im Raum um – bis ihr Blick an dem glänzenden Fußboden hängen blieb.

»Ich wollte Sie noch mal fragen wegen der rutschfesten Matten in den Behandlungszimmern. Es gab schon öfter Probleme mit dem glatten Boden. Neulich ist ein Gast beinahe hingefallen. Ich habe deshalb einen Katalog angefordert für sicheres Zubehör im Wellnessbereich«, sagte Hannah. Sie erinnerte sich an einen Zwischenfall, als eine Kundin nach einer Aromaöl-Massage auf dem Fliesenboden ins Wanken geriet. Hätte Hannah in dem Moment nicht geistesgegenwärtig nach ihren Schultern gegriffen, wäre sie womöglich mit dem Kopf auf das spitze Metallgestell der Liege gefallen. Hannah wollte sich gar nicht ausmalen, was dabei hätte passieren können – und dann auch noch ausgerechnet ihr, die als Neuling sowieso kritisch von den Kollegen beäugt wurde. Zumindest glaubte Hannah das. Womöglich ahnten die anderen etwas, weil der Chef neuerdings so oft im Wellnessbereich zu sehen war – wobei Hannah penibel darauf achtete, ihm gegenüber möglichst distanziert aufzutreten.

»Den Katalog habe ich bekommen, aber diese grauen Sicherheitsmatten zerstören die Optik unserer teuren Marmorböden. Die kommen nicht infrage. Ihre Kolleginnen behelfen sich doch auch mit schönen flauschigen Handtüchern, die sie auf den Boden legen. Die sind sowieso viel angenehmer für die Gäste als so ein Gummiding. Und überhaupt: Fordern Sie keine Kataloge an und überlassen Sie Einrichtungsthemen bitte ausschließlich mir«, erwiderte Angelika Weiß in scharfem Ton. »Aktuell gibt es außerdem wirklich wichtigere Dinge. Sie wissen doch, was heute für ein Tag ist, oder?«

»Meinen Sie den großen Empfang?«, fragte Hannah in einem möglichst beiläufigen Ton. Jochen sprach seit Wochen von nichts anderem.

»Ja! Es wird sehr aufregend für uns.« Der Körper ihrer Chefin geriet unerwartet in Bewegung. Sie drehte sich um und fixierte Hannah mit ihren graublauen Augen. Ihr roter Kopf war eingerahmt von einem grob gemusterten Abdruck, den das Baumwollhandtuch auf ihrer Stirn hinterlassen hatte. Der teure Pony klebte in dunklen Strähnen auf der Stirn wie ein futuristischer Helm. Hannah erschrak kurz bei dem unerwarteten Anblick, sonst kannte sie nur die makellose Version ihrer Chefin. Früher war sie einmal Weinprinzessin gewesen. Ein Foto aus dieser Zeit hing im Hotelflur neben anderen Bildern aus der Geschichte des Hotels Rebenglück. Ihre schlanke Figur von damals hatte Angelika nicht bis in die Gegenwart retten können, aber sie inszenierte ihren fleischigen Körper mit so viel Selbstbewusstsein, als sei sie noch die gefeierte Weinprinzessin von damals. »Es geht heute um die Zukunft des Hotels! Nicht nur für uns als Chefs, sondern auch für die Mitarbeiter. Solche Gelegenheiten bieten sich nicht ständig. Und mein Mann und ich haben alles dafür gegeben – alles!«, zischte sie eindringlich.

Hannah nickte und hatte wieder das Gefühl, dass ihr Gesicht rot wurde. Hastig machte sie einen Schritt zur Seite in Richtung des Rückens ihrer Kundin. »Ich bin noch nicht ganz fertig«, murmelte sie und wollte ihre Chefin wieder in die gewohnte Ruheposition auf der Liege dirigieren, um das unangenehme Gespräch zu beenden. Doch genau in dem Moment riss ihre Kollegin Marianne zusammen mit dem Portier Konrad die Tür auf. Letzterer wedelte aufgeregt mit seiner roten Kappe durch die Luft, als gelte es, einen Hornissenangriff zu vertreiben. Nervöse Rufe vermischten sich, und es dauerte eine Weile, bis Hannah verstand, was da gesagt wurde. »Frau Weiß! Sie müssen kommen! Schnell!«, rief eine der beiden Stimmen, und die andere ergänzte: »Herr Weiß ist nicht zur Besprechung gekommen wegen der Feier heute, und da haben wir ihn gesucht. Er ist doch sonst immer pünktlich.« Und plötzlich fiel ein Satz, der Hannah wie eine Ohrfeige traf. »Der Chef bewegt sich nicht mehr.«

2. KAPITEL

Drei Stunden vorher

Jochen Weiß blickte aus dem Fenster: Der Himmel war fast genauso blau wie auf den Fotos seiner Werbebroschüren. Er selbst nannte es sein »Lockblau«. Die Verheißung eines türkisfarbenen Himmels war beinahe so verführerisch wie ein Meerblick. Deshalb durfte mit Lockblau nie gespart werden, sobald sein Hotel auf Fotos abgebildet wurde – zur Not sorgte sein Grafiker mit ein paar Mausklicks für den gewünschten Farbton. Der heiße August war nahtlos in einen warmen September übergegangen. Jochen vernahm fröhliche Schreie aus Richtung des Schwimmbeckens seiner Hotelanlage. Sehen konnte er nur die Natursteinmauer, umrankt von Wildem Wein, die den Badegästen Privatsphäre bieten sollte und sich auf schmucke Art in die Architektur des Anwesens einfügte. Der neue Pool hatte ihn ein Vermögen gekostet, aber wie so oft hatte sich die Investition als lohnenswert erwiesen. Fast alle Zimmer waren in der Hauptsaison ausgebucht. Der Schwarzwald gehörte zu den beliebtesten Ferienregionen des Landes, und Jochen hatte einen nicht unerheblichen Teil dieser Touristen auf sein Anwesen gelockt. Sein Heimatstädtchen Bad Appenbach rückte hinsichtlich der Übernachtungszahlen immer weiter nach oben auf der Skala der begehrten Winzerorte wie Durbach und Gengenbach, die ebenfalls im Landkreis Ortenau lagen. Anders als die benachbarten Tourismusziele durfte sich Bad Appenbach jedoch seit einigen Monaten als Luftkurort bezeichnen. Ein Gutachten hatte belegt, dass der Aufenthalt hier besonders erholsam war. Und weil das Streben nach Gesundheit einen immer höheren Stellenwert einnahm, würde das beschauliche Bad Appenbach mit seinem achteckigen rosafarbenen Glockenturm und dem frisch gepflasterten Marktplatz früher oder später die Nummer eins der Urlaubsziele der Region sein – davon war Jochen Weiß überzeugt. Sein Hotel Rebenglück bestand aus mehreren Gebäuden, die sich an einen Hang schmiegten, dessen obere Hälfte für den Weinanbau genutzt wurde. Das historische Hauptgebäude war im Fachwerkstil erbaut. Bei den später ergänzten Nebengebäuden bildeten die dunklen Balken an der Fassade nur Schmuckwerk, das für die Statik völlig irrelevant war und für ein stimmiges Gesamtensemble sorgte. Jochen ließ noch einmal seinen Blick über das Anwesen schweifen und prüfte, ob das Gärtnereiteam seinen Anweisungen gefolgt war: den Rasen trimmen und von welkem Laub befreien. Frische Astern in die Blumentröge pflanzen. Er entdeckte nichts, was ihn störte, und schloss zufrieden das Fenster. Das Juchzen der planschenden Kinder verhallte, und es war auf einmal still in seinem Zimmer. Er nutzte den kleinen Raum unter dem Dach als Rückzugsort. Die schmale

Kammer verfügte über ein winziges Bad, ein Bett und einen Schreibtisch. Manchmal fehlte ihm die Zeit, zum Schlafen extra in den Bungalow am Ortsrand von Bad Appenbach zu fahren, den er und Angelika bewohnten. Außerdem hatte er hier seine Ruhe. Nur wenige Hotelmitarbeiter wussten, dass er sich unter dem Dach einen Rückzugsort geschaffen hatte. Viele Angestellte hielten den Raum wahrscheinlich für eine ungenutzte Dachkammer, und genau deshalb war er das beste Versteck. Nachdem Jochen sein Hemd aufgeknöpft hatte, stellte er sich vor den Spiegel im Badezimmer und klopfte sich mit der Faust auf die Stelle seines Körpers, an der sich das Brustbein befand. Zweimal tat er das – so wie er es damals in diesem »Dynamisiere dein Leben«-Seminar gelernt hatte. Er verschwieg seiner Frau, wie viel Geld er für die Coaching-Seminare ausgab. Aber er hatte kein schlechtes Gewissen: In sich selbst zu investieren, war immer lohnenswert. Bei dem »Dynamisiere dein Leben«-Seminar sollte jeder Teilnehmer einen körperlichen Power-Anker finden, der ihn in Sekundenschnelle zurückversetzt in einen Moment seines Lebens, der von großer Freude erfüllt gewesen war. Als würde das Klopfen auf sein Brustbein einen unsichtbaren Knopf drücken, der Jochen wieder 17 Jahre alt werden ließ. Dann verschwand sein Bauchansatz genauso wie die grauen Schläfen im dunklen Haar. Damals hatte er seinem Vater ein Konzept vorgelegt, wie er das Hotel Rebenglück in die erste Adresse von Bad Appenbach verwandeln könnte. Er hatte sich in den Wochen zuvor stundenlang in Bibliotheken herumgetrieben, um Wirtschaftsratgeber zu studieren. In Internetcafés hatte er sich über träge surrende Modems ins World Wide Web eingewählt, um Informationen aufzuspüren, von denen sein älterer Bruder Manuel keine Ahnung hatte. Denn der trieb sich damals auf Fußballplätzen und Vereinsfesten herum mit dem selbstzufriedenen Gehabe eines zukünftigen Juniorchefs. Jochen hingegen hatte sich nie von der Vorstellung beeindrucken lassen, dass Manuel als Älterer automatisch der Erbprinz war. Er ließ das 53 Seiten dicke Konzept für teures Geld in einen schweren Lederumschlag binden, damit es noch gewaltiger aussah. Und es verfehlte seine Wirkung nicht. Es war das erste Mal, dass sein Vater ihm zuraunte, dass er vielleicht doch besser als Nachfolger geeignet sei. Genau dieser Moment hatte Jochen mit einem warmen Gefühl des Stolzes erfüllt. Nahezu alles war möglich für ihn, wenn er sich genug Mühe gab.

Noch einmal klopfte er sich auf sein Brustbein. Auch heute Abend würden die Dinge nach Plan verlaufen. Er lockerte seine Faust und streckte seine Finger aus. Jochen hatte nicht die imposante Männerhand seines Vaters, aber sie war kräftig genug, um Geschäftspartnern mit einem starken Händedruck zu begegnen. Immer einen Hauch länger, als sein Gegenüber es wohl vermuten würde. Er sorgte damit bei jeder ersten Begegnung für einen Moment der Irritation, und genau das gefiel ihm. Berechenbarkeit war eine Schwäche, die jeder mit einigermaßen wachem Verstand ausnutzen konnte. Und diesen Gefallen schuldete er niemandem. Heute Abend würde er alle überzeugen, dass nur er der neue Chef des Schwarzwälder Hotelverbands sein könnte. Jochen kannte seine Konkurrenten. Das war vor allem Thorben Böhm vom Burgenhof bei Offenburg, den die meisten Burgi nannten. Er besaß eine Campinganlage, auf der sich während der Hochsaison bis zu 500 Gäste pro Tag tummelten. Mit günstigen Preisen lockte Burgi gerade die jungen Urlauber in den Schwarzwald. Nicht jedem im Hotelverband gefiel das. »Krake aus Köln« nannte man ihn hinter seinem Rücken, denn er war nicht nur sehr erfolgreich, sondern auch ein »Reingeschmeckter«, und das machte seinen Triumph umso unanständiger.

Für Jochen war er einfach lästig, so wie jeder, der sich ihm in den Weg stellte. Aber es gab da etwas, was er über Burgi wusste, und damit könnte er ihn aus dem Verkehr ziehen – falls es überhaupt nötig wurde. Womöglich hatte er sich ganz umsonst die Mühe gemacht, eine Schwachstelle bei seinem Konkurrenten aufzuspüren. Tatsächlich konnte er ihn nicht so gut einschätzen wie die Geschäftsleute aus seiner Heimat. Burgis rheinische Mentalität, alles feixend wegzulachen, war ihm fremd. Doch er kannte ein Gegenmittel. Er prüfte ein weiteres Mal, ob sich in seinem Jackett sämtliche Zettel befanden, die er vorbereitet hatte. Der Anzug hing frisch gereinigt am Kleiderschrank. Er würde ihn tragen, gleich nachdem er sich ausgeruht hatte. Jochen zog Jeans und Hemd aus und ließ mithilfe einer Pipette einige Tropfen Schlafmittel direkt in seinen Mund fallen – wie er es immer machte, wenn er dringend einen Powernap brauchte.

Während sich der bittere Geschmack des Hanföls in seinem Mund ausbreitete, schlüpfte er in sein Bett und dachte an Hannah. Sie war die einzige Schwäche, die er sich gönnte. Viele würden die Sache als Fehler bezeichnen. Dabei hatte er sich ihr seltsam nah gefühlt gleich bei der ersten Begegnung in einer Bar in München, in der sie damals gearbeitet hatte. Sie hatte so behutsam die Gläser poliert, als handelte es sich nicht um Billigware irgendeiner Brauerei, sondern um kostbares Kristall. Vielleicht tat sie zunächst nur so, als würde sie ihn nicht bemerken. Sie konnte sich gut verstellen, ähnlich wie er selbst. Als er schließlich die Chance bekam, etwas bei ihr zu bestellen, bat er sie eindringlich, den Cognac im schlichten Porzellanbecher zu servieren. Nicht in den Gläsern, die sie gerade hingebungsvoll gesäubert hatte. Er wollte nicht akzeptieren, dass sie sich die Mühe umsonst gemacht hatte. Wenigstens eine Weile lang sollten die perfekt polierten Gläser unbenutzt bleiben. Daraufhin sah er zum ersten Mal ihr mädchenhaftes Lächeln, das ihm zugleich das berauschende Gefühl verlieh, wieder ein junger Mann zu sein. Schon wenige Wochen später hatte er sie dazu überredet, in seinem Hotel zu arbeiten, wobei er nie ernsthaft darüber nachgedacht hatte, sich von Angelika zu trennen. Seine Mitarbeiter würden ihn nie mehr respektieren, wenn er die Chefin durch einfaches Personal ersetzte. Früher oder später musste er die Sache mit Hannah beenden. Aber heute Nacht würde er sie besuchen, selbst wenn sein störrisches Bayernmädel mal wieder »hard to get« spielen sollte. Ihm war es noch immer gelungen, sie um den Finger zu wickeln. Hannahs lange rotblonde Haare und ihre grünen Augen waren das letzte Bild, an das er dachte – als er plötzlich spürte, wie sein Hals zuschwoll, und er keine Luft mehr bekam. Und dann wurde alles um ihn herum dunkel.

3. KAPITEL

Erst musste der Quark durch ein Sieb gestrichen werden. Björn Klingele verwendete dafür sein Premium-Feinmaschsieb, das er extra in einem Freiburger Spezialgeschäft für Haushaltswaren gekauft hatte. Man könnte damit Mehl oder Gewürze sieben, aber bei ihm kam es nur für Bibeleskäs zum Einsatz. Jeden, der dachte, bei dieser badischen Spezialität handle es sich schlicht um Kräuterquark, strafte er mit Verachtung. Während seiner Ausbildung hatte es einmal eine Weihnachtsfeier gegeben, bei der alle Kollegen vom Chef in ein Wirtshaus eingeladen wurden. Auf der Speisekarte standen neben Sauerbraten auch Pellkartoffeln mit Bibeleskäs. Zu Töpfen voller dampfender Speisen stellte die Bedienung mehrere Frischkäse-Plastikschalen »Edition Frühlingskräuter« auf den Tisch, als ob es das Normalste auf der Welt wäre. Sie zwinkerte ihren Gästen dabei verschwörerisch zu. Komischerweise schien es die anderen am Tisch nicht zu stören. Seine Kollegen scherzten laut, und einige bestrichen ihre Bratenstücke sogar mit der zähen Frischkäsemasse. Er hingegen hatte das Weihnachtsessen damals beendet, ohne etwas zu essen, und hatte einen dringenden privaten Termin vorgetäuscht. Fast könnte man sagen, dass er die Flucht ergriffen hatte vor dem Frischkäse, der vortäuschte, eine badische Spezialität zu sein.

Die fachmännische Zubereitung von Bibeleskäs bedurfte Geduld und Hingabe. Es galt, den Schnittlauch und eine Zwiebel zu schneiden, die Sahne hinzuzufügen und alles in Ruhe abzuschmecken. Gerade bei vermeintlich einfachen Rezepten lauerten die größten Schnitzer, denn handwerkliche Fehler konnten im Nachhinein nicht vertuscht werden. Mit einer üppigen Schokoladenglasur ließ sich ein vermurkster Gugelhupf retten, bei einem verbrannten Flammkuchen gab es in der Regel ein paar annehmbare Stücke, aber Bibeleskäs verzieh keine Unachtsamkeit. Björn Klingele drückte gerade die weiße Quarkmasse mit der Rückseite eines Kaffeelöffels behutsam durch das Sieb, als das Telefon klingelte. Er blickte auf seine Armbanduhr. Es war 19:13 Uhr an einem Samstag. Um diese Zeit gab es nur zwei Personen, die ihn anriefen: seine ältere Schwester Katharina und sein Vorgesetzter aus dem Kriminalkommissariat. Björn fiel ein, dass seine Schwester gerade im Urlaub war. Sie hatte sich einen Kurztrip nach New York gegönnt. Seit ihre Feriendomizil-Agentur florierte, war sie oft unterwegs: in Sri Lanka, in Kapstadt und jetzt eben in New York. Und jedes Mal fragte sie ihren Bruder vorher, ob er nicht mitkommen wolle, weil er mal einen Tapetenwechsel vertragen könne. So ein Leben in der Provinz mache auf Dauer doch trübsinnig – das war ihre Theorie. Machte es nicht, entgegnete er ihr dann immer, ohne zu zögern. Er war nicht ungern von Freiburg nach Bad Appenbach gezogen, denn hier konnte er unabhängiger arbeiten. Und er entging den kichernd geflüsterten

Bemerkungen seiner alten Kollegen, die er vermutlich nicht mitbekommen sollte. Eigentlich. Meistens amüsierten sie sich darüber, dass Björn die Polizeidienstvorschrift etwas zu genau nahm.

In Bad Appenbach musste er sich nicht mehr anhören, er solle endlich mal ein bisschen lockerer werden und nicht alles, was er in der Ausbildung gelernt hatte, genau so umsetzen. In Bad Appenbach gab es niemanden, der ihn ändern wollte, denn sein neues Kommissariat war angenehm überschaubar. Neben ihm selbst gab es nur eine halbtags arbeitende Sekretärin und seinen behäbigen Kollegen Franz Engler, der seiner Pensionierung entgegenfieberte und dem Jüngeren gern alle Verantwortung überließ. Es klingelte erneut, und Björn legte das Sieb vorsichtig in die Porzellanschale, in der sich die durchpassierte Bibeleskäs-Masse türmte. Dabei tropfte ein kleiner weißer Klecks auf sein rechtes Handgelenk. Er rieb ihn vorsichtig auf seine Unterlippe, um ihn mit der Oberlippe in den Mund zu schieben. Seine eigene Hand wie ein Hund mit feuchter Zunge abzulecken, wäre für ihn nie infrage gekommen.

»Ja«, raunte Björn in sein Handy und warf einen wehmütigen Blick auf den dahinsimmernden Topf Salzkartoffeln. Jetzt wäre der ideale Zeitpunkt, um sie abzugießen. Aber das Schnaufen am anderen Ende ließ seine Hoffnung auf ein baldiges Abendessen verpuffen.

»Jessesgott! Nach dem hundertsten Tuten bewegen Sie sich also mal ans Telefon, Herr Klingele«, entgegnete die barsche Stimme. Der Anrufer musste sich nicht vorstellen. Björn wusste auch so, dass es sein Dienststellenleiter war. Christian Schenk war schon in Freiburg sein Vorgesetzter gewesen. Er neigte zur chronischen Übertreibung.

»Es hat exakt vier Mal geläutet«, erwiderte Björn. Bei der Genauigkeit von Zahlenangaben machte ihm keiner etwas vor.

»Ach so, na ja. Aber darum geht es auch gar nicht.« Sein Dienststellenleiter räusperte sich. »Fahren Sie unverzüglich zum Hotel Rebenglück. Jochen Weiß wurde tot in seinem Bett aufgefunden. Der Notarzt hält eine nähere Untersuchung für angebracht. Fremdeinwirkung wird nicht ausgeschlossen. Sie müssen da jetzt hin. Und zwar alla hopp!«

Björn musste sich vor Schreck kurz abstützen, und dabei landete sein Handballen im Bibeleskäs. Der groteske Anblick des riesigen weißen Kleckses auf seiner Haut, der auf den Ärmel seines Hemds übergriff, passte zu der unglaublichen Nachricht.

»Jochen Weiß? *Der* Jochen Weiß? Bei ihm sollte doch heute das große Fest stattfinden. Wollten Sie da nicht selbst hingehen?«, plapperte er aufgeregt und bereute im gleichen Moment seine letzte Frage. Er war eifersüchtig darauf gewesen, dass nicht er, sondern sein Dienststellenleiter zum Fest eingeladen worden war. So wie fast der gesamte Rest von Bad Appenbach. Zumindest all jene, die zum wichtigen Teil der Bevölkerung zählten.

»Ich war eingeladen. Aber das ist Vergangenheit. Alles ist abgesagt. Bitte verhalten Sie sich diskret. Am besten gehen Sie über den Hintereingang ins Hotel«, sagt sein Chef.

»Ist gut«, erwiderte Björn und wischte sich eine Haarsträhne aus der Stirn. Erst in dem Moment fiel ihm der Käseklecks wieder ein. Er spürte die kühle Masse auf seiner Wange. »Ich bin auf dem Weg«, raunte er und legte das Handy auf die Arbeitsfläche.

Mit großen Schritten eilte er in sein Bad und blickte kurz in den Spiegel: Die weiße Creme klebte auf der linken Backe und zwischen seinen blonden Haaren, die schon dünn geworden waren, als er seine erste Stelle als Kommissar angetreten hatte. Angewidert zog er Hemd und Hose aus und stellte sich für einige Augenblicke unter den warmen Duschstrahl. In das Wasser mischten sich weiße Schlieren, und sie verschwanden rückstandslos im Abfluss.

4. KAPITEL

Hannah strich fahrig über das grau getigerte Fell von Luitpold und berührte dabei den empfindlichen Bauch des Tieres, woraufhin der Kater beleidigt davonsprang. Eigentlich war er ein äußerst toleranter Mitbewohner. Die längste Zeit seines Lebens hatte Luitpold auf der Straße gelebt. Eines Abends nach einer Nachtschicht hatte er vor Hannahs Münchener Haustür gelegen – ausgemergelt und mit einer blutenden Pfote. Ohne zu zögern, hatte Hannah ihn in ihre Wohnung mitgenommen und ihn mühevoll gesund gepflegt. Danach war Luitpold von seinen nächtlichen Streifzügen immer wieder zu ihr zurückgekehrt – egal wie unaufgeräumt ihre Wohnung und wie chaotisch ihr Leben auch waren. Luitpold begrüßte sie jeden Tag aufs Neue mit sanftem Schnurren. Für diese rührende Treue bedankte sich Hannah auf ihre Art. Selbst wenn ihr Geld kaum für die Miete reichte, hatte sie für ihren kleinen Gefährten immer eine Dose Katzenfutter im Küchenschrank. Als der Umzug in den Schwarzwald anstand, sprang er von ganz alleine in ihren Wagen, und das eine halbe Stunde vor der Abfahrt. Als wollte er sichergehen, dass er nicht zurückgelassen würde, was Hannah ohnehin niemals vorgehabt hatte. Vielmehr hatte sie Angst davor gehabt, dass der Kater diesen wenig durchdachten Ortswechsel ablehnen und sich rechtzeitig davonschleichen würde. Er hat sich dich ausgesucht und nicht umgekehrt, hatte ihr mal eine Arbeitskollegin erklärt. Jetzt in diesem Moment konnte das Tier allerdings wenig mit seiner schniefenden Wahlmitbewohnerin anfangen und verzog sich hastig in eine dunkle Ecke des Schlafzimmers.

Anders als ihr agiles Haustier lag Hannah erschöpft auf ihrem Sofa, den Blick auf die Deckenlampe gerichtet. Es war ein absurd geschmackloses Modell: ein eckiger Lampenschirm, umspannt mit einem ockerfarbenen Stoff, an dem staubige Kordeln baumelten. Als sie hier vor sieben Monaten eingezogen war, hatte sie den Lampenschirm sofort auf ihre To-do-Liste mit dem Titel »Dringend nötige Veränderungen« gekritzelt. Eigentlich war die ganze Wohnsituation ein einziges Provisorium: Sie lebte in einer kleinen Einliegerwohnung im Erdgeschoss. Der Rest des Hauses wurde von einem Ehepaar und dessen beiden Teenagertöchtern bewohnt. Fast jedes Wochenende fanden in dem penibel gepflegten Garten irgendwelche Familienfeste statt, begleitet von fröhlichem Gelächter und Grillwürstchengeruch, der in Hannahs Wohnzimmer drang. Sie fühlte sich in dem Haus mitsamt seiner Familienidylle wie ein Störfaktor. Aber sie hatte den längst geplanten Umzug genauso wenig auf die Reihe gebracht wie alle anderen Punkte auf ihrer »Dringend nötige Veränderungen«-Liste. Jetzt in diesem Moment kam ihr die Liste ohnehin albern vor. Als ob es einen Unterschied machte, welche Lampe sich in ihrer Wohnung befand. Seit heute Nachmittag hatte sich ein dumpfes Gefühl in ihrem Brustkorb festgesetzt. Seit dem Moment, als sich während des Massagetermins mit Angelika Weiß die Tür geöffnet hatte und von Jochen die Rede gewesen war und davon, dass er sich nicht mehr bewegte.

Sie erinnerte sich kaum noch daran, wie sie die letzten Stunden überstanden hatte. Es solle alles weiterlaufen wie vorgesehen – so lautete die Anweisung. Hannah hatte noch drei Massagetermine in ihrem Kalender stehen, die sie nur mit zitternden Händen bewältigen konnte. Dazwischen hatte sie versucht, Infos zu ergattern. Was genau war mit Jochen passiert? Durch das Fenster ihres Behandlungszimmers hatte sie einen Notarzt sowie einen Krankenwagen wahrgenommen. Hastig waren der Arzt und die zwei Rettungskräfte ausgestiegen. Als sie nach einer Weile zurückkamen, wirkten ihre Schritte verdächtig langsam. Einer zündete sich eine Zigarette an. Hannah glaubte, ein angedeutetes Kopfschütteln zu erkennen. Während sie dieses Szenario durch das Fenster beobachtete, spürte sie auf einmal eine Hand auf ihrer Schulter. Sie gehörte ihrer Kollegin Ines. »Konnte man nichts machen. Morgen erfahren wir sicher Näheres«, sagte sie und ergänzte noch ein: »Wird schon irgendwie weitergehen.«

Hannah schnaubte bei dem Gedanken an diesen dämlichen Satz: »Wird schon irgendwie weitergehen«. Nichts würde weitergehen. Noch absurder erschien ihr die Vorstellung, dass sie heute Vormittag gedacht hatte, alles in ihrem Leben sei eine Katastrophe. Dabei war die echte Katastrophe erst am Nachmittag eingetreten. Hannah wischte sich eine Träne aus dem Auge und putzte sich die Nase, wobei sich der blaue Glitzerstein von ihrem Nasenstecker löste. Aber selbst das war ihr egal. Sie knüllte das Taschentuch zusammen und warf es auf den Boden, der schon mit anderen weißen Tüchern übersät war. Dann kramte sie nach ihrem Handy. Sie betrachtete den WhatsApp-Nachrichtenverlauf mit Jochen.

»Es war wunderbar mit dir, meine Schöne!« Das war seine jüngste Nachricht an sie. Er hatte sie vorgestern nach ihrer letzten Verabredung geschrieben. Ihre Antwort darauf hatte sie nicht abgeschickt. Ein Dutzend Mal hatte sie den Text geschrieben und wieder verworfen.

»Wunderbar allein reicht mir nicht!! Ich will endlich …«, stand da als nicht gesendete Nachricht. Was genau wollte sie denn eigentlich so dringend? Ein Ende der Beziehung, einen Neuanfang, einen Alleinanspruch auf Jochens Gunst? Hatte sie tatsächlich jemals den echten Wunsch verspürt, an die Stelle von Angelika Weiß zu treten, als ewig lächelnde Gastgeberin, die vor besonders betuchten Gästen sogar einen Knicks andeutete? Hannah schüttelte sich angewidert bei dem Gedanken an dieses arschkriecherische Getue und kaute weiter auf dem Satz herum: »Ich will endlich …«

»… vielleicht doch mal irgendwo ankommen«, murmelte sie, und wieder wischte sie sich eine Träne aus ihrem Gesicht. Sie bemitleidete sich selbst, und das kam ihr so armselig vor, dass sie noch niedergeschlagener wurde.

Hannah scrollte zurück durch ihren Nachrichtenverlauf. Meistens hatte Jochen sie mit Komplimenten bedacht mitsamt Beschwichtigungen, dass sich ihre Beziehung bald ändern würde. Sie solle noch ein bisschen Geduld haben. Ein Mann wie er könne nicht einfach so auf sein Herz hören – selbst dann nicht, wenn er es möchte. Sie müsse Verständnis dafür haben, dass er Verpflichtungen hatte. Irgendwann würde sich alles ändern. Eine genaue Zeit könne er ihr selbstverständlich nicht nennen. Sie müsse jetzt weiter sein liebes Mädchen sein und ihm vertrauen. Und so schlecht ginge es ihr nun wirklich nicht, wo er sie doch immer mit Champagner und anderen nicht weniger kostspieligen Präsenten verwöhnte.

Hannah hatte nicht selten ruppig geantwortet: »Ich pfeif auf deinen Champagner!«, »Ich kann deine Vertröstungen nicht mehr hören!«, »Scher dich ins Nirwana!«, »Lass mich endlich in Ruhe!« oder »Du bist der größte Fehler meines Lebens!« – so klangen viele Nachrichten, die sie ihm zuletzt geschickt hatte.

Natürlich dokumentierten diese trotzigen Botschaften nur einen Teil ihrer Beziehung. Einige Treffen mit Jochen waren wirklich wunderbar gewesen. Sie konnte stundenlang mit ihm reden und fühlte sich bei ihm weniger ruhelos. Er wusste, was er wollte, und diese Entschlossenheit imponierte ihr.

Und dann gab es diese körperliche Anziehung, die zu so unbeschwerten Momenten führte, wie sie es zuvor kaum gekannt hatte. Zuletzt waren ihre Begegnungen allerdings kürzer und kürzer ausgefallen. Jochen kam meistens am späten Abend mit einer Flasche Champagner oder teurem Wein vorbei, vermied unangenehme Gesprächsthemen und füllte stattdessen immer wieder ihr Glas auf, obwohl sie längst genug hatte. Sie wollte nicht länger betrunken mit ihm im Bett liegen und sich einlullen lassen von seinen Beschwichtigungen. Und wenn sie ihm genau das sagte, machte er sich darüber lustig, dass sie endlich mal lernen müsse, locker zu werden und den Augenblick zu genießen.

Als »Mistkerl« und »gscherten Lackl« hatte sie Jochen schon beschimpft, was ihrem bayerischen Temperament geschuldet war. Allerdings fand er ihre Verbalattacken meistens niedlich, und das ließ sie noch wütender werden. Hannah schämte sich für ihre kindischen WhatsApp-Nachrichten. Allein der Gedanke, dass Jochen extra ein Handy gekauft hatte, dessen Nummer nur sie allein kannte, tröstete sie ein wenig. Er bewahrte es in seinem privaten Rückzugsraum in der Dachkammer des Hotels auf, den sonst kaum jemand betrat. Was würde jetzt aus diesem Handy werden, überlegte sich Hannah und geriet in Panik. Sie zwang sich dazu, tief ein- und auszuatmen. Ein und wieder aus. Sie musste sich zusammenreißen, anstatt sich weiter selbst zu bemitleiden. Und sie würde ihre Großtante Luiserl anrufen. Sie zählte zu den wenigen Menschen, die alles über sie wussten – zumindest nahezu alles. Mit einigen wenigen Ausnahmen, die sie ihr vielleicht demnächst beichten sollte.

5. KAPITEL

Als Erstes fiel Björn Klingele die Bettwäsche ins Auge. Ausgewaschenes Flanell mit verblichenen Farbtönen, als wäre das Muster mit Aquarellfarben aufgemalt. Gelbe und grüne Äpfel zeigten sich auf dem Stoff. Es war ein Muster, wie Björn es aus seiner Kindheit kannte. Seine Mutter hegte ihre alte Bettwäsche, als gliche sie einem edlen Wein, der mit den Jahren an Wert gewann. In einer früheren Zeit mag die Aussteuer noch eine Bedeutung gehabt haben und eine Schwarzwälder Braut galt als besonders gute Partie, wenn sie eine reich gefüllte Truhe mit Tischwäsche und Bettlaken besaß. Wobei seine Mutter eigentlich nicht dieser Generation angehörte. Trotzdem mied sie seit jeher aus unerklärlichen Gründen jene Einkaufsregale, die neue Bettwäsche zu günstigen Preisen anboten. Und deshalb musste Björn die Nächte seiner Kindheit und Jugend in angerautem Flanell mit Blumen- und Früchtemustern verbringen, wohl wissend, dass die glatten Satinstoffe im Supermarkt zum Greifen nahe waren. Einmal hatte er sein Taschengeld zusammengekratzt und sich Bettwäsche davon gekauft – Mako-Satin, extra dicht gewebt mit petrolblauem Glanz. Doch seine Mutter hatte seinen Neuerwerb unausgepackt und mit einem Kopfschütteln ganz oben in den Wäscheschrank gelegt. »Du musst uffbasse und darfst wegen deinen Fisimatenten nicht das ganze Geld vertändeln.«

Nach dieser Ermahnung aufgrund seiner verschwenderischen Investition unternahm Björn keine weiteren Versuche, dem kratzigen Flanell zu entkommen, bis er endlich eine eigene Wohnung besaß und zum Einzug gleich ein halbes Dutzend Bettwäsche-Garnituren orderte. Umso verwunderlicher war der Anblick, der sich ihm in der Dachkammer des Hotels Rebenglück bot. Jochen Weiß hatte offenbar freiwillig im stumpf gewaschenen Apfelfeld geruht – was immerhin eine Todesursache ausschloss. Es konnte kein Selbstmord sein. Ein Mann wie der Direktor des Hotels Rebenglück würde für den selbst gewählten Austritt aus seinem Leben eine stilvollere Kulisse wählen. Fast war es dem Kommissar peinlich, dass er sein Gegenüber in dieser intimen Umgebung störte. Der provisorisch eingerichtete Raum passte nicht zu dem Mann, der so viel Wert auf ein weltgewandtes Auftreten gelegt hatte. Björn hatte ihn ein paarmal bei öffentlichen Veranstaltungen erlebt: einem Jubiläumsfest der Feuerwehr beispielsweise oder einem Fasentball des Narrenzunftvereins. Immer wirkte Jochen Weiß wie der eigentliche Gastgeber, auch wenn er nur ein Besucher war. Er positionierte sich am Eingangsbereich und drückte jedem kräftig die Hand, während er sich für die Anwesenheit seines Gegenübers bedankte. Auch bei Björn hatte er das getan und dem Kommissar jovial auf die Schulter geklopft, als wäre er ein Lehrbub, den es zu loben galt. Natürlich war es eine Geste der Überlegenheit, der Björn mit einem kühlen »Ich bin übrigens dienstlich hier und nicht wegen Ihnen« begegnet war, woraufhin Jochen Weiß für einen Moment das Lächeln eingefroren war. Jetzt lag er mit geschlossenem Mund vor Björn, und ein dünnes Speichelrinnsal bildete eine feine Linie, die in einem feuchten Klecks auf einem hellgrünen Apfel endete.

»Wann war der Todeszeitpunkt?«, fragte Björn in Richtung des Gerichtsmediziners.

»Dürfte etwa vier Stunden zurückliegen. Genaueres wird die Obduktion ergeben«, antwortete Jens Mildenberger, während er sich Notizen machte, die Björn gern umgehend zu Gesicht bekommen hätte. Aber der Kollege, dessen Haare beinahe den gleichen Farbton hatten wie sein weißer Arztkittel, war ein Geheimniskrämer, der seine Erkenntnisse erst bei offiziellen Terminen in der Gerichtsmedizin preisgab. »Dipfelischisser« war sein heimlicher Spitzname. Es hatte Björn ziemlich irritiert, als sein Chef Christian Schenk den Mediziner in dessen Abwesenheit im voll besetzten Präsidium einmal so genannt hatte: »Rufen Sie Herrn Dipfelischisser an für weitere Auskunft!« Insgeheim war Björn jedoch nicht unglücklich, dass offensichtlich er selbst nicht den wenig rühmlichen Titel des Klugscheißers trug. Zweimal würde Christian Schenk nicht denselben Spottnamen vergeben.

»Und die Todesursache? Könnte es nicht ein Herzinfarkt sein?«, fragte Björn.

»Könnte ein Hund Fahrrad fahren? Theoretisch ja. Die Deutsche Dogge hat eine Schulterhöhe von etwa 80 Zentimetern, was die gleichzeitige Betätigung von Lenkern und Pedalen eines Kinderfahrrads im Hinblick auf die Anatomie erlauben könnte. Wird sich der Hund deshalb freiwillig aufs Fahrrad schwingen? Eher nicht! Und zwar aus gutem Grund«, dozierte Jens Mildenberger und blickte ihn herausfordernd an.

Jochen starrte irritiert zurück. Er kannte die Vorliebe des Mediziners für Hunde, denn statt Fotos von einer Ehefrau oder von Kindern baumelten am Rückspiegel seines Dienstwagens sorgfältig gerahmte Bilder eines struppigen Schäferhunds. Dennoch hatte er keine Ahnung, was der Kollege ihm damit sagen wollte.

Seufzend griff sein Gegenüber mit behandschuhten Fingern nach der Bettdecke und hob sie vorsichtig an. »Das meiste im Leben ist eine Frage der Position. Eine Dogge würde niemals Fahrrad fahren, weil es ziemlich unbequem für sie wäre. Und ein 57-jähriger Mann hat nachts nicht einen Herzinfarkt und bleibt dabei so entspannt auf dem Rücken liegen wie dieser Kandidat. Ein Herzinfarkt ist mit Schmerzen verbunden. Ungefähr solche Schmerzen, wie sie unsere Dogge hätte, wenn wir sie auf das Fahrrad bugsieren. Theoretisch möglich, praktisch kompletter Irrsinn. Für weitere Fragen machen Sie bitte einen Termin aus. Ich melde mich, sobald die Obduktion abgeschlossen ist«, sagte er und legte die Decke mit akribischer Genauigkeit zurück in die Ausgangsposition, um sich wieder seinen Notizen zu widmen.

Während Björn im ersten Augenblick nur auf den ungewöhnlichen Flanellstoff geachtet hatte, nahm er jetzt die Lage der Decke wahr. Sie verhüllte den ganzen Körper bis zu den Schultern und war an allen vier Ecken akkurat glatt gestrichen – als hätte jemand Jochen Weiß zugedeckt, und zwar auf eine Art, die beinahe liebevoll wirkte. Welcher Mörder deckte sein Opfer nach der Tat so sorgfältig zu? Vielleicht eine Person, die zugleich Hass und Liebe für den Toten gefühlt hat?

»Wir haben etwas gefunden«, rief eine junge Polizistin von der Spurensicherung aus einer Ecke des Raumes. »Da liegt ein Handy in der Schublade. Es läuft nicht auf die offizielle Nummer von Herrn Weiß. Das haben wir schon überprüft. Aber es ist aufgeladen.«

Björn wandte sich der Polizistin zu, die ihm in einem durchsichtigen Spurensicherungsbeutel das Mobiltelefon entgegenstreckte. Es war ein überraschend unscheinbares Nokia-Modell, das wie ein Überbleibsel aus den 2000er-Jahren aussah. Vermutlich kein Handy, das Jochen Weiß bei geschäftlichen Angelegenheiten zücken würde. Es sah eher nach einem Gerät aus, das für private Kommunikation genutzt wurde – womöglich für Nachrichten, die geheim bleiben sollten.

6. KAPITEL

»Und dann schreiben Sie noch: Im Namen von ganz Bad Appenbach spreche ich die größte Trauer aus über den Verlust unseres geschätzten oder, besser gesagt, unseres hochgeschätzten Mitbürgers Jochen Weiß. Seine Verdienste für unsere Gemeinde sind von größtem Wert«, diktierte Solveig Zähringer und überlegte, ob in Anbetracht des Todesfalls ein »waren« angemessener wäre: »Seine Verdienste für unsere Gemeinde waren von größtem Wert.« Aber das klang doch zu sehr nach Vergangenheit. Manch einer würde diese Formulierung vielleicht als unsensibel einstufen oder sogar als Herabwürdigung. Präsenz konnte jemand noch lange nach seinem Ableben haben, und niemand wünschte sich, dass seine Leistungen zu schnell der Vergangenheit angehörten. Oft entpuppten sich die kleinsten Wörter als jene, die den größten Unterschied machten – das hatte sie in ihrem Amt als Bürgermeisterin schon vielfach erfahren. Besonders vorsichtig musste Solveig bei Wörtern sein, die schriftlich fixiert wurden. Solche Texte konnten ein Eigenleben entwickeln und sich irgendwann wie Waffen gegen sie selbst wenden, wenn sie in falsche Hände gerieten – zumindest dann, wenn sie eine unglückliche Formulierung enthielten.

Inge Ackermann hatte den letzten Satz längst auf ihrem Block festgehalten. Seitdem ihre Sekretärin vor einigen Wochen einen Stenokurs besucht hatte, war sie mit ihren Aufzeichnungen so flink, dass es Solveig fast unheimlich war. Monatelang hatte Inge sich mit dem Simultantippen am Laptop abgemüht – aber das war regelmäßig in einem verzweifelten Klagelaut geendet, wenn sie mit einer falschen Tastenkombination mal wieder den ganzen Text gelöscht hatte. In ihrem Alter von 59 Jahren würde sie das mit der Technik nicht mehr lernen, hatte sie gemeint, und Solveig hatte nicht widersprochen, obwohl sie selbst nur ein paar Jahre jünger war. Während Inge ihre grauen Locken unbekümmert zur Schau trug, kaschierte Solveig den verräterischen Ansatz regelmäßig mit schwarzen Tönungen. Eine Bürgermeisterin durfte nicht einfach grau werden, sonst hätte es heimliches Getuschel zur Folge. Bestimmt würde man hinter ihrem Rücken darüber munkeln, dass sie überfordert sei mit ihrem Amt, weil sie so alt aussehe. Speziell in turbulenten Zeiten wie den jetzigen Tagen musste sie frisch und entschlossen auftreten.

Auffordernd streckte Inge ihr den Kugelschreiber entgegen. »Kommt noch was?«

Solveig versuchte sich an den letzten Satz zu erinnern, den sie diktiert hatte. »Korrigieren Sie bitte meine Formulierung. Da soll nicht stehen: ›Seine Verdienste für unsere Gemeinde sind von größtem Wert‹ – das trifft es nicht so gut. Schreiben Sie stattdessen bitte: ›Seine Verdienste für unsere Gemeinde werden für immer von größtem Wert bleiben.‹ Und dann bitte: ›Meine tief empfundene Anteilnahme gilt der Familie des Verstorbenen – vor allem seiner Ehefrau Angelika Weiß und seinem Bruder Manuel Weiß‹«, diktierte sie und dachte kurz darüber nach, ob es noch jemanden gab, den sie hervorheben müsste. Die Eltern von Jochen Weiß waren bereits verstorben, und Kinder gab es keine. Es soll nie geklappt haben, tratschte man im Ort. Bei einem Familienbetrieb wie dem Hotel Rebenglück war die Frage nach der zukünftigen Generation natürlich immer ein Thema. Und die Diskussionen darüber würden jetzt sicher zunehmen. Solveig schüttelte beim Gedanken daran angewidert den Kopf. Angelika Weiß konnte einem wirklich leidtun. Die Hoteldirektorin war es vor allem, die das Getuschel zukünftig würdevoll ertragen musste. »Ergänzen Sie bitte noch: ›In diesen Tagen der Bestürzung wünsche ich allen Angehörigen viel Kraft. Ihnen gelten mein aufrichtiges Beileid und unsere Trauer. In herzlicher Verbundenheit‹, und danach lassen Sie bitte Platz für meine Unterschrift«, beendete Solveig ihr Diktat. »Und wenn Sie mir dann bitte einen Kaffee bringen könnten?«

Ihre Sekretärin stand auf und nickte eifrig. »Möchten Sie dazu ein Schlückchen Zibärtle? Den hat mein Schwager erst letzte Woche aus seinen Pflaumen gebrannt.«

»Am Vormittag? Es ist 11 Uhr«, entgegnete Solveig irritiert.

»Aber er hilft vielleicht gegen ihre große Trauer«, sagte die Sekretärin und deutete auf ein zackenförmiges Symbol, das womöglich die Abkürzung für das Wort »Trauer« darstellte. Solveig hatte es ja oft genug in ihr Kondolenzschreiben einfließen lassen.

»Nein danke! Das würde mich nur noch mehr aufwühlen«, sagte sie und schenkte Inge Ackermann ein mattes Lächeln, ehe diese in ihrem Vorzimmer verschwand. Wenn Solveig ehrlich gewesen wäre, hätte sie zugeben müssen, dass ihre Trauer gar nicht so unermesslich groß ausfiel. Jochen Weiß war nicht unbedingt ein enger Freund gewesen. Eigentlich hatte sie ihn kaum ausstehen können. Er hatte eine herablassende Art gehabt, ihr gegenüberzutreten. Nicht selten hatte er sie in der Öffentlichkeit als »das Fräulein Zähringer« bezeichnet oder gar als »das Fräuleinchen Zähringer«. Jochen Weiß ignorierte stoisch die Tatsache, dass diese Anrede von unverheirateten Frauen bereits seit 1972 vom Bundesinnenministerium offiziell als überholt deklariert wurde, zumal Solveig nicht mal ledig und kinderlos war, sondern geschieden. Ihr erwachsener Sohn verbrachte gerade ein Auslandssemester in London. In manchem Teilen von Bad Appenbach war der ministeriale Erlass zur Abschaffung des Fräulein-Begriffs aber nie angekommen, und Solveig hätte es nie zur Bürgermeisterin geschafft, wenn sie kleinlich auf emanzipatorischen Wortklaubereien beharrt hätte. Sie hatte die »Fräulein«-Herabwürdigungen von Jochen Weiß geflissentlich ignoriert und sich in solchen Momenten still und heimlich in Gedanken an der Formulierung »Männchen Jochen Weiß« erfreut. Und mit jedem gedachten »Männchen« ließ ihr Ärger über das »Fräuleinchen« nach und sie fühlte sich ungleich souveräner. Sie konnte so böse denken, wie sie wollte, solange sie es für sich behielt und dabei nie die Contenance verlor.

Aktuell empfand sie für Jochen Weiß allerdings tatsächlich einen Anflug von Mitleid. Es wäre nicht unangenehm für den Ruf des aufstrebenden Tourismusortes Bad Appenbach gewesen, wenn der hiesige Hoteldirektor zum neuen Chef des Schwarzwälder Hotelverbands ernannt worden wäre. Natürlich wäre Jochen Weiß nach diesem Erfolg noch ein bisschen mehr übergeschnappt. Aber damit hätte sie gut leben können. Zumal er keiner von denen gewesen war, die heimlich auf ihren Posten schielten. Als Hoteldirektor hatte er ohnehin viel mehr verdient als ihre überschaubare Bürgermeisterbesoldung hergab. Solveig hatte sich an Jochen Weiß gewöhnt und in gewisser Weise profitierte sie von seinem ungetrübten Ehrgeiz, denn vom Glanz eines florierenden Hotels fiel auch immer ein bisschen Glamour für die Gemeinde und deren Bürgermeisterin ab. Ein ermordeter Hoteldirektor war hingegen Gift für das Image eines Urlaubsortes. Demnächst würde die Presse über die Angelegenheit berichten. Erholung und Verbrechen – diese beiden Begriffe passten so schlecht zusammen wie Apfelküchle und Magenbitter. Der Fall musste so schnell wie möglich gelöst werden. Sie würde gleich Björn Klingele anrufen. Der etwas spröde Kommissar war zwar nicht besonders zugänglich, aber sie vermutete, dass er fleißig und akribisch war. Und jetzt galt es, seinen Ehrgeiz anzustacheln.

7. KAPITEL

»Wie hast du heute Nacht geschlafen?«, fragte Hannahs Großtante Luiserl, die eigentlich Luise hieß, jedoch ihren Rufnamen aus Kindheitstagen behalten hatte. Nicht, weil sie darauf bestanden hätte. Eher weigerten sich alle anderen, sie »Luise« zu nennen. Ihre Großtante hatte sich den Luiserl-Rufen irgendwann resigniert gefügt und zumindest darauf beharrt, nicht »das Luiserl« genannt zu werden, sondern nur »Luiserl«. Sie möge sich zwar im Laufe der Zeit in eine alte Schachtel verwandelt haben, sei aber trotzdem kein Gegenstand, der ein »das« als Begleiter verdienen würde. Es war 10:21 Uhr gewesen, als Hannahs Großtante angerufen hatte. Und wie so oft hatte sie auf eine formelle Begrüßung verzichtet. Hannah kenne ja nun langsam ihre Telefonnummer und deshalb könne sie sich unnötige Sätze wie »Huhu, ich bin es« sparen. Das wäre laut Luiserl überhaupt die saudümmste Begrüßung, die man sagen könne: Wer sollte es denn bitte sonst sein, wenn nicht man selbst?

»Passt schon«, entgegnete Hannah knapp.

»Und wie hast du wirklich geschlafen? Und jetzt bitte ohne Flunker-Schmarrn«, hakte ihre Großtante nach.

Hannah seufzte. »Also, eigentlich habe ich gar nicht geschlafen.« Es war die zweite schlimme Nacht in Folge gewesen, sodass ihr selbst zum Aufbrühen von frischem Kaffee die Kraft fehlte. Sie griff nach einer halb vollen Tasse von gestern und trank einen Schluck. Beim Absetzen der Tasse bemerkte sie nicht, dass sie den Porzellanboden gefährlich nahe an die Kante des Sofatisches stellte. Der Becher fiel auf den Boden und hinterließ einen großen braunen Fleck auf ihrer hellgrauen Schlafanzughose.

»Sappradi, so ein Mist!«, schimpfte sie ins Telefon und meinte damit alles: den Kaffee, die Nacht und das ganze Drama ihres Lebens.

»Na, wenigstens kannst du granteln wie ein Waschweib! Das macht mir Hoffnung.«

»Da hast du recht!«, erwiderte Hannah und lächelte kurz. Genau das war der Grund, warum sie ihre Großtante schon immer gemocht hatte: Sie verlor nie ihren Sinn für Humor, obwohl in ihrem Leben einige Dinge geschehen waren, die sie hätten verbittern lassen können. Ihr erster Ehemann starb bei einem Verkehrsunfall und der zweite verließ sie, als sie mit 43 Jahren noch mal schwanger geworden war, und zwar mit Zwillingen. Sie hatte beide Kinder alleine großgezogen. Mittlerweile hatten diese selbst Nachwuchs, und Luiserl war in ein Seniorenstift in der Nähe von München gezogen. Zwar konnte sie sich noch gut selbst versorgen, aber sie wollte nicht den richtigen Zeitpunkt verpassen und dadurch anderen zur Last fallen.

Wahrscheinlich saß Luiserl gerade in ihrem Lesesessel gegenüber von dem großen Fenster mit Blick auf den Ammersee. Dieses Möbelstück war nicht etwa ein nostalgischer Ohrensessel mit Tweedbezug, sondern ein schicker Eames Lounge Chair, der sich in jedem Bond-Film gut als Requisite machen würde. Bloß weil ich keine Studentin bin, muss ich mich nicht mit staubigem Oma-Krempel umgeben – das war Luiserls Motto. Und auch dafür schätzte Hannah sie.

»Was hast du jetzt vor?«, bohrte ihre Großtante nach.

»Ich weiß es nicht«, antwortete Hannah ohne langes Nachdenken, weil es schlicht die Wahrheit war. Gestern war sie nicht im Hotel gewesen, denn sie hatte sich den Sonntag freigehalten. Jochen hatte mit ihr einen Ausflug ins Elsass machen wollen. Ihren Kollegen hatte sie gesagt, dass es einen dringenden familiären Termin gäbe. Doch statt französisches Laisser-faire zu genießen, hatte sie sich den Tag über kaum von ihrem Sofa wegbewegt und immer wieder an den Moment gedacht, als Konrad und Marianne mit der schrecklichen Nachricht in ihr Behandlungszimmer gestürzt waren.

»Magst du mir nicht mal die ganze Geschichte erzählen?«, fragte Luiserl nun.

»Wie meinst du das?«

»Als du mich vorgestern angerufen hast, warst du so aufgedreht, dass ich gar nicht richtig verstanden habe, um welche Tragödie es eigentlich geht. Du hast irgendwas gebrabbelt von einem Mann, der nun für immer weg sei, genauso wie dein ganzes Leben auf einmal verloren wäre. Das war ein dermaßen narrischer Wortsalat, dass ich später etwas herumgegoogelt habe, um dein Gebrabbel zu entwirren.«

»Du hast was gemacht?«, fragte Hannah und schämte sich im selben Moment für ihre Frage. Ihre Großtante war zwar vielleicht nicht bei Instagram oder Facebook, aber sie war eine fleißige Online-Shopperin dank ihres eigenen PayPal-Kontos und hatte ein Digitalabo der »Süddeutschen Zeitung«. Natürlich googelte sie auch.

Luiserl ignorierte ihre Frage. »Ein Jochen Weiß aus Bad Appenbach ist auf mysteriöse Weise gestorben. Er war der Chef von dem Hotel, in dem du arbeitest. – Und du hast was mit der Sache zu tun. Oder etwa nicht?«

Hannah zuckte zusammen. Seit Samstagabend fühlte sie sich wie benommen. Als hätte sie jemand betäubt, und sie wäre immer noch dabei, aus der Narkose aufzuwachen. Aber eine Sache wusste sie haargenau. »Ich habe nichts Schlimmes getan – also nicht in dem Sinn, dass…«, stammelte sie.

»Weiß ich doch, mein Spatzerl. Ich meine natürlich auch nicht, dass du ihn umgebracht hast. Aber das war doch der Kerl, wegen dem du dort hingezogen bist, oder? Du hast bei irgendeinem Telefonat mal seinen Namen erwähnt und du weißt ja, dass ich eine sehr aufmerksame Zuhörerin bin.«

Hannah brummte zustimmend. Auch das war ein Grund, warum sie lieber mit ihrer Großtante telefonierte als mit ihren Eltern. Die würden sie wieder mit Kalendersprüchen drangsalieren. Was bitte brachten einem depperte Weisheiten wie »Das Glück ist vom Unglück nur zwei Buchstaben weit entfernt«? Ihre Großtante hingegen schwieg, als Hannah ihr alles erzählte. Von der Affäre mit Jochen Weiß, der zuletzt fast jede Romantik abhandengekommen war, weil sie sich oft gestritten hatten. Und natürlich von jenem Moment vorgestern, als Hannah von ihren Kollegen gehört hatte, dass Jochen verstorben war.

»Himmelherrgott! Ich weiß gar nicht, was ich sagen soll. Mir fehlen selten die Worte, aber jetzt …«, seufzte Luiserl, und Hannah fand, dass sie gar nicht besser hätte reagieren können. Ihr selbst hatte es gutgetan, die Ereignisse in Worte fassen zu können. Und sie hoffte, dass irgendwo tief in ihrem Innern ein Plan schlummerte, wie es weitergehen würde. Sie musste nur etwas Geduld haben.

In diesem Moment klingelte es an der Haustür. Hannah beendete das Telefonat und eilte zum Eingang. Bestimmt war es ihre Kollegin Ines. Die hatte ihr schon per Handynachricht angekündigt, dass es eine Dienstplanänderung geben würde. Eigentlich sollte heute um 14 Uhr Hannahs Schicht mit einer Hot-Stone-Massage beginnen. Bevor sie die Wohnungstür öffnete, blieb sie kurz vor dem Garderobenspiegel stehen und erschrak. In ihrem verwaschenen Schlafanzug mit dem Kaffeefleck und den zum Knäuel gebundenen Haaren bot sie keinen besonders ansprechenden Anblick. Hoffentlich würde Ines ihr rustikales Aussehen verkraften. Mit Elan öffnete sie die Tür. Auf der anderen Seite der Schwelle stand jedoch nicht Ines, sondern ein blasser Mann im Anzug mit akkurat gescheiteltem, schütterem blondem Haar, der sie mit aufgerissenen Augen anstarrte.

8. KAPITEL

Björn erschrak, als die Frau ihm die Tür öffnete. Zuerst fielen ihm das zerzauste rotblonde Haar auf und ein Nasenstecker, in dem sich der faserige Rest eines Taschentuchs verfangen hatte. Außerdem trug sie einen verwaschenen hellgrauen Schlafanzug mit einem deutlich sichtbaren braunen Fleck auf dem Oberschenkel, den auch eine hastig davorgehaltene Hand nicht verbergen konnte. In so einem Aufzug jemandem um 11 Uhr die Tür zu öffnen war mutig, frech oder schlicht ein Zeichen von Verwahrlosung. Björn versuchte krampfhaft, sich seine Verwunderung nicht anmerken zu lassen, und streckte seinem Gegenüber den Dienstausweis entgegen.

»Frau Aschenbrenner, ich muss mit Ihnen sprechen. Es geht um den kürzlich verstorbenen Jochen Weiß. Kann ich reinkommen?«, fragte er, wartete kurz ab und schlüpfte dann an der Gastgeberin vorbei, um in die Wohnung zu gelangen. Diese Überrumpelung hatte er sich von einem Kollegen während der Polizeiausbildung abgeguckt: Solange auf die Frage »Kann ich reinkommen?« kein deutlich vernehmbares »Nein« entgegnet wurde, konnte man das als stumme Zustimmung interpretieren. Schließlich gab es nichts Aufschlussreicheres als das unaufgeräumte Zuhause einer verdächtigen Person. Und in diesem Fall fühlte Björn einen wohligen

Schauer. Hannah Aschenbrenners Wohnung erschien wie aus dem Lehrbuch für Menschen mit soziopathischen Störungen: chaotisch, ungepflegt und höchst verdächtig. Benutzte Tassen und schmutzige Teller türmten sich auf dem Couchtisch und wurden von einer seltsam altmodischen Lampe beleuchtet, die überhaupt nicht zu den modernen Großstadtfotos mit Hochhaussilhouetten an den Wänden passte. Björn bemerkte noch zwei pinke Futternäpfe, verziert mit lächerlichen Katzenohren, und dann verfing sich sein Blick an einem Regal, gefüllt mit bauchigen Gläsern, in denen kleine exotische Pflanzen platziert waren. Sie sahen aus wie winzige Aquarien, allerdings fehlten die Fische und das Wasser. Nur ein paar feuchte Tropfen glänzten hier und da an den Innenseiten der Gläser und erschwerten den Blick auf den Inhalt. Er würde die seltsamen Gewächse gern genauer betrachten, um sich markante Blattformen und Färbungen einzuprägen und sie hinterher nachzuschlagen. Vielleicht hatten sie irgendwas mit dem Mord zu tun. Womöglich waren es giftige Pflanzen, die hier gezüchtet wurden?

»Das ist mein Flaschengarten – ein Hobby, wenn es erlaubt ist«, raunte plötzlich eine Stimme neben ihm.

Björn zuckte zusammen. Er hatte die exotischen Gläser zu offensichtlich gemustert. Verdachtsmomente des Kommissars sollten nicht wie bei einem Bauerntheaterstück aus 15 Metern Entfernung zu erkennen sein, sodass selbst das Publikum in der letzten Reihe ahnt: Oho, da scheint etwas faul zu sein.

Hastig wandte er seinen Blick von den merkwürdigen Gewächsen ab und zückte sein Notizbuch. »Wo waren Sie am vergangenen Samstag zwischen 15 und 18 Uhr?«, fragte er knapp.

Er glaubte, ein leichtes Zucken in den Augenwinkeln von Frau Aschenbrenner zu erkennen. Dann zupfte sie sich eine Haarsträhne aus dem Gesicht. »Ich hatte Dienst im Wellnessbereich des Hotels Rebstock. Vom Mittag bis zum Abend.«

»Durchgehend?«, fragte Björn Klingele, während er die Worte »Flaschengarten recherchieren« notierte.

Hannah Aschenbrenner antwortete mit einem Nicken.

Björn Klingele wusste, dass die Antwort nicht ganz richtig war. Er hatte sich den Dienstplan zeigen lassen. Tatsächlich war Frau Aschenbrenner durchgehend ausgebucht gewesen mit verschiedenen Massageterminen. Doch zwischen den Sitzungen – so hatte Frau Weiß es ihm erklärt – blieb immer mindestens eine Viertelstunde Zeit, um den Raum zu säubern und für den nächsten Kunden vorzubereiten. Und womöglich auch dafür, andere Dinge zu bereinigen. Aber Björn verzichtete darauf, nachzuhaken. Aktuell würde Hannah Aschenbrenner nichts Verräterisches ausplaudern, vermutete er. Wie sie da mit verschränkten Armen und zusammengekniffenem Mund vor ihm stand, würde sie ihn nur mit einsilbigen Antworten abspeisen. Er musste sie aus der Reserve locken und fischte deshalb eine Plastiktüte aus seiner Aktentasche.

»Kennen Sie dieses Gerät?«, fragte er.

Hannah Aschenbrenner räusperte sich, ehe sie antwortete. »Keine Ahnung! Für mich sieht jedes Handy gleich aus«, sagte sie, wobei ihr Tonfall nicht überzeugend klang.

Björn überlegte kurz, die Plastiktüte mit dem Handy abzulegen, um das nächste Beweismittel hervorzuholen. Aber auf dem Sofatisch glänzten kleine Pfützen einer braunen Flüssigkeit. Er steckte die Tüte zurück in seine Aktentasche und griff nach Papierbögen, die er in eine Klarsichthülle einsortiert hatte. Ein Kollege der Spurensicherung hatte den auf dem Mobiltelefon gespeicherten Nachrichtenverlauf schriftlich dokumentiert. Jochen Weiß hatte das altmodische Nokia-Handy offensichtlich nur genutzt, um sich mit seiner Affäre zu verabreden. Die letzten Wochen hatte er durchaus leidenschaftliche Liebesbekundungen an Hannah Aschenbrenner gesendet, und diese hatte fleißig geantwortet.

»Das Gerät gehörte Jochen Weiß, und wir haben darauf einen Nachrichtenverlauf entdeckt, der mit Ihnen in Verbindung steht. Da wären beispielsweise diese Botschaften«, sagte Björn und faltete den Zettel auf, um einen Satz vorzulesen, den er längst auswendig kannte: »›Du bist der größte Fehler meines Lebens!‹ Die Botschaft wurde am Freitagabend um 20:51 Uhr versendet und einige Minuten später folgte dieser Satz: ›Das mit uns muss endlich ein Ende haben! Ich wünschte, du würdest aus meinem Leben verschwinden.‹ Bemerkenswert empfand ich auch diese Nachricht von letzter Woche: ›Scher dich ins Nirwana!‹« Er faltete den Zettel wieder zusammen und fixierte Hannah Aschenbrenner, deren Gesicht keine Regung zeigte. »Unter Nirwana ist im buddhistischen Sinne so was wie das Jenseits zu verstehen. Haben Sie diesen Ort gemeint?«

»Das geht mir zu weit! Ich glaube, ich möchte erst mal einen Anwalt sprechen«, entgegnete sein Gegenüber, ohne zu zögern.

Björn hatte mit dieser Reaktion gerechnet. Er hatte seine Verdachtsperson eingekreist und mit seinem Wissen konfrontiert – jetzt musste er sie eine Weile in Ruhe lassen. Ihr Zeit geben, sich ungeschickt zu verhalten. Und sie darüber belehren, dass sie erreichbar und vor Ort bleiben müsse. Da fiel ihm noch ein Umschlag ein, den Angelika Weiß ihm aufgedrängt hatte. Eigentlich war es nicht seine Aufgabe, den Postboten zu spielen. Aber die Rebenglück-Chefin hatte ihn bedrängt, den Umschlag an Hannah Aschenbrenner auszuhändigen, und er hatte ihr Wohlwollen nicht verspielen wollen. Schließlich brauchte er weiterhin ungestörten Zugang zum Hotel und zu allen Unterlagen des Opfers. »Das soll ich Ihnen von Angelika Weiß geben«, raunte er, als er den Umschlag in ihre Richtung streckte. Als Hannah Aschenbrenner nach längerem Zögern danach griff, bemerkte er ein deutliches Zittern ihrer rechten Hand.

9. KAPITEL

Die Decke der »Rosenstube« war mit roten und gelben Blumen verziert. Ein mittelmäßig talentierter Künstler hatte die Blüten irgendwann in den 1960er-Jahren mit dicken Pinselstrichen auf die Holzdecke gemalt. Passend dazu lagen floral verzierte Polster auf den Stühlen der rustikalen Bauernmöbel. Selbst die Bilder an den Wänden zeigten üppige Sträuße und Bouquets. Aus diesem Grund wurde der Raum gern für Heiratsanträge genutzt. Nach dem Dessert schoben verschwitzte Männerhände kleine Schatullen mit Verlobungsringen über den Tisch zu ihren Auserwählten, die das Schmuckstück in den allermeisten Fällen freudig im Empfang nahmen – woraufhin eine in der Nähe positionierte Bedienung ihre Lauerstellung verließ und umgehend zwei Gläser Sekt auf einem herzförmigen Tablett servierte. Bei besonders spendierfreudigen Heiratswilligen durfte es auch der teure Champagner sein. Nun stand nur eine Kanne Kaffee auf einem der Tische. Bis auf Manuel und Angelika Weiß war der Gastraum leer. Heute waren es Angelikas Hände, die sich verschwitzt anfühlten, doch hinter der Aufregung verbargen sich keinerlei romantische Gefühle. Am liebsten hätte sie auf dieses Treffen verzichtet, ihr Schwager hingegen hatte darauf bestanden. Manuel rührte gerade mit stoischer Gelassenheit das dritte Zuckerstück in seinen Kaffee. Genau wie Jochen es immer getan hatte, dachte Angelika. Wenn sie mal versehentlich an seiner Tasse genippt hatte, war sie über die aufdringliche Süße seines Getränks erschrocken. Angelika trank ihren Kaffee ohne Zusätze. Wobei sie ihre Tasse gerade gar nicht anrührte. Sie war viel zu nervös für Koffein und wünschte sich insgeheim ein Glas Wasser – aber sie wollte keine ihrer Bedienungen herbeirufen. Der Besuch ihres Schwagers sollte möglichst wenig Aufmerksamkeit erregen. Wenn es nach ihr ginge, hätte am besten alles, was in den letzten Tagen passiert war, möglichst wenig Aufmerksamkeit erregen sollen.

»Wie geht es dir, meine Liebe? Kommst du klar?«, fragte Manuel, nachdem er endlich seinen Löffel abgelegt hatte – allerdings nicht, ohne ihn vorher genussvoll abzulecken.

Angelika rang sich ein Lächeln ab. Sie konnte sich nicht daran erinnern, dass ihr Schwager sie jemals zuvor »meine Liebe« genannt hatte. Ihr Mann hatte seinen Bruder auf Abstand gehalten, seitdem er das Hotel vor rund 30 Jahren geerbt hatte – was Manuel ihm nie verziehen hatte. Mit der vertraulichen Anrede schuf ihr Schwager eine Nähe, die es eigentlich nicht gab.

»Alles läuft reibungslos. Du weißt doch: Ein solides Hotel funktioniert wie eine Schwarzwälder Kuckucksuhr. Sie kennt keinen Stillstand und trällert fröhlich zu jeder Stunde, mag sie gut sein oder nicht«, sagte Angelika. Diesen Vergleich hatte Jochen gern gegenüber neugierigen Gästen angebracht, wenn sie sich beispielsweise während der Coronazeit nach der wirtschaftlichen Lage des Hotels erkundet hatten. Bewaffnet mit folkloristischen Lebensweisheiten stets den perfekten Schein zu wahren – das hatte ihr Mann beherrscht. Angelika hatte seine zur Schau getragene Heiterkeit im Laufe ihrer Ehe zunehmend verachtet. Denn irgendwann war er dazu übergegangen, auch ihre Beziehungsprobleme wegzulächeln. Während der Hoteldirektor Jochen Weiß seine Rolle immer meisterhafter beherrschte, verschwand der private Jochen Weiß auf beängstigende Weise. Angelika sollte vielleicht nie mehr herausfinden, wohin jener Mann, in den sie sich einmal verliebt hatte, verschwunden war. Hatte er sich aufgespart für seine Affären oder hatte er sich aufgelöst, um alle seine Energie in die Arbeit zu stecken? Trotz allem hat sie eine Sache von ihm gelernt: Es war wichtig, nach außen hin zu funktionieren. Und in diesem Moment war sie Jochen regelrecht dankbar dafür, dass sie sich seine Schwarzwälder-Kuckucksuhren-Lebensweisheit zu eigen machen konnte.

Manuel grinste schief. »Tapfer, tapfer! Aber man darf sich nie auf dem vergangenen Erfolg ausruhen. Das weiß ich von meinen Geschäften.«

»Da hast du sicher recht. Das habe ich auch nicht vor: mich auf dem Erfolg ausruhen«, sagte Angelika und verkniff sich einen hämischen Seitenhieb auf die Geschäftserfahrungen ihres Schwagers. Nachdem die Leitung des Familienunternehmens seinem Bruder übertragen worden war, hatte Manuel von den Eltern eine beträchtliche Summe Geld bekommen, um sich etwas Eigenes aufzubauen. Zunächst hatte er sich mit einer eigenen Pension abgemüht, die er im Nachbarort eröffnet hatte. Sein Haus hatte den Namen »Black Forrest« getragen. Das moderne Konzept mit silbernen Geweihen an den Wänden, glucksenden Wasserbetten und Frühstück, das einem Automaten entnommen werden konnte, war jedoch viel zu futuristisch gewesen für die wenig experimentierfreudigen Schwarzwaldurlauber der 2000er-Jahre. Nachdem er das Haus hatte schließen müssen, war Manuel für eine Weile verschwunden, worüber Jochen nicht gerade unglücklich gewesen war. Laut Gerüchten hatte er mal in Darmstadt, mal in Kaiserslautern und in Bremen gelebt und mäßig erfolgreiche Lotto- und Schreibwarenläden geführt. Doch dann war er vor zwei Jahren auf einmal zurückgekehrt nach Bad Appenbach, um in der Nähe einen Kanuverleih zu eröffnen. Mit einigen gebraucht erstandenen Booten ermöglichte er Touren durch das nahe gelegene Naturschutzgebiet Taubergießen und dessen weit verzweigtem Netz aus Wasserläufen in den Oberrheinauen. Ein aufgesticktes Kanu auf seinem cremeweißen Hemd deutete darauf hin, dass er gerade im Dienst war und wahrscheinlich schon bald müde gepaddelte Urlaubsgäste mit seinem Lieferwagen aufsammeln musste. Angelika entging auch nicht, wie zerknittert der Stoff des Hemdes war, und sie bemerkte die schlampig aufgetragene Haartönung auf Manuels Schläfen. Braune Flecken zeichneten sich auf seiner großporigen Haut ab. Selbst der Vollbart, den er neuerdings trug, wirkte ungepflegt. Der optische Eindruck passte ganz und gar nicht zu dem selbstzufriedenen Grinsen, das Manuels Mundwinkel umspielte.

»Und dieser Kommissar Klingele, hat er schon etwas herausgefunden?«, fragte er und schlürfte den letzten Rest seines Kaffees leer.

Angelika zögerte, ehe sie antwortete. Natürlich war ihr Schwager nicht nur vorbeigekommen, um sich nach ihrem Wohlbefinden zu erkunden. Er hatte Hintergedanken, und sie wiederum wollte ihm nicht zeigen, dass er sie mit seinen Fragen nervös machte. »Na ja, ein bisschen Zeit müssen wir ihm lassen. Sobald es wichtige Neuheiten gibt, werde ich dich natürlich informieren«, sagte sie und dachte in dem Moment an den blassem Kommissar, dem sie gestern ohne Weiteres den Brief mit der sofortigen Freistellung für dieses Flittchen Hannah Aschenbrenner hatte aufdrängen können. Ein Kommissar, der sich zum Postboten degradieren ließ, konnte kein allzu raffinierter Ermittler sein – was gut oder schlecht sein konnte. Darüber war sie sich noch nicht klar geworden. »Ich muss jetzt leider gehen. Die Arbeit ruft«, sagte sie und erhob sich von ihrem Stuhl.

Unvermittelt griff Manuel nach ihrem Handgelenk. »Eine Frage noch, meine Liebe. Wann wird eigentlich das Testament verlesen? Mein Bruder hat doch sicher an mögliche tragische Eventualitäten gedacht, oder? Du als seine Ehefrau musst das doch wissen, nehme ich an.«

Angelika glaubte, dass er das Wort »Ehefrau« extra genüsslich in die Länge zog. In diesem Moment wäre sie gern auf ihren Stuhl zurückgesunken. Aber sie sammelte sich rasch und löste ihr Handgelenk aus Manuels Umklammerung. »Alles zu seiner Zeit, mein Lieber«, verkündete sie mit dem verbindlichsten Lächeln, das sie gerade zu bieten hatte. Hinter diesem Lächeln musste sie eine bittere Erkenntnis verbergen: Das Testament war verschwunden. Es befand sich zumindest nicht an dem Ort, an dem sie es vermutet hatte. Sie hatte keine Ahnung, wo Jochen es versteckt hatte.

10. KAPITEL

Statt von einer ausgewaschenen Flanellbettwäsche war Jochen Weiß diesmal von einem mintgrünen Tuch bedeckt – grell ausgeleuchtet von Neonröhren. Björn musste an den Leichenfundort denken und daran, wie akkurat der Stoff mit dem verwaschenen Apfelmuster den Toten umschmiegt hatte: alle Körperteile bis zum Hals sorgfältig verhüllt. Jetzt lag der grüne Stoff achtlos auf dem Gesicht des Hoteldirektors und dafür ragten am anderen Ende der metallenen Liege nackte Füße hervor.

Mit einem Ruck zog Jens Mildenberger das Tuch weg. Björn würde sich nie an den Anblick von Leichen gewöhnen können. Die eingefallenen Gesichter und die unnatürliche Hautfarbe. Als Jugendlicher hatte er im Kunstunterricht mal ein Selbstporträt malen müssen. Er erinnerte sich daran, wie schwierig es gewesen war, einen authentischen Hautton zu mischen. Fast der ganze Wasserfarbkasten war dafür zum Einsatz gekommen. Gelb, weiß, rot, blau und sogar ein bisschen grün – mit jeder zugefügten Nuance war der Teint damals realistischer geworden. Bei Toten war es so, als würde sich die mühsam angerührte Farbmischung wieder voneinander trennen: Die Violett- und Blautöne sammelten sich am Rücken in Totenflecken und ließen gelblich-weiße Bäuche zurück. Einen grellen Kontrast zur fahlen Haut bildeten rote Schnittwunden, die für die innere Leichenschau nötig waren. Für die Bestattung wurden diese so gut wie möglich kaschiert – doch jetzt leuchteten sie Björn als martialisches Muster entgegen. Er wandte den Blick zum Gerichtsmediziner, dessen freudige Erregung eine willkommene Ablenkung war. Am liebsten hätte Björn seinen Kollegen Franz Engler hierher in die Freiburger Gerichtsmedizin geschickt – irgendwas könnte der schließlich auch mal zur Aufklärung des Falls beitragen. Aber statt mit den wichtigsten Fakten würde der mit Frotzeleien über den Dipfelischisser zurückkommen: »Wie der Simbel sich wieder aufgepluschtert hat – wie ein Goggel im Stall.« Franz unterteilte sämtliche Kollegen in die Kategorie »Seggel«, wenn er sie für faul hielt, und »Simbel«, wenn sie ihm zu fleißig erschienen. Wobei nahezu alle zur zweiten Kategorie zählten. Björn inklusive – vielleicht fühlte er auch deswegen eine Art von Verbundenheit zum Gerichtsmediziner, der gerade seine Notizen mit einer Geste des Triumphs in den Himmel reckte. »Wir haben es hier mit einem äußerst interessanten Fall zu tun! Sozusagen ein doppelter Giftmord.«

»Was soll das heißen – ein doppelter Giftmord?«, hakte Björn nach.

»Na ja, das ist ein bisschen so wie bei diesen überteuerten Eiscremes. Ein schlichtes Schokoladeneis reicht scheinbar nicht mehr aus, um unseren nimmersatten Blutzuckerspiegel zu befriedigen. Da müssen noch

Keksstücke, Karamellsplitter und weiß der Teufel was alles mit rein. Damit der Körper auch mit Sicherheit weiß: Achtung, Achtung – hier kommt ein Nachtisch! Enzyme werden in Alarmbereitschaft versetzt, denn sie müssen den Zucker nun mühsam aufspalten, damit er als Energielieferant genutzt werden kann – was jedoch oft nur unzureichend geschieht. Deshalb verwandelt sich das hochkalorische Eis rasch in Fettpolster«, dozierte Jens Mildenberger und blickte sein Gegenüber auffordernd an.

»Okay, verstehe«, erwiderte der Kommissar, obwohl er mal wieder keine Ahnung hatte, worauf der Gerichtsmediziner hinauswollte.

Aber zum Glück war sein Gegenüber in Plauderlaune und redete munter weiter, während es auf verschiedene Körperstellen der Leiche deutete. »Unser Opfer musste sich natürlich nicht mit einer doppelten Menge an Zucker rumschlagen. Ihm wurde eine extragroße Portion Gift kredenzt. Wir haben im Magen deutliche Spuren des Weißen Germers gefunden: eine äußerst giftige Pflanze, die in den Alpen wächst. Schon zwei Gramm des getrockneten Rhizoms können tödlich sein, denn sie enthalten toxische Alkaloide wie Protoveratrin und Germerin. Unmittelbar nach der Einnahme treten Krämpfe und Pulsverlangsamung auf. Normalerweise würde der Körper sich jetzt wehren: heftiger Niesreiz, Durchfall und Übergeben. Und natürlich würde der Betroffene nicht gemütlich im Bett liegen bleiben, sondern schreien und nach Hilfe suchen. Aber in unserem

Fall kam ein zweites Gift ins Spiel, das eigentlich keines ist, in diesem Fall aber schon: Hühnereiweiß.«

Björn nickte, diesmal verstand er den Mediziner sofort. Er erinnerte sich, dass Angelika ihm bei ihrer Zeugenaussage von der Hühnereiweißallergie ihres Mannes erzählt hatte. Jochen Weiß hatte akribisch darauf geachtet, was er aß, und konsequent auf Eier sowie auf sämtliche Backwaren oder Sonstiges verzichtet, das Ei enthält. »Jemand muss Jochen Weiß ziemlich gut gekannt haben. Soweit ich gehört habe, redete der Hoteldirektor nur selten darüber, weil er nicht wollte, dass andere von seiner vermeintlichen Schwäche wussten. Wie hat sich denn das Hühnereiweiß auf seinen Körper ausgewirkt?«

Jens Mildenberger deutete auf den Hals des Toten. »Das Hühnereiweiß hat umgehend zu Atemnot geführt. Ich vermute, dass das Opfer nur um Hilfe japsen konnte. Aber jede Rettung wäre wahrscheinlich ohnehin zu spät gekommen: Ein allergischer Schock in Kombination mit dem äußerst giftigen Germer, das ist für einen 57-Jährigen, der einen genussvollen Lebenswandel gepflegt hat, wie seine verfettete Leber mir verraten hat … Also, für jemanden wie ihn ist diese doppelte Mischung ein bisschen zu viel an Boshaftigkeit.«

Björn erinnerte sich an das Hanföl, das auf dem Nachtkästchen gefunden wurde. »Da gab es doch dieses Schlafmittel mit Hanfsamenöl in seinem Zimmer. Hat er sich das Gift also womöglich selbst eingeträufelt, und das war es dann?«, sinnierte er laut vor sich hin. »Aber dazu passt die Position nicht, in der wir ihn gefunden haben. Er lag so friedlich da, und die Decke war akkurat über seinen Körper gelegt.«

Der Gerichtsmediziner nahm das grüne Tuch zur Hand und breitete es mit eifriger Sorgfalt über dem Toten aus – ähnlich wie die Flanellbettwäsche am Tatort drapiert gewesen war. »Ich verstehe, was Sie meinen. In der Tat würde niemand, der gerade von diesem Giftcocktail über den Jordan geschickt wurde, aussehen wie ein sanft schlummerndes Jesuskind in seiner Krippe. Es muss jemand im Raum gewesen sein. Gut möglich, dass diese Person ein präpariertes Cannabisöl bereitgestellt hat. Und im Anschluss hat sie das Öl wieder mitgenommen, um Spuren zu verwischen. Das vorgefundene Präparat war jedenfalls unauffällig. Der Geschmack von dieser Hanfrezeptur und dem Germerextrakt dürfte sich nicht ganz unähnlich sein. Alkaloide schmecken bitter. In gewöhnlichem Essen würden wir sie sofort bemerken, aber bei einem Kräuteröl fällt das toxische Aroma nicht so auf. Und Hühnereiweiß lässt sich sowieso kaum herausschmecken«, sagte Jens Mildenberger.

Björn versetzte sich gedanklich zurück in die Dachkammer des Hotels Rebenglück. Zu dem Raum führte ein unscheinbarer Flur. Von dort aus konnte man in ein weiteres Zimmer gelangen, in dem ausrangierte Möbel und alte Werbeprospekte gelagert wurden. Vielleicht hat darin jemand gelauert und gewartet, bis Jochen Weiß seine Kammer betrat? Und dann durch einen Türspalt beobachtet, wie der Hoteldirektor das Gift zu sich nahm? Der Moment, in dem das Opfer in die Falle tappte.

»Die Person hat möglicherweise also den Todeskampf mit einer gewissen Freude beobachtet«, sinnierte Björn.

Jens Mildenberger nickte und entfernte das grüne Tuch vom Gesicht des Hoteldirektors. »Wir haben Textilfasern der Bettwäsche im Mund gefunden. Wahrscheinlich drückte der Täter die Decke auf das Gesicht, um Geräusche zu unterdrücken. Wobei dem Opfer für laute Schreie ohnehin die Luft ausging.«

»Und danach wurde Weiß wieder zugedeckt – von jemandem, der sein Werk vollendet hat«, sagte Björn mehr zu sich selbst. »Vielleicht von jemandem, der ein eher unrühmliches Kapitel seines Lebens auf elegante Art beenden wollte.«

11. KAPITEL

Eigentlich hatte Hannah erst einmal keinen Fuß in Richtung des Hotels setzen wollen, und doch stand sie jetzt plötzlich ganz unbeabsichtigt vor dem Fachwerkanwesen. Sie war dort offiziell nicht länger erwünscht. In dem Brief, den ihr dieser hinterfotzige Kommissar ausgehändigt hatte, teilte ihr Angelika Weiß mit, dass sie mit sofortiger Wirkung freigestellt war. Außerdem wurde sie aufgefordert, das Hotel nicht mehr zu betreten, solange die Ermittlungen nicht abgeschlossen seien. Wundern durfte sie sich nicht darüber. Durch den Nachrichtenaustausch auf Jochens Handy galt sie als besonders verdächtig. Spätestens dadurch hatte Angelika Weiß von der Affäre erfahren, und natürlich konnte sie ihre Angestellte nicht länger im Hotel dulden. In gewisser Weise fiel Hannah mit dieser Entscheidung eine Last von den Schultern. Sie hatte die Heimlichkeiten längst sattgehabt, und jetzt war es eben offiziell bekannt: Sie war das, was man salopp als Betthase bezeichnen konnte. Auch wenn Jochen immer behauptet hatte, dass seine Ehe lange vor ihrer Affäre in die Brüche gegangen war. Hannah hatte Mist gebaut. Es war ihr mehr als unangenehm gewesen, als dieser Klingele einige ihrer Nachrichten laut vorgelesen hatte. »Du bist der größte Fehler meines Lebens.«

Sie schämte sich dafür, dass sie Jochen so etwas geschrieben hatte. Ihm war das denkbar schlimmste Schicksal widerfahren, und sie hatte ihm kurz davor noch trotzig derartige Botschaften geschickt. Tatsächlich hatte sie insgeheim manchmal gehofft, dass er so schnell aus ihrem Leben verschwinden würde, wie er hineingeplatzt war – jedoch selbstverständlich nicht auf diese tragische Art. Ja, sie hatte ihn ins Nirwana gewünscht. Aber damit meinte sie nicht das Jenseits, sondern einen möglichst weit entfernten Ort. Sie hätte genauso gut schreiben können: »Scher dich in die Walachei oder in die Pampa.« Doch genau das brauchte sie diesem Klingele nicht zu erklären, denn der war ein besserwisserisches Gscheidhaferl. Sie selbst redete frei von der Leber weg und meinte nicht alles wörtlich, was sie den lieben langen Tag von sich gab. Und das rächte sich jetzt.

Mittlerweile verstand sie selbst nicht mehr, warum sie die Affäre nicht längst beendet hatte. Sie hatte sich in die Idee verrannt, dass sie mit dem erfolgreichen Hoteldirektor eine Zukunft hatte. Doch statt eine Beziehung mit ihm zu führen, war sie abhängig von ihm gewesen: von seinem Geld, von seinen sporadischen Besuchen und von seinen Versprechungen, dass sich bald alles ändern würde – obwohl sie selbst längst nicht mehr daran glaubte. Hinter der Aussage »Du bist der größte Fehler meines Lebens« versteckte sich eigentlich die Botschaft: »Ich selbst bin der größte Fehler meines Lebens, weil ich mich immer wieder von der Idee täuschen lasse, dass mich bei irgendeinem Kerl das große Glück erwartet.« Die Affäre mit Jochen war zwar mit Sicherheit in den Augen der meisten eine depperte Sauerei, aber noch lange kein Verbrechen im juristischen Sinne. Natürlich gab es dieses Klischee: Die Geliebte wird zur beleidigten Leberwurst und bringt den Hallodri ums Eck. Doch laut Anwalt war ihr Alibi völlig in Ordnung, denn ihr Dienstplan war lückenlos gefüllt gewesen.

Trotzdem konnte sie seit Tagen nicht mehr schlafen. Jedes Mal, wenn sie die Augen schloss, musste sie an Jochen denken. Schöne Erinnerungen wechselten sich blitzartig mit fürchterlichen Streitszenen ab. Darunter mischten sich wachsende Zukunftsängste. Das Leben als Jochens Geliebte war zwar seelisch belastend gewesen, zumindest hatte sie sich jedoch keine finanziellen Sorgen machen müssen. Sie hatte genug Geld verdient, um ihre Miete zu bezahlen. Ihren Umzug nach Bad Appenbach hatte Jochen finanziert, denn Hannah besaß keine Ersparnisse. Ihre wechselnden Aushilfsjobs hatten ihr immer nur so viel Gehalt eingebracht, wie sie zum Leben brauchte. Mit einer schnellen Rückkehr in das Hotel Rebenglück konnte sie nicht rechnen. Wahrscheinlich würde Angelika Weiß sie nie wieder beschäftigen, selbst wenn ihre Unschuld bewiesen wurde – verständlich. Hannah musste sich rasch eine neue Stelle suchen, aber wie verflixt noch mal sollte sie in ihrem Zustand ansprechende Bewerbungsunterlagen verfassen und bei einem Vorstellungsgespräch glänzen? Und was sollte sie auf die Frage entgegnen, warum sie ihre Stelle in einem florierenden Hotel aufgegeben hatte? Unmöglich könnte sie die Wahrheit erzählen. Wer würde bitte eine Frau einstellen, die eine Affäre mit ihrem Chef gehabt hatte und noch dazu unter Mordverdacht stand? Und wahrscheinlich würde ihr niemand glauben, dass ihr die Arbeit als Wellnesstherapeutin tatsächlich am Herzen lag. Ihr Lebenslauf mit den regelmäßig wechselnden Aushilfsjobs las sich so, als würde sie orientierungslos von einer Tätigkeit zur nächsten taumeln. Wem könnte sie glaubhaft versichern, dass sie endlich eine Arbeit gefunden hatte, die ihr weit mehr bedeutete, als nur die Kosten für ihre Miete zu decken? Die letzten Wochen hatte sie immer wieder darüber nachgedacht, eine Ausbildung zur Physiotherapeutin nachzuholen, denn dann könnte sie zukünftig medizinische Massagen durchführen und die Verspannungen ihrer Kunden noch viel effizienter lösen. Aber wo sollte sie sich zukünftig überhaupt bewerben? Ohne Jochen hielt sie nichts im Schwarzwald, doch für einen Umzug zurück nach München fehlte ihr schlicht das Geld. Keinesfalls konnte sie Luiserl oder ihre Eltern darum bitten – dieses letzte bisschen Stolz wollte sie sich bewahren.

Wegen all ihrer Sorgen lag Hannah nachts wach im Bett und nickte höchstens für wenige Minuten ein, um sich dann wieder ruhelos im Bett hin- und herzuwälzen – bis sie kapitulierte, weil ihr kein erholsamer Schlaf vergönnt war. So war sie auch jetzt am frühen Mittwochmorgen bereits in Bad Appenbach unterwegs. Die

Bäckereifiliale, die mit pikanten Käsfiesle und frischem Schäufelebrot warb, hatte noch geschlossen. Der Souvenirladen war ebenfalls noch nicht geöffnet, sodass sich Touristen vorerst mit dem Anblick der Schaufensterauslage, bestehend aus Bollenhut-Tassen, Bollenhut-Pullovern und Bollenhut-Gummibärchen, begnügen mussten. Wobei die Urlaubsgäste ohnehin noch schliefen oder sich in Frühstücksräumen mit dem ersten Morgenkaffee verwöhnen ließen. Die Straßen waren nahezu menschenleer. Hannah war – in Beschlag genommen von ihren Grübeleien – automatisch dem Weg zum Hotel gefolgt, und zwar in Richtung des Hintereingangs, durch den sie das Gebäude immer betreten hatte, wenn sie Dienst hatte. Ihr Fehler wurde ihr erst bewusst, als sie wenige Meter vom Hotel Rebenglück entfernt war. Um eine unangenehme Begegnung mit Angelika Weiß zu vermeiden, wollte sie sofort umdrehen. Aber dann bemerkte sie aus dem Augenwinkel den Portier Konrad Hug. Er saß auf einer Bank und zupfte vertrocknete Blüten aus einem Pflanztrog mit Astern. Sie hatte ihn dort schon öfter sitzen sehen. Eigentlich gab es einen Pausenraum für die Mitarbeiter, doch diesen mied Konrad meistens. Als Portier sei er zu einer Freiluftpflanze geworden, die in Innenräumen eingehen würde, hatte er Hannah mal kichernd erklärt. Ein Grund für seine Abwesenheit im Gemeinschaftsraum war vielleicht auch die Tatsache, dass er als Außenseiter galt. Er sei ein bisschen einfältig, munkelten die Kollegen, und manche ärgerten sich darüber, mit welcher stoischen

Hingabe er den Grüßaugust mimte, ohne auf Überstunden zu achten. Wegen ihm durften sie sich anhören, dass die ein oder andere Extraschicht kein Problem darstellen sollte. Hannah aber mochte Konrad, weil er jedem freundlich begegnete. Und jetzt sah er genau in ihre Richtung. Weglaufen konnte sie nicht mehr. Das wäre merkwürdig und wahrscheinlich schon wieder verdächtig gewesen. Ihr Anwalt hatte ihr geraten, dass sie sich völlig normal verhalten solle. Und es gab ohnehin einen Gefallen, um den sie Konrad bitten wollte. Deshalb machte sie mehrere schnelle Schritte in Richtung des Hintereingangs.

»Hallo, Konrad!«, sagte Hannah und überlegte, wie sie den nächsten Satz am besten anfangen könnte. »Wie du weißt, bin ich hier nicht mehr erwünscht« – diese Formulierung kam auf keinen Fall infrage. Bestimmt hatte Angelika das Team längst informiert. Sie musste also nicht viele Worte verlieren. »Ich hab in meinem Schließfach noch ein paar Sachen: eine Jacke, eine Tasche mit Wechselkleidung und einige andere Dinge. Und ich wollte fragen, ob ich sie abholen kann.«

»Oh! Ich verstehe. Ich erkundige mich nach deinen Sachen«, erwiderte Konrad und tippte sich dabei an seine Mütze, wie er es auch gegenüber Gästen tat. Sie konnte ihn sich gar nicht anders vorstellen als im dunkelgrauen Gehrock mit roter Kappe.

»Danke!«, sagte Hannah und fügte ein verlegenes »Und sonst läuft alles gut?« hinzu, weil sie nicht wusste, was sie sonst noch sagen könnte.

»Na ja, du kennst doch das Motto: ›Wir sind wie eine Schwarzwälder Kuckucksuhr. Wir trällern fröhlich zu jeder Stunde, mag sie gut sein oder nicht.‹«

Hannah nickte und verabschiedete sich rasch. Sie kannte den Satz mit der Kuckucksuhr und hatte ihn Jochen schon oft sagen hören. Sie fühlte eine Gänsehaut auf ihren Armen. Sie musste schnell weg von diesem Ort, auch wenn sie keine Ahnung hatte, wohin sie gehen sollte.

12. KAPITEL

Ihren Bungalow hatte Angelika Weiß gründlich abgesucht. Wäre die Spurensicherung gestern vorbeigekommen, hätte sie auf jedem der weißen Lackmöbel zahlreiche Fingerabdrücke gefunden, denn Angelika hatte jede Kommode und jede Schublade durchwühlt. Anschließend hatte sie ihre Putzfrau darum gebeten, sämtliche Flächen gründlich zu reinigen. Das war nicht ungewöhnlich, denn Angelika ließ die empfindlichen Oberflächen regelmäßig abwischen, da jede zufällige Berührung einen deutlich sichtbaren Fettfilm auf dem glänzenden Lack hinterließ. Und genau aus diesem Grund wollte sie die vielen Spuren überall beseitigt wissen, da sie ihr sonst verdächtig erschienen wären.

Sie hatte keine Kinder und noch nicht mal ein Haustier, aber dafür die pflegebedürftigste Einrichtung der Welt – so hatte Angelikas Schwester es mal scherzhaft formuliert und damit nicht ganz unrecht gehabt. Nachlässigkeit verzieh Angelikas Einrichtungsstil nicht. Die Vase mit den Gladiolen hatte ebenso ihren festen Platz wie die akkurat aufgeklopften Sofakissen, die im selben Weißton wie der Rest der Einrichtung leuchteten. Jochen hatte sich regelmäßig mokiert über das Arztpraxis-Flair ihres Zuhauses, aber Angelika hatte ihm oft genug erklärt, dass sie einen Ausgleich brauche zum folkloristischen Schwarzwaldlook des Hotels. Daraufhin hatte er dezent den Kopf geschüttelt, dabei gegrinst und wortlos den Raum verlassen.

Angelika hatte diesen grinsenden Blick nicht aus dem Kopf bekommen, während sie in jedem Jackett ihres Mannes nachgesehen hatte. Sogar seine Unterwäsche hatte sie durchwühlt, seinen Kulturbeutel voller Herrenkosmetik und seine Reisekoffer. Doch den Umschlag mit dem wohl wichtigsten Dokument ihres Lebens hatte Angelika nicht entdeckt. Auch in Jochens Dachkammer war es nicht zu finden gewesen. Hier hatte die Polizei jeden Millimeter nach verdächtigen Beweismitteln abgesucht. Ohne den schriftlich fixierten Letzten Willen ihres Mannes konnte Angelika sich keine eigenständige Existenz aufbauen. Sie konnte nicht mal ohne Weiteres einen Handwerker bestellen, um Reparaturen im Hotel durchführen zu lassen. Geschweige denn irgendwelche Modernisierungen, von denen sie schon lange träumte. Etwa die in ihren Augen allzu geblümt geratene Rosenstube endlich von ihrer biederen Optik zu befreien. Offiziell gehörte jede Holzdiele und jeder Fensterrahmen ausschließlich Jochen. Sämtliche Bankgeschäfte und Verträge liefen auf seinen Namen. Seine Frau solle sich nicht mit langweiligem Finanzkram abmühen – und dabei war sie doch verflixt noch mal nicht mal seine Frau. Auch wenn alle sie dafür hielten. Sogar sie selbst führte den Namen »Angelika Weiß« mittlerweile ganz selbstverständlich, dabei trug sie offiziell noch immer ihren Mädchennamen »Angelika Duffner«.

Nachdem Jochen und sie einige Monate zusammen waren, hatte er im Liebestaumel einen Urlaub nach Thailand gebucht – für beide war es das erste Mal, dass sie so weit weg waren von der Heimat. Kurz nach ihrer Ankunft hatte Jochen ihr einen Heiratsantrag gemacht und sogleich verkündet, dass die Zeremonie für den nächsten Tag bereits vorbereitet war. Im Nachhinein konnte Angelika selbst nicht mehr genau verstehen, warum sie sich so naiv auf all das eingelassen hatte. Es war einfach zu märchenhaft gewesen. Jochen hatte auf der Terrasse des Hotels eine Art exotischen Altar vorbereiten lassen, üppig geschmückt mit bunten Blüten und Kerzen. Der Duft von Räucherstäbchen lag in der Luft. Ein buddhistischer Mönch im orangefarbenen Gewand murmelte weihevolle Sätze in einer Sprache, die weder Jochen noch Angelika verstanden. Am Ende legte der Mönch ihnen Blütenkränze um den Hals und lächelte aufmunternd, als das frisch getraute Ehepaar sich gegenseitig die Ringe ansteckte. Jochen hatte die Schmuckstücke bei einem Juwelier im Schwarzwald anfertigen lassen und dabei sogar seine Eltern, die damals noch lebten, in die Entscheidung mit eingebunden. Nach ihrer Rückkehr schienen alle glücklich zu sein, dass Jochen endlich offiziell verheiratet war. Selbst die unkonventionelle Eheschließung fern der Heimat nahm ihm niemand übel. Die Hauptsache war, dass Jochen endlich die Richtige gefunden hatte. So ein Hotel konnte man nicht als Junggeselle leiten. Nur war die buddhistische Zeremonie keine offizielle Hochzeit und besaß keine juristische Gültigkeit. »Diese Formalitäten holen wir einfach nach. Da gehen wir fix zum Standesamt und alles ist tipptopp geregelt«, hatte Jochen seine vermeintliche Gattin regelmäßig vertröstet. Aber dann waren seine Eltern kurz nacheinander unheilbar erkrankt. Beerdigungen mussten organisiert werden, das Hotel brauchte Jochens gesamte Aufmerksamkeit. Auch Angelika war gefordert, in die Aufgabe der jungen Hotelchefin hineinzuwachsen. Ganz selbstverständlich wurden beide überall als Ehepaar geführt und jeder begrüßte sie mit »Angelika Weiß«. Auch gegenseitig bezeichneten sie sich als »meinen Mann« und »meine Frau«. Die Sache mit dem Standesamt läuft uns doch nicht davon, hatte Jochen sie immer wieder beschwichtigt. Aber das war immer seltener geworden – beide wussten insgeheim, dass sie den richtigen Zeitpunkt für eine offizielle Hochzeit längst verpasst hatten. Das Ehepaar Weiß hätte sich der Lächerlichkeit preisgegeben, wenn herausgekommen wäre, dass sie im bürokratischen Sinne eigentlich gar nicht verheiratet waren. Als lächerlich zu gelten, war für Jochen das Schlimmste – das wusste Angelika. Irgendwann gab sie es auf, weiter auf die Hochzeit zu beharren. Vermutlich hatte sie Angst davor, dass Jochen sich nicht mehr für sie entscheiden würde. Statt ihre wackelige Existenz zu hinterfragen, verdrängte sie das Thema und mimte nach außen die möglichst perfekte Gattin des Hotelchefs.

Längst hatte sie auch den Zeitpunkt verpasst, darauf zu bestehen, dass ihr Name in allen wichtigen Papieren auftauchte. Genau das rächte sich jetzt. Wenn das Testament verschollen blieb, dann würde am Ende wahrscheinlich Jochens Bruder das Hotel bekommen, da er der einzige erbberechtigte Verwandte war. Und er würde nicht zögern, es anzunehmen und Angelika vor die Tür zu setzen. Davon war sie überzeugt. Sie bemerkte die Unsicherheit der Belegschaft. Erst kürzlich war sie gefragt worden, wem die Mitarbeiter die Rechnungen an Jochen Weiß aushändigen sollten.

Ihr Mann hatte ihr einmal gesagt, dass er sein Testament in seinem Schreibtisch aufbewahre, wo sie es jederzeit finden würde. Damals hatte sie ihn gefragt, warum er es nicht besser bei einem Rechtsanwalt deponierte. Jochen versicherte ihr, dass er das vorhabe – aber vorher wolle er noch Kleinigkeiten ändern. Dabei hatte er ihr zugezwinkert und betont, dass Angelika selbstverständlich die Alleinerbin werden sollte. Da müsse sie sich keine Sorgen machen. Und er hatte ihr einen Kuss auf die Wange gedrückt, wie es Eltern bei ihren Kindern machen: wohlwollend zwar, aber mit einer klaren Hierarchie, wer der Küssende war und wer die Geküsste. Insgeheim wusste Angelika, warum er das Testament nicht seinem Anwalt hatte aushändigen wollen. Nichts hatte ihrem Mann mehr Angst gemacht als seine Vergänglichkeit. Er hatte es als skandalöse Ungerechtigkeit empfunden, dass ausgerechnet er eine so fehlgeleitete Immunabwehr hatte, die gewöhnliches Hühnereiweiß für gefährlich hielt. Seine Hühnereiweißallergie war zu allem Überfluss auch noch ein Leiden, das normalerweise Kinder betraf und sich mit dem Älterwerden legte. Bei Jochen hingegen war es im Laufe der Jahre immer schlimmer geworden. Einmal war Angelika dabei gewesen, als er sich selbst zu Hause getestet hatte in der Hoffnung, dass sein Körper sich im Laufe der Zeit verändert hatte und die Allergie verschwunden war. Aber selbst eine winzige Menge Rührei hatte eine so heftige Atemnot zur Folge gehabt, dass er eine Stunde lang japsend auf dem Sofa gesessen hatte. Deshalb hatte er penibel Kuchen, Kekse und alles andere gemieden, das mit Eiern zubereitet war. Er war dabei heimlich und unauffällig vorgegangen, denn er hatte nicht über seine Allergie sprechen wollen. An einer unheilbaren Beeinträchtigung zu leiden, war ihm schlichtweg peinlich gewesen. Selbst vor dem Abschließen einer Reiserücktrittsversicherung wegen eines unerwarteten Krankheitsfalls hatte Jochen zurückgescheut – damit lade man das Unheil ja regelrecht dazu ein, gemütlich Platz zu nehmen im eigenen Leben. Ähnliche Gedanken hatten sicher auch bei seinem Testament eine Rolle gespielt. Es final beim Anwalt zu hinterlegen, hätte seiner Meinung nach Unglück gebracht. Und natürlich war ihr Jochen nie ein Mann gewesen, der seine Angelegenheiten gern aus der Hand gab.

Während Angelika ihren Blick durch den Bungalow schweifen ließ, fiel ihr eine weiße Schachtel auf, die auf dem Garderobenschrank in der Diele lag. Sie nahm einen Hocker, kletterte hinauf und griff auf Zehenspitzen nach dem Karton, um ihn auf der gläsernen Platte ihres Esstisches zu platzieren. Beim Öffnen der Schachtel bemerkte Angelika einen leichten Staubfilm auf dem Deckel. Sie widerstand der Versuchung, ihn erst mal gründlich abzuwischen – dafür war sie zu neugierig auf den Inhalt. Dieser erwies sich als buntes Potpourri aus abgegriffenen Fotos in gelbstichigen Farben. Auf fast allen war Jochen zu sehen. Mal als Junge mit einer übergroßen Schultüte in der Hand und mal zusammen mit seinem Bruder. Obwohl Manuel schon damals einen halben Kopf größer gewesen war, ruhte Jochens Arm selbstbewusst auf dessen Schulter, während dieser seine Knie leicht gebeugt hielt, was seltsam verkrampft wirkte. Auf einmal hatte Angelika ein Foto von ihrer Hochzeit in der Hand. Es war ein Schnappschuss, den sie noch nie gesehen hatte. Sie trug damals ein weißes Strandkleid und eine blinkende Tiara, die sie kurzfristig in einem thailändischen Laden erstanden hatte. Vergnügt hielt sie den bunten Blumenkranz nach oben, den der Mönch ihr kurz zuvor um den Hals gelegt hatte. Angelika war damals tatsächlich glücklich gewesen, denn sie war Hals über Kopf verliebt in Jochen. Auch er war auf dem Foto zu sehen, im hellen Anzug mit blauer Fliege. Er stand neben ihr und lächelte sie an, ohne dass sie es damals mitbekommen hatte. Es war ein liebevoller Blick, der Angelika zusammenzucken ließ, weil er sie an eine Zeit erinnerte, die unendlich weit weg schien. Zwischen diesem Blick von damals und ihrem letzten gemeinsamen Jahr war zu viel passiert – Dinge, die sie ihm niemals verzeihen konnte. Zu all der Unsicherheit, die er ihr wegen des fehlenden Trauscheins über all die Jahre zugemutet hatte, hatte er sie auf eine Art und Weise gedemütigt, die es ihr schwermachte, echte Trauer über seinen Tod zu fühlen. Jochen hatte das Leben zu sehr ausgekostet und sicher nicht damit gerechnet, dass es ein frühzeitiges Ende finden würde. Angelika legte das Foto auf die Glasplatte, schüttete den gesamten Inhalt der Kiste auf den Tisch und wühlte aufgeregt in Momentaufnahmen von Jochens Vergangenheit. Aber das, was sie suchte, fand sie nicht. Sein Testament blieb verschwunden.

13. KAPITEL

Solveig Zähringer hatte sich schließlich für Callas entschieden. Rosen waren ihr zu symbolträchtig und Lilien empfand sie als zu vulgär mit ihren vital aufgerissenen Blütenköpfen, die einen viel zu intensiven Duft verströmten, der unpassend war für eine Beerdigung. Ihr Kranz präsentierte sich als geschmackvolles Zusammenspiel aus weißen Callas, deren glockenförmige Blüten einen hübschen Kontrast bildeten zu roten Hagebutten und grünen Weinranken. Dazu hatte sie eine weiße Schleife gewählt, auf der links in goldenen Lettern die Worte »In großer Dankbarkeit« glänzten und rechts daneben »Im Namen der Gemeinde Bad Appenbach«. Der Kranz lag auf dem Kiesweg am Rande des Grabes neben einer Vielzahl weiterer letzter Blumengrüße. Später, wenn die Beerdigung vorbei war, würde er auf der letzten Ruhestätte von Jochen Weiß in Gesellschaft anderer floristischer Kunstwerke nach und nach verwelken. Aber noch war es nicht so weit.

Solveig hatte sich in die Schlange gereiht für den letzten Abschied am offenen Grab. Ihre Hände nestelten nervös an dem kleinen Strauß, den sie sich passend zum Kranz hatte binden lassen. Er bestand ebenfalls aus Callas und Hagebutten, und sie würde ihn bald huldvoll auf den Sarg fallen lassen. Sie hasste Beerdigungen und vor allem solche, bei denen sie in offizieller Funktion als Bürgermeisterin anwesend sein musste. Auf diskrete und würdevolle Weise ein angemessenes Maß an Trauer zum Ausdruck bringen – diese Form der Schauspielerei war ihr zuwider. Sie schätzte jene Mitbürger, die sich mit Trauerfeiern im privaten Kreise der Familie begnügten. Beerdigungen, wo ihre Anwesenheit völlig unpassend wäre. Im Fall von Jochen Weiß hatte sie vergeblich auf einen diskreten Abschied gehofft. Der Termin für die Beerdigung war rechtzeitig in der Zeitung angekündigt worden, und in der Aussegnungshalle waren zusätzliche Sitzreihen bestuhlt worden, um dem erwarteten Ansturm gerecht zu werden. Tatsächlich hatte sich ein Großteil der Gemeinde auf den Weg gemacht, um den Hotelier zu verabschieden. Alle Stühle waren lange vor dem Beginn der Zeremonie belegt gewesen, und viele Trauergäste mussten sich mit einem Stehplatz begnügen.

Die Trauerfeier hatte sich in die Länge gezogen, da der Pfarrer mit umständlichen Formulierungen ein symbolträchtiges Bild heraufbeschworen hatte: Jochen Weiß sei für Bad Appenbach wie eine Welle gewesen, die mitriss und Dinge in Bewegung gebracht hatte. Eine Welle, die fruchtbaren Boden hinterließ und deren vitale Kraft für immer spürbar bleiben würde. Solveig fragte sich insgeheim, ob sie die Einzige war, die bei dem Bild der Welle ganz andere Assoziationen hatte: nasse Füße beispielsweise und brennendes Salzwasser in den Augen. Nicht zu vergessen Bootsunglücke und Ertrinkende. Ihr waren sanfte Gewässer allemal lieber, die zum geruhsamen Planschen lockten. Solveig konnte auf Ebbe und Flut gern verzichten. Der örtlichen Fagott-Gruppe hatte das Bild des wellenartigen Jochen Weiß jedoch anscheinend gefallen, denn sie hatte fleißig die Stücke »Lass nun los das Ruder« und »Herr deine Liebe ist wie Gras und Ufer« gespielt.

Nach dem Verklingen der letzten Töne hatten sich die Trauergäste auf den Weg gemacht, um den kleinen Friedhof zu durchschreiten. Das Grab der Familie Weiß lag im bewaldeten Teil der Anlage. Erste Ahornblätter zeigten schon eine gelbliche Färbung. Die Temperatur war angenehm, sodass Solveig nicht schwitzte in ihrem schwarzen Zweiteiler. Bald wäre sie an der Reihe, um ihre Blumen in das offene Grab hinabgleiten zu lassen. Dann würde sie Angelika Weiß und Manuel Weiß, die sich rechts vom Grab aufgestellt hatten – sie mit einer dunklen Sonnenbrille, er mit breitkrempigem Hut –, in aufrichtiger Anteilnahme die Hände schütteln. Das durfte sie auf keinen Fall versäumen. Einmal war ihr das bei einer Trauerfeier passiert. Sie hatte ihre offizielle Funktion am Grab schlicht vergessen. Solveig hatte plötzlich an die Beerdigung ihrer eigenen Mutter gedacht, deren Abwesenheit sie bis heute nur schwer verkraftete. Sie waren immer Verbündete gewesen. Ihre Mutter war es auch gewesen, die ihr zur Kandidatur für das Bürgermeisteramt geraten und sämtliche Flyer im Rahmen der Wahl für ihre Tochter gefaltet hatte. Nachdem bei ihr ein bösartiger Gehirntumor diagnostiziert worden war, hatte Solveig sieben Monate lang jeden

Abend an ihrem Bett gesessen und vergeblich auf Heilung gehofft. Stattdessen hatte sie eine Hand halten müssen, die immer dünner und zarter geworden und der schließlich jedes Leben entwichen war. Und dann war ihr bei jener Beerdigung dieses Missgeschick passiert: Vom Gedanken an ihren persönlichen Verlust überwältigt, war Solveig nach dem Blick auf den Sarg auf direktem Weg zu ihrem Auto gelaufen, ohne der irritierten Witwe die Hand zu schütteln. So etwas durfte ihr niemals wieder passieren. Sie durfte nicht in Erinnerungen abschweifen. Solveig konzentrierte sich auf die Gegenwart, um die Situation unter Kontrolle zu behalten. Am Ende war so eine Beerdigung, an der sie offiziell teilnahm, nichts anderes als eine Bürgerversammlung, nur dass es dabei nicht darum ging, die Bepflanzung der Parkanlage zu bestimmen oder die Verkehrsführung im Gewerbegebiet. Das Ziel dieser Versammlung war ein würdevoll zelebrierter Abschied. Alle Anwesenden trugen schwarze Garderobe in den verschiedensten Abstufungen: pechschwarz, teerschwarz, blauschwarz und allerlei Varianten von verwaschenem Schwarz, welche gerade noch dunkel genug waren für den traurigen Anlass. Solveig erkannte aus dem Augenwinkel die neue Weinprinzessin Judith Kiefer. Wenn sie sich richtig erinnerte, hatte sie Jochen Weiß zum letzten Mal bei deren Wahl vor zwei Wochen gesehen.

Auf einmal fiel Solveig wieder diese unangenehme Situation ein, als sie im Anschluss an die Wahl mit Judith Kiefer das Programm für den »Winzerherbst«

hatte besprechen wollen. Dabei hatte sie ungewollt ein Gespräch belauscht. Jochen Weiß hatte nur wenige Meter hinter ihr gestanden, dort, wo sich einige Mitglieder des Gemeinderats rund um den gratis ausgeschenkten Grauburgunder versammelt hatten. Er hatte versucht zu flüstern – aber Solveig hatte gute Ohren, und so war ihr sein Kommentar nicht erspart geblieben. »Für das Fräuleinchen Zähringer wäre so ein Weinprinzessinnenamt ja nichts. Ein derart festliches Dirndl könnte sie ja nie ausfüllen. Also mit reichlich Würde natürlich schon, aber nicht mit einer so schönen Oberw…« Der Rest des Satzes verklang in einem dröhnenden Gelächter.

Immerhin hatte Judith Kiefer nichts von dieser widerlichen Bemerkung mitbekommen, sonst hätte sie die Krone womöglich freiwillig sofort wieder abgelegt. Und Solveig hatte – wie schon oft – so getan, als ob sie nichts gehört hätte.

Beschäftigt mit ihren unliebsamen Erinnerungen, bekam die Bürgermeisterin erst spät mit, dass sie mittlerweile an der Reihe war, an das offene Grab zu treten. Sie blickte hinab auf den rotbraunen Sarg, der üppig mit Blumen und Erde bestreut war. Mit sanftem Schwung warf sie ihr kleines Sträußchen aus Callas und Hagebutten in die Tiefe. Adieu, du armes Männchen, dachte sie dabei. Danach wandte sie sich in die Richtung von Angelika und Manuel Weiß, um wortreich ihre Anteilnahme zu bekunden.

14. KAPITEL

»Dann war also gestern die glorreiche Verabschiedung von Bad Appenbachs größtem Simbel? Wäre er nicht selbst über die Kinzig gegangen, hätte er seine Trauerrede wahrscheinlich höchstpersönlich gehalten«, gluckste Franz Engler und stopfte sich im nächsten Moment eine große Portion Wurstsalat in den Mund.

Eigentlich war es noch viel zu früh für Wurstsalat. Der Minutenzeiger der barocken Kirchturmuhr draußen vor dem Fenster hatte gerade erst damit begonnen, seine bequeme hängende Lage um 9:30 Uhr zu verlassen, um den Aufstieg in Richtung 10 Uhr zu starten. Im Gasthaus Sonne waren Tische und Stühle noch mit einem Metallseil verschlungen, und eine herumstreunende Katze suchte zwischen den verkeilten Möbeln nach Resten des vergangenen Abendessens. Der beschauliche Ausblick aus dem Fenster war das einzig optisch Reizvolle des Polizeipräsidiums, dessen Einrichtung aus grauen Möbeln aus Resopal, Bürostühlen mit abgewetztem Leder und einem verstaubten Kaktus bestand. Der schmale Schreibtisch ihrer Sekretärin Ute Bäuerle war verwaist. Seitdem sie einen Laptop bekommen hatte, mit dem sie auch im Homeoffice tätig sein konnte, arbeitete sie regelmäßig vom heimischen Küchentisch aus – was den Vorteil hatte, dass sie zwischendurch ihre beiden Kinder mit Frühstücksflocken oder Spaghetti Bolognese versorgen konnte. Für Björn hatte es den Vorteil, dass der Geräuschpegel im Büro rapide abgenommen hatte. Die vielen Anrufe besorgter Bad Appenbacher, die aufgeschreckt waren von der Nachricht eines Mordes in ihrer Gemeinde, nahm Ute Bäuerle jetzt in ihrer Doppelhaushälfte entgegen. Derlei Telefonate häuften sich von Tag zu Tag, wobei das bedrohliche Rascheln im Gebüsch bei reiflichem Nachdenken auch dem Rasenmähroboter des Nachbarn zugeordnet werden konnte und das dumpfe Klopfen im Keller doch wahrscheinlich eher einem betagten Boiler geschuldet war denn einem Einbrecher. Ute Bäuerle beschwichtigte die besorgten Anrufer mit unerschütterlicher mütterlicher Fürsorge und überzeugte sie, keine Anzeige gegen Unbekannt zu erstatten. Björn war ihr dankbar dafür, dass ihm diese lästigen Anrufe, begleitet von unnötigen Dokumentationen, erspart blieben.

Statt Telefonklingeln war aktuell nur Franz Englers Schmatzen zu vernehmen. Jeden Morgen brachte sein Kollege eine Auswahl kleiner Tupperboxen mit, in die Elfriede Engler in unermüdlicher Dauerschleife frische Wurstsalate, Kartoffelsalate, Nudelsalate oder Gurkensalate einfüllte. In der Regel wurden alle Zutaten bis zur Unkenntlichkeit in einem dicken Sahnedressing ertränkt oder in Essig und Öl gebadet. Gerade führte Franz eine reichlich gefüllte Gabel zum Mund, an deren Unterseite ein dicker Tropfen Dressing kurz davor war, dem Gesetz der Schwerkraft zu folgen und auf dem Schreibtisch zu landen.

»Der wunderfitzige Herr Kollege war doch sicher anwesend, oder? Was haben deine Observationen ergeben? Verzähl amol!«, forderte er.

Mit einem Gefühl der Erleichterung beobachtete Björn, dass der Tropfen rechtzeitig im Mund seines Kollegen landete statt auf einer ihrer gemeinsam genutzten Unterlagen. Sein Gefühl der Dankbarkeit veranlasste ihn dazu, die Stichelei seines Kollegen zu überhören, der ihm gegenüber das Wort »Observationen« geradezu genüsslich in den Mund nahm. Franz Engler würde sich drei Jahre vor seiner Pensionierung nicht mehr ändern.

»Ich habe nichts Ungewöhnliches bemerkt. Außer der Abwesenheit von Hannah Aschenbrenner. Aber nachdem sie im Hotel nicht mehr erwünscht ist, wäre es schon ziemlich dreist gewesen, auf der Trauerfeier aufzutauchen. So ein Typ ist sie nicht«, erwiderte Björn

»Welcher Typ ist sie dann?«, bohrte der Kollege nach.

»Weiß ich noch nicht«, erwiderte Björn wahrheitsgemäß. Er hatte in den letzten Tagen viel über Hannah Aschenbrenner nachgedacht und wurde einfach nicht schlau aus ihr, was ihn ziemlich ärgerte. Immerhin bei einer Sache war er sich sicher. »Sie ist nicht so dumm, dass sie sich gedankenlos verhält. Und das macht sie in meinen Augen besonders verdächtig. Zumal ihr angefangenes Biologiestudium gut zur Todesursache passt.«

»Aha! Es gibt genauere Infos zur Todesursache. Du hast dich also mit unserem Dipfelischisser getroffen?«, fragte sein Kollege kauend.

Björn zwang sich dazu, nicht laut aufzustöhnen. Die

Unterlagen mit dem Obduktionsbericht lagen seit gestern Nachmittag auf Franz' Schreibtisch, aber er hatte sie offensichtlich keine Minute lang angeschaut. Nicht selten rätselte Björn, warum jemand wie Franz Engler überhaupt Polizeibeamter geworden war. Er schien ungefähr so neugierig zu sein wie seine Eltern. Statt sich mal an neue Fernsehserien zu wagen, guckten seine Eltern nichts als die Schwarzwälder Bauernhof-Fernsehserie »Die Fallers« – und das seit den 1990er-Jahren. Nach dem Warum zu fragen, hatte er längst aufgegeben. Er kannte die unbefriedigende Antwort. »Des isch ebbes, was de Bebbes nix ageht.«

Um die Harmonie im Präsidium zu wahren, lieferte Björn dem Kollegen eine Kurzzusammenfassung der Obduktionsergebnisse. Er berichtete von der doppelten tödlichen Dosis aus Hühnereiweiß und Weißem Germer und erwähnte auch die Faserspuren im Mund von Jochen Weiß. »Wer immer ihn umgebracht hat, muss den Hoteldirektor gut gekannt haben. Seine Hühnereiweißallergie hielt er so gut es ging geheim, sagt seine Frau. Nur wenige wussten davon. Außerdem überließ unser Täter nichts dem Zufall. Er drückte dem Opfer die Decke ins Gesicht, um dessen Todesschreie zu dämpfen. Das Gift befand sich vermutlich in einer Flasche mit Hanföl, das unser Hoteldirektor gern als Beruhigungsmittel konsumiert hat. Allerdings war der Täter schlau genug, den mit Germer und Hühnereiweiß versetzten Trank wieder mitzunehmen und das harmlose Hanföl zurückzulassen.«

»Und jetzt möchtest du Hannah Aschenbrenners Wohnung nach diesem giftigen Kraut absuchen?«, erkundigte sich Franz Engler.

Björn wiegelte ab. »Dafür bekomme ich keinen Durchsuchungsbeschluss. Die Verdachtsmomente reichen nicht aus. Dazu müssen wir erst mal in andere Richtungen ermitteln. Wenn wir gemeinsam weitere Verdächtige ausschließen können, hilft uns das dabei, uns aufs Wesentliche zu konzentrieren.«

»Gibt es im Hotel Überwachungskameras oder andere Sicherungsvorkehrungen? Im letzten Jahr musste ich meine Frau in die Stuttgarter Oper begleiten und noch dazu wollte sie unbedingt in so einem jesesmäßig modernen Hotel übernachten: Da konnte man den Lift nur bedienen, wenn die Hotelkarte im richtigen Winkel über einen Sensor gehalten wurde. Das war wie in einem Hochsicherheitstrakt. Ich hatte schon Angst, dass die Schwaben mich für immer einkassieren und ich gar nicht mehr heimkomme«, redete sich Franz in Rage.

»In unserem Fall hätte so ein Sicherheitssystem tatsächlich seine Vorteile – dann hätten wir einen besseren Überblick, wer im Hotel ein und aus geht«, erwiderte Björn und seufzte. »Aber im Hotel Rebenglück gibt es keinerlei Überwachung, zumal da mehrere Gebäude stehen mit verschiedenen Eingängen, und die sind alle mehr oder weniger frei zugänglich. Es herrscht in etwa ein so unübersichtliches Treiben wie auf der Schwarzwaldhochstraße. Da kann jeder entlangdüsen, um ein bisschen Bergluft zu schnuppern. Genauso können alle

Neugierigen unbehelligt durch das Hotel laufen, um sich wie ein Urlaubsgast zu fühlen. Theoretisch hätte also jeder ins Zimmer von Jochen Weiß gelangen können, denn er sperrte es für gewöhnlich nicht ab. Das hat zumindest seine Frau behauptet. Er fühlte sich offensichtlich sicher in seinem Hotel.«

»Verstehe! Wobei es ja zum Glück nicht jeder gewesen sein kann, denn nicht alle Menschen hegten Mordpläne gegen unseren Hotelchef. Er war zwar ein Simbel, aber so verkehrt auch wieder nicht – es sei denn vielleicht, man kannte ihn genauer. Bei der Belegschaft soll er sogar recht beliebt gewesen sein, weil er nicht geizig war und den Mitarbeitern gern mal einen Extraschein zuschob. Steuerfreies Trinkgeld und ein Fläschle Grauburgunder gab es obendrauf. Aber wie schaut es denn mit Angelika Weiß aus? Wobei wir sie ja eigentlich gar nicht mehr so zu nennen brauchen. Eigentlich heißt sie ja immer noch Angelika Duffner. Allerdings kann ich das gar nicht glauben, was du da gestern kurz angedeutet hast. Die beiden waren nie wirklich verheiratet? Ist das denn tatsächlich wahr?«

Björn nickte. Als er die Zeugenaussage von Angelika Weiß offiziell protokollieren wollte, hatte sie es ihm verraten. Sie wusste, dass ihr Geheimnis ohnehin ans Licht gekommen wäre. »Sie hat mich darum gebeten, dass wir das Thema diskret behandeln. Ganz offensichtlich ist sie nicht glücklich darüber. Die Belegschaft weiß nichts davon. Vermutlich hat auch Hannah Aschenbrenner keine Ahnung davon. Im privaten Nachrichtenverlauf zwischen ihr und dem Hoteldirektor war öfter von Scheidung die Rede. Offensichtlich ist Jochen Weiß überall konsequent als verheirateter Mann aufgetreten – selbst gegenüber seiner Geliebten«, sagte Björn.

»Das ist die Sensation überhaupt. Aber klar – von mir wird es niemand erfahren. Ich schweige«, sagte Franz und drückte seine Gabel in einer theatralischen Geste auf den geschlossenen Mund. Dann leckte er sich eifrig die Dressingreste von den Lippen und sinnierte weiter. »Trotzdem hat sich unsere Angelika ja ganz schön viel bieten lassen. Ohne den Trauschein hatte sie ja gar keine Sicherheit. Und dann setzt ihr der Hoteldirektor auch noch sein bayerisches Schäddsle vor die Nase. War es vielleicht Mord aus Eifersucht wegen der Geliebten? Ich kenne die Angelika noch von früher. Die hat sich damals nichts gefallen lassen. Irgendwer hat sie mal ›Madame Lackpolitur‹ getauft: Immer schön nach außen glänzen und wehe, jemand nähert sich, um einen Kratzer zu hinterlassen – der konnte was erleben. Wenn die ihre Krallen ausfuhr, bekam jeder halbstarke Kerle richtig Angst«, sagte Franz und stieß seine Gabel jetzt wie ein Schwert in die Luft.

»Die gehörnte Gattin wäre natürlich theoretisch denkbar. Aber zum Zeitpunkt der Ermordung war sie nachweislich mit den Vorbereitungen des abendlichen Empfangs beschäftigt. Fast die gesamte Zeit war sie zusammen mit der hauseigenen Eventmanagerin in ihrem Büro und führte Telefonate. Das lässt sich minutengenau nachweisen. Eine Unterbrechung gab es nur wegen der Massage, die sie sich ausgerechnet bei Hannah Aschenbrenner gegönnt hat. Aber da war Jochen Weiß schon länger nicht mehr am Leben.«

Franz ließ die Gabel wieder in die Richtung seines Wurstsalats sinken. »Die betrogene Ehefrau lässt sich von der Geliebten ihres Gatten massieren? Das klingt nach einem schlechten Drehbuch für eine Telenovela. Hatte sie denn keine Ahnung davon, wer ihr da den Nacken kraulte?«

Björn unterdrückte wieder den aufsteigenden Ärger, dass er seinem Kollegen alle Details zu den Ermittlungen vorkauen musste. Dabei hatten sie ein ähnliches Gespräch erst gestern geführt. Zumindest halfen ihm die sich wiederholenden Fragen dabei, seine eigenen Gedanken zu strukturieren. Also schluckte er seinen Ärger runter und redete weiter: »Offen gesagt habe ich keine Ahnung. Die Rebenglück-Chefin wirkte jedenfalls gefasst, als ich ihr von dem intimen Nachrichtenverlauf ihres Partners mit Hannah Aschenbrenner erzählt habe. Ich glaube ja, dass die bessere Hälfte von einem Kerl wie Jochen Weiß genauso ein Pokerface haben muss wie er selbst – so viel zu deiner Frage, warum ich sie nicht im Verdacht habe. Was hätte sie zum aktuellen Zeitpunkt davon gehabt, so kurz vor seinem Durchbruch als neuer Chef des Schwarzwälder Hotelverbandes? Soweit ich weiß, hat sie seine Bewerbung eifrig unterstützt. Eher hätte es Sinn ergeben, wenn sie Hannah Aschenbrenner beseitigt hätte. Aber die ist bekanntermaßen sehr fidel, und eine unglückliche Geliebte dürfte zu vielem fähig sein. Der Zeitpunkt war vermutlich nicht zufällig gewählt: Jochen Weiß starb kurz vor dem vielleicht größten Triumph seiner Karriere.«

»Du meinst, dass Hannah Aschenbrenner ihrem Geliebten den wahren Höhepunkt nicht gönnen wollte?« Franz gluckste über seinen eigenen Witz.

Björn ignorierte die anzügliche Bemerkung und wechselte das Thema. »Es wäre allerdings unprofessionell, sich nur auf Hannah Aschenbrenner zu konzentrieren. Es gibt auch noch andere Verdächtige, die wir gemeinsam überprüfen sollten. Wir könnten zum Beispiel mal gemeinsam diesem Thorben Böhm mit seinem Burgenhof einen Besuch abstatten. Du weißt schon, wegen dieses Dokuments im Jackett von Jochen Weiß, dem wir zusammen nachspüren sollten.« Betont häufig hatte Björn die Worte »wir« und »gemeinsam« verwendet, um seinen Kollegen elegant darauf hinzuweisen, dass er sich zumindest ein bisschen an den Ermittlungen beteiligen könnte.

Sein Gegenüber hatte den Hinweis offensichtlich verstanden und grinste breit. »Wir sind aber erst einsatzbereit, wenn das eine Wir von uns beiden seinen Wurstsalat in Ruhe aufessen durfte, dann können wir von mir aus zu Burgi fahren – sofern das andere Wir es mir erlaubt«, sagte er lachend und wandte sich seiner Tupperbox zu, ohne eine Antwort abzuwarten.

15. KAPITEL

»Wieso rufst du mich eigentlich immer am Festnetz an? Ich erschrecke jedes Mal narrisch, wenn dieser alte Apparat klingelt. Du ahnst ja nicht, wie heiß begehrt Nummern aus dem Seniorenstift bei kriminellen Leuten sind, die dir irgendwelche Versicherungen oder Handyverträge aufschwatzen wollen. Die glauben, wir sind durch die Bank so damisch, dass man uns alles andrehen kann«, erklärte Luiserl.

»Wie soll ich dich denn dann erreichen?«, fragte Hannah erstaunt nach.

»Na ja, auf dem Handy. Jeder ruft doch heute auf dem Handy an. Du etwa nicht?«

»Doch, eigentlich schon«, antwortete Hannah. Sie wusste, dass Luiserl es hasste, wenn ihr Alter mit einer bestimmten Verhaltensnorm in Verbindung gebracht wurde. Deshalb verkniff sie sich den Hinweis, dass sie gedacht hatte, ihre 87-jährige Großtante bevorzuge das Festnetztelefon. Und das war auch der einzige Grund, weshalb sie selbst ihr altes Festnetztelefon behalten hatte, sich bei jedem Umzug eine neue Festnetznummer einrichten ließ und sie umgehend ihrer Großtante mitteilte. Vermutlich hatte sich Luiserl insgeheim all die Jahre gewundert, warum ihre jüngere Verwandte gar so altmodisch war.

»Wir versuchen das jetzt gleich mal. Ich wollte dir eh jemanden vorstellen. Du darfst gespannt sein! Ich klingle dich in fünf Minuten am Handy an, und zwar mit Videofunktion. Das ist doch gleich viel netter als ein Gespräch, bei dem man sich gar nicht sieht«, sagte Luiserl und beendete das Telefonat, ohne sich zu verabschieden.

Hannah blickte verdutzt auf den Hörer, während ihr Gehirn noch verarbeitete, was sie gerade vernommen hatte: Ihre Großtante wollte gleich einen Videocall mit ihr durchführen, und zwar mit irgendeiner Person, die sie nicht kannte. Sofort wusste sie, warum sie einige technische Fortschritte am liebsten rückgängig machen würde. Während ihr Aussehen bei Telefonaten keine Rolle spielte, mussten sich die Teilnehmer eines Videocalls passabel präsentieren und sich auch noch Gedanken um den Hintergrund machen. Lieber hätte Hannah sich einen zweiten Morgenkaffee aufgebrüht. Es war 11 Uhr, und da sie den ganzen Tag noch nicht vor der Tür gewesen war, trug sie nach wie vor ihren Schlafanzug. Ihre Großtante hatte sie bei ihrem traditionellen Dienstagabendtelefonat darum gebeten, dass sie am kommenden Vormittag noch mal durchklingeln sollte. Statt in Richtung Kaffeemaschine bewegte sich Hannah nun seufzend in Richtung Badezimmer. Ihre Haare waren wie zuletzt jeden Tag zu einem formlosen Knoten am Kopf verwurstelt, den sie auf die Schnelle nicht in eine adrette Frisur verwandeln konnte. Sie begnügte sich mit einer Katzenwäsche und griff nach einer Jeansjacke, die sie über dem Schlafanzug zuknöpfte, um nicht ganz so auszusehen, als sei sie gerade aus dem Bett gefallen.

Schon im nächsten Augenblick brummte ihr Handy, und wenige Sekunden später war ihre Tante neben einem Herrn im dunklen Sakko zu sehen. Sie saßen so eng nebeneinander, dass Luiserls grüne Bluse in den schwarzen Anzugstoff überging.

Auch der graue Bob von Luiserl berührte fast die spärlichen, aber nicht weniger akkurat frisierten Haare des freundlich lächelnden Mannes. Sie musste ihr Handy auf ihrem Sofatisch platziert haben, denn im Hintergrund war das vertraute Schwarz-Weiß-Foto von Charlie Chaplin zu sehen. Luiserl verehrte den Schauspieler wegen seiner Kunstfertigkeit, unterhaltsam zu sein, ohne dafür Worte zu gebrauchen, und hatte ihn deshalb spaßeshalber mal den »Anti-Dampfplauderer-Held« getauft.

»Das ist Herbert Landstorfer«, sagte Luiserl und deutete auf den Herrn neben ihr, der etwas verlegen in die Kamera winkte. »Er wohnt ebenfalls hier im Seniorenstift und war früher Staatsanwalt. Ich habe ihm von deinem Fall erzählt, weil ich mir Sorgen mache, dass du deine Situation falsch einschätzt. Und vielleicht hat dein Anwalt dich auch nicht so gut beraten. Wen hattest du da noch mal gefragt?«

»Es war ein alter Studienfreund aus München«, erwiderte Hannah und fühlte Röte in ihre Wangen aufsteigen, die von ihrer schlechten Handykamera hoffentlich gnädig ignoriert wurde. Die Bezeichnung »alter

Studienfreund« war etwas beschönigend für die Tatsache, dass es sich bei dem Mann eher um eine Ex-Affäre handelte. Allerdings war es eine der wenigen Beziehungen, die nicht in einem bösen Streit geendet hatten. Andreas hatte ihr irgendwann gestanden, dass er sich doch mehr zu Männern hingezogen fühlte. Zwar durfte er sich Volljurist nennen, aber er hatte seine Anwaltskanzlei gegen eine Bar auf Madeira eingetauscht, weil er das graue Leben in den Verhörsälen sattgehabt hatte. Ihr Kontakt war nie abgebrochen, und deshalb hatte sie ihn angerufen, nachdem dieser Kommissar Klingele sie zu Hause besucht hatte. »Meine Süße, so wie du mir den Fall schilderst, musst du dir wahrscheinlich keine Sorgen machen. Aber du weißt, dass ich den Job nicht mehr mache – such dir im Zweifel besser einen Anwalt, der noch im Dienst ist«, hatte Andreas ihr geraten, doch sie hatte den zweiten Teil seiner Aussage gekonnt ignoriert und sich stattdessen auf sein »sie müsse sich keine Sorgen machen« fokussiert – obwohl sie insgeheim ahnte, dass sie sich etwas vormachte. Aber im Verdrängen der Realität war Hannah nun mal Profi. Luiserl kannte sie gut genug, um nicht weiter nachzufragen.

»Ich will dich nicht unnötig beunruhigen. Allerdings würde ich mir Vorwürfe machen, wenn ich dich nicht gewarnt hätte. Herbert, magst du meiner Nichte von unserem Gespräch kürzlich erzählen?«, sagte sie in Richtung ihres Sofanachbarn.

Folgsam räusperte sich Luiserls Gast, ehe er mit einem juristischen Vortrag zum Thema »Unschuldsvermutung« begann, dem Hannah nur schwer folgen konnte. Ihrer Tante schien es ähnlich zu gehen, denn sie unterbrach ihn nach einigen Minuten. »Was du da erzählst, hat sicher alles seine Richtigkeit. Aber komm bitte mal auf den Punkt! Mir ist es wichtig, dass Hannah ihre Lage nicht verkennt. Du meintest doch, dass es ein Problem geben könnte wegen Hannahs Dienstplan – also wegen der Pausen zwischen den Behandlungen. Kannst du das bitte noch mal wiederholen?«

Die Zurechtweisung schien den Juristen nicht aus dem Konzept zu bringen, denn er sprach mit der gleichen sanften Stimme weiter. »Nun ja, wenn ich es richtig verstanden habe, gibt es diese Lücken zwischen den Behandlungen. Und wenn Sie da allein waren und es theoretisch möglich wäre, in dieser Zeit zu dem Tatort-Zimmer zu gelangen und dort – nun, Sie wissen schon … Oder gibt es im Hotel Überwachungskameras, die zu Ihrer Entlastung beitragen könnten?«

Hannah schüttelte resigniert den Kopf. Sie musste an die rutschfeste Gummimatte in ihrem Behandlungszimmer denken, die ihr von Angelika Weiß mit deutlichen Worten verweigert worden war. Ihre Kollegin Marianne hatte ihr mal zugeraunt, dass sie vor einigen Monaten um eine Überwachungskamera gebeten hatte, nachdem an der Wellnessrezeption immer wieder teure Pflegeprodukte aus den Regalen entwendet wurden. Aber die Chefs hätten auch damals abgewinkt: Ihr Hotel sei kein Hochsicherheitstrakt. Ein Gast könne sich nicht zugleich wohl und beobachtet fühlen. Und die Ortenau sei ja überhaupt eine grundehrliche Gegend. Nirgendwo sonst gäbe es so viele Vertrauenskassen, um Obst, Gemüse oder Hochprozentiges zu erwerben. Das System funktioniere auf Vertrauensbasis, und das seit Jahrzehnten. Da könne ausgerechnet das Hotel Rebenglück doch nicht die Gäste unter Generalverdacht stellen.

Herbert Landstorfer seufzte. »Das habe ich befürchtet. Also, wenn es keine Kameraaufzeichnung gibt, die das Gegenteil beweist, und wenn es rein theoretisch möglich ist, dass Sie in der Zeit zwischen der Behandlung einzelner Gäste in diese Dachkammer gelangt sind … Kurz gesagt, dann haben Sie bedauerlicherweise leider ein Problem«, belehrte sie der Jurist. Er war mit den letzten Worten immer leiser geworden, als ob es ihm peinlich wäre, diese auszusprechen. Hannah hatte sie trotzdem gehört. Sie spürte ein immer schneller werdendes Herzrasen. Am liebsten hätte sie das Telefonat sofort beendet, um das Fenster aufzureißen und nach frischer Luft zu schnappen.

Doch Luiserls eindringliche Stimme hielt sie davon ab. »Du darfst nicht weiter in deiner Wohnung rumtrietscheln und musst endlich was unternehmen! Ich verstehe, dass es dir nicht gut geht – aber es hilft ja nichts. Schon dein Nachname Aschenbrenner klingt doch nach Brandstiftung und Ärger«, sagte Luiserl und rückte mit ihrem Gesicht dichter an die Handykamera heran, sodass Herbert Landstorfer nicht mehr zu sehen war. »Hannah, beseitige endlich den Platschari von einer Frisur und unternimm etwas. Du warst es nicht, also war es jemand anderes. Und der muss gefunden werden. Wenn der Kommissar das nicht hinbekommt, dann musst du ihm auf die Sprünge helfen.«

»Luiserl, ich habe dich gewarnt, dass von Ermittlungen auf eigene Faust unbedingt abzuraten ist! Das kann beträchtliche juristische Folgen haben. Die Polizei schätzt es überhaupt nicht, wenn sich jemand in ihre Arbeit einmischt. Abgesehen davon kann es sehr gefährlich werden«, erklang eine aufgeregte Stimme aus dem Hintergrund.

Luiserl verdrehte die Augen. »Wir sprechen uns später noch mal«, sagte sie. Plötzlich verschwand ihr Gesicht und Hannah erkannte in der Spiegelung des Displays ihren eigenen Kopf mit der unmöglichen Frisur. Der zerzauste Dutt erschien ihr auf einmal sinnbildlich für ihre Gegenwart: Sie lief herum mit diesem Haarknäul, das alle sahen, nur sie selbst nicht, weil sie den Blick in den Spiegel zuletzt gekonnt vermieden hatte. Dazu trug sie diesen mit lächerlichen pinken Herzen bedruckten Schlafanzug, den sie eigentlich für den Altkleidercontainer vorgesehen hatte. Sämtliche einigermaßen vorzeigbaren Garderobenstücke quollen aus dem übervollen Schmutzwäschekorb, dessen Existenz sie die letzten Tage einfach akzeptiert hatte, als wäre er ein unabwendbares Schicksal. Als gäbe es keine Waschmaschine und keine Waschmittel, um müffelnde Stoffe wieder gesellschaftsfähig zu machen. Als hätte sie mit Jochens Tod das Recht auf Verwahrlosung erworben und würde daran festhalten, weil es gerade so ungefähr das Einzige war, das ihr niemand mehr nehmen konnte. Angewidert legte Hannah ihr Handy zur Seite. Sie schämte sich für sich selbst und für ihre Unfähigkeit, ihr Leben in den Griff zu bekommen.

16. KAPITEL

»Rund um Offenburg gibt es zahllose Wanderwege. Du kannst mitten durch die Rebhänge spazieren. Und wer richtig gut zu Fuß ist, kann auf dem Ortenauer Weinpfad rund 100 Kilometer von Gernsbach bis Diersburg laufen. Solltest du mal ausprobieren. Täte dir gut, so ein bisschen Bewegung draußen«, plapperte Franz und tippte Björn dabei auf den Arm, als bestünde die Gefahr, dass er sich nicht angesprochen fühlte.

Beide saßen im Auto, um Thorben Böhm und seinem Burgenhof einen Besuch abzustatten. Die Campinganlage befand sich einige Kilometer hinter Offenburg am Flüsschen Kinzig. Während Björn den Wagen lenkte, nutzte Franz die Gelegenheit, um pausenlos zu reden. Neben dem Verspeisen von fettigen Salaten gehörte seine zweite Leidenschaft dem Wandern. Er war Vorsitzender des Wandervereins von Bad Appenbach. Wann immer sie wegen eines Falls in ihrem 3er BMW fuhren, machte er Björn auf einen örtlichen Schnapsweg, auf einen Hexensteig oder einen Mühlenpfad aufmerksam – nicht ohne begeistert die Vielzahl an Einkehrmöglichkeiten hervorzuheben. Vespern und wandern bildeten für Franz Engler eine untrennbare Einheit, und nicht umsonst sprach er gern vom »Wandspern«, wenn er seine beiden Passionen in einem einzigen Wort bündeln wollte.

Es war nicht so, dass Björn die Gegend nicht kannte, immerhin war er in Freiburg geboren, was nur etwa eine Autostunde von Bad Appenbach entfernt lag. Für Franz blieb er trotzdem ewig der »Reingeschmeckte« und wurde unermüdlich auf die Besonderheiten der Ortenau hingewiesen. Obwohl der klassische »Reingschmeckte« in Björns Wahrnehmung eher jemand wie Hannah Aschenbrenner war. Aber um mit seinem Kollegen das Maß an Reingeschmecktheit zu erörtern, fehlte ihm die Geduld.

»Ja! Wenn wir den Fall abgeschlossen haben, wandere ich mit dir durch die ganze Ortenau. Versprochen!«, bemühte sich Björn um einen Scherz.

Die Reaktion von Franz zeigte, dass sein Witz nicht verstanden wurde. »Im Ernst? Das würdest du machen? Ich kann gern eine Tour für uns beide planen. Es lässt sich dort ausgezeichnet wandspern.«

Björn nickte fahrig. In der Ferne erkannte er das Hochhaus des Burda-Verlags, das wie ein Ausrufezeichen aus Offenburgs Stadtsilhouette herausragte. Der Burgenhof lag nicht mehr weit entfernt in der Nähe des Großen Deichs der Kinzig. Bevor Franz ihm weitere Wanderungen vorschlagen konnte, wollte er schnell das Thema wechseln. »Ich lass mir beizeiten auf jeden Fall von dir eine Einführung geben im Wandspern. Aber jetzt zurück zum Anlass unseres Ausflugs nach Offenburg: Was weißt du über diesen Thorben Böhm?«

»Er ist eine Hexe«, sagte Franz und lachte. »Also zumindest einmal im Jahr. Burgi ist eines der engagiertesten Mitglieder der Offenburger Hexenzunft. Engagiert im doppelten Sinne: Er feiert gern bis zum Schluss, ist allerdings auch als Erster zur Stelle, wenn es darum geht, die Spuren einer ausgelassenen Party zu beseitigen. Das hat ihm mit der Zeit ziemlich viel Ansehen eingebracht. Spaß zu haben bei der Fasent ist ja noch kein Verdienst – man muss auch bereit sein, sich um das Drumherum zu kümmern. Um in die Zunft aufgenommen zu werden, muss sich jeder zunächst zwei Jahre lang als Hexenanwärter beweisen, bevor er ins Hexenkostüm schlüpfen darf.«

Björn hatte wenig Berührungspunkte mit dem Brauch der Fasent. Irgendwann mal hatten ihn Kollegen überredet, am Schmutzigen Donnerstag zu einem Dorffest zu gehen. Aber selbst nach drei Flaschen Bier war ihm die – wie es ihm vorkam – verordnete Fröhlichkeit stets fremd geblieben. Deshalb war er dankbar über derlei Hinweise seines Kollegen, der über alle lokalen Dinge Bescheid wusste, die nicht in der Tageszeitung standen.

»Will heißen: Es ist Thorben Böhm sehr wichtig, in Offenburg akzeptiert zu werden, oder? Wieso ist er eigentlich damals von Köln hergezogen?«, fragte Björn.

»Ich glaube, es war wegen seiner Frau. Heute ist sie seine Ex-Frau. Die kam von hier und wollte zurück in die alte Heimat. Wie das manchmal so ist mit Wünschen, sobald sie sich erfüllen, verlieren sie ihren Reiz. Wenige Jahre nachdem Burgi sein Campingparadies in der Ortenau eröffnet hatte, dampfte die Gattin mit einem anderen Kerl ab. Gerüchteweise soll Iris Böhm unserem Jochen Weiß ziemlich nahegestanden haben. Aber ehrlich gesagt gab es so viele Gerüchte um angebliche Affären von unserem schönen Hoteldirektor mit den Damen der Gegend, dass es genauso wahrscheinlich wie unwahrscheinlich ist, dass die Behauptungen wahr sind. Hunde, die bellen, beißen nicht, heißt es ja. Wobei er bei Hannah Aschenbrenner dann doch mal zugebissen hat«, spöttelte Franz.

Björn nickte. Selbst er hatte lange vor dem Mord an Jochen Weiß von Gerüchten über dessen angebliche Affären gehört. Sogar der Bürgermeisterin Solveig Zähringer war schon mal ein Verhältnis mit ihm angedichtet worden, was Björn für vollkommen unrealistisch hielt. Seiner Beobachtung nach schien Solveig Zähringer den Hoteldirektor zu verabscheuen – und die Abneigung wiederum mit viel Anstrengung zu vertuschen versuchen. Aber egal, ob es irgendeine Geschichte zwischen Iris Böhm und Jochen Weiß gegeben hatte oder nicht. Allein das Gerede darüber wird nicht dazu geführt haben, dass den Burgenhof und das Hotel Rebenglück ein Band der Freundschaft einte.

»Weißt du etwas über die wirtschaftliche Lage des Burgenhofs?«, fragte Björn und steuerte in Richtung des Parkplatzes, der fast vollständig belegt war. An den Autokennzeichen erkannte Björn, dass nicht wenige Gäste von weit her angereist waren – aus Kassel, Düsseldorf, Frankreich und der Schweiz.

»Schlecht läuft es jedenfalls nicht – wie du siehst, parken hier auch einige teure Wagen. Campen ist heutzutage keine Verlegenheitslösung für Menschen, die sich kein Hotel leisten können. Im Gegenteil: Es scheint angesagt zu sein, im Urlaub einen auf Abenteurer zu machen und es sich mit der ganzen Familie unter einem Dach aus flatterndem Plastik gemütlich zu machen. Unser Burgi prahlt gern mal in der Kneipe damit, dass man heutzutage dumm sei, wenn man sich als Unternehmer mit einer teuren Immobilie verschuldet. Häuser hätten seine Gäste schon daheim im langweiligen Alltag. Im Urlaub wollten sie ausbrechen aus dem Gewohnten. Warum nicht mal im Zelt schlafen und den Kindern beweisen, dass man tief drinnen noch immer ein Abenteurer ist? Und wer ein besonderes Erlebnis sucht, der übernachtet in einem der luxuriös ausgestatteten Weinfässer. Ein Fläschchen Grauburgunder gibt es für den Spaß obendrauf. Dort kannst du dich so richtig in die badische Weinglückseligkeit reinlegen – also im wörtlichen Sinne«, erklärte Franz lachend. »Ursprünglich sollte die Anlage wohl Kinzig-Camping heißen. Aber unser gewitzter Burgi entschied sich im letzten Moment für einen Namen, der mehr Glamour verspricht. Urlaub im Burgenhof klingt ja gleich viel ansprechender als Urlaub bei Kinzig-Camping.«

Sie fanden einen Parkplatz in der Nähe des Eingangsbereichs der Campinganlage. Die Rezeption war in einem modernen Betonflachbau untergebracht und hatte so wenig mit einer mittelalterlichen Burg gemein wie ein Kaugummi aus dem Automaten mit der Feinkost einer französischen Patisserie. Allerdings war der

Blick des Burgenhofs auf das Ortenberger Schloss fantastisch: Eine trutzige Anlage mit zinnengeschmückten Türmen, die über Weinhängen thronte. Die Silhouette des imposanten Gebäudes wurde im Logo der Campinganlage aufgegriffen, das überall aufgedruckt war: auf bunten Fahnen, auf Blumentöpfen und auf Mülleimern. Ansonsten lockte die Anlage statt mit historischer Architektur mit einer Burgbar, Burgwellness und einem Burg-Stand-up-Paddle-Verleih, wie es ein weit in den Himmel ragender Wegweiser verriet, der am Eingang stand. Björn warf einen Blick auf die Seite rechts von der Campinganlage. Dort befand sich eine Wiese, die bis zu den Ufern der Kinzig reichte. Ein paar Amseln landeten gerade in dem Gras und hatten keine Ahnung davon, in welchem heiß begehrten Flecken sie da herumpickten. Björn prüfte, ob in seinem Jackett die Kopie des Zettels steckte, den Jochen Weiß zum Zeitpunkt seiner Ermordung sorgfältig in seinem Anzug verstaut hatte. Dann folgte er seinem Kollegen in Richtung des unscheinbaren Bürogebäudes hinter der Rezeption.

17. KAPITEL

Das Büro von Thorben Böhm erwies sich als auffallend unauffällig. Björn lauerte darauf, irgendwelche persönlichen Gegenstände zu entdecken. Aber es gab keine privaten Fotos, und das einzige bemerkenswerte Dekostück war eine kahlköpfige Buddhafigur aus grauem Stein, die mit geschlossenen Augen und gefalteten Händen stumm in sich hineinlächelte. Sie stand auf dem wuchtigen Schreibtisch, der die Hälfte des schmalen Raumes für sich einnahm und neben dem Buddha einen großen Computermonitor hütete. Lediglich ein schmaler Tisch mit zwei wackeligen Campingstühlen hatte sonst noch Platz in dem stickigen Raum, in dem sich die Mittagshitze des sonnigen Septembertages breitgemacht hatte. Björn und Franz hatten sich auf die Metallstühle gesetzt, um auf Thorben Böhm zu warten. Eine junge Frau, die ein gelbes T-Shirt mit dem Burgenhoflogo trug, hatte sie hergeführt und auf einem Tablett zwei Tassen Kaffee und ein paar Kekse mit üppigem Schokoladenüberzug serviert, die an den Rändern angeschmolzen waren. Das hinderte Franz jedoch nicht daran, augenblicklich zuzugreifen und seine schokoladenverschmierten Finger genüsslich abzulecken. Björn fühlte indessen, dass er durch die Hitze des Raumes selbst zu zerfließen begann. Sein Hemd klebte an seinem Rücken, und er merkte, dass sich kleine Schweißperlen auf seiner Stirn bildeten. Er hasste solche Situationen, wenn die äußeren Umstände ihn ablenkten und unkonzentriert werden ließen. Er blickte sich um, ob es irgendwo ein Dachfenster gab, das er öffnen könnte. Aber er entdeckte nur eine Luke an der Decke, an die er nicht rankam, ohne auf Thorben Böhms Schreibtisch zu klettern. Im hintersten Eck des Raumes fiel ihm ein silbern gerahmter Text ins Auge, den er mit zusammengekniffenen Augen las: »A schwerhöriger Schwob sitzt beim Augenarzt un de Doktor frogt ne: ›Herr Häberle! Können Sie die Zahlen lesen?‹ ›Zahle? I zahl nix!‹«

In diesem Augenblick wurde die Tür aufgerissen und Thorben Böhm kam herein. Im ersten Moment hatte Björn das Gefühl eines Déjà-vus – bis sein Blick erneut den Buddha-Kopf streifte. Thorben Böhm hatte den gleichen kahl rasierten Schädel und eine ähnliche Statur. Während der indische Weisheitslehrer jedoch stolz seinen imposanten Bauch präsentierte und den Rest des nackten Körpers mit einem locker um die Hüften geschwungenen Tuch verhüllte, trug Thorben Böhm eine Jeans und das gleiche gelbe T-Shirt mit Burgenhoflogo wie seine Mitarbeiterin. Anders als bei der Mitarbeiterin spannte die Burg bei ihm deutlich auf der Haut und wirkte dadurch noch pompöser.

»Sie haben meinen Lieblingswitz entdeckt! Ich mag den badischen Humor vor allem dann, wenn er die sparsamen Schwaben trifft. Wir Rheinländer haben ja einen ähnlichen Zwist mit den Westfalen. Man fühlt sich hier im Schwarzwald gleich wie zu Hause, wenn man etwas Altbekanntes wiederfindet«, sagte Thorben Böhm und zwinkerte ihnen vertraulich zu, was Björn dazu veranlasste, ihn noch genauer zu mustern. Bei Typen, die gleich einen auf Kumpel machten, war er besonders wachsam. Die Bewegungen seines Gegenübers waren erstaunlich geschmeidig. Er glitt geräuschlos auf den schwarzen Bürostuhl und zauberte im nächsten Moment aus einer Schublade einen kleinen Ventilator hervor, den er auf den Schreibtisch stellte. Björn vernahm das leise Surren des Geräts, das sich hin und her drehte – aber kurz bevor die dringend ersehnte Abkühlung ihn erreichte, machten die Lüfterschaufeln kehrt, um sich wieder Thorben Böhm zuzuwenden.

»Ganz schön heiß heute, oder?«, sagte er und lehnte sich entspannt in seinem Bürostuhl zurück. »Wie kann ich Ihnen behilflich sein?«

Björn schaute in Richtung seines Kollegen. Franz griff gerade wieder nach einem Schokoladenkeks und erweckte nicht den Eindruck, als ob er sich in absehbarer Zeit am Gespräch beteiligen wollte.

»Wir sind hier im Zusammenhang mit Ermittlungen zum Mordfall Jochen Weiß. Wo waren Sie am Samstag zwischen 15 und 18 Uhr?«, fragte Björn Klingele. Er machte sich keine Mühe, das Gespräch mit Small Talk einzuleiten. Zum einen beherrschte er die Kunst der zwanglosen Plauderei sowieso nur mäßig, und zum anderen wollte er das stickige Büro so schnell wie möglich verlassen.

Falls Thorben Böhm von der Frage überrascht war, ließ er es sich nicht anmerken. Er streichelte mit einer Hand über seine Glatze, während er mit der anderen auf seiner Tastatur tippte. »Laut meines Kalenders hatten wir von 14 bis 16 Uhr ein kleines internes Fest. Zwei Kolleginnen wurden in den Mutterschutz entlassen, und ich stand am Grill, und zwar ohne Pause. Direkt im Anschluss hatte ich durchgehend Online-Besprechungen mit verschiedenen Lieferanten. Später hätte ich mich umgezogen für den Empfang im Hotel Rebenglück, aber dazu kam es ja bekanntlich nicht. Meinen Terminplan können sie gern überprüfen. Kann ich Ihnen sonst noch irgendwelche Auskünfte geben?«

Björn schob ihm ein Blatt zu. »Wir haben dieses Dokument bei Jochen Weiß gefunden. Der Absender dürfte ihnen bekannt vorkommen.« Es war eine Kopie der ausgedruckten Mail, die im Jackett von Jochen Weiß gefunden worden war. Sie war adressiert an Matthias Hilzinger, der ebenfalls ein Hotel im Schwarzwald besaß. Darin kündigte Thorben Böhm relativ unverhohlen an, dass er das Grundstück neben dem Burgenhof praktisch so gut wie in der Tasche hätte. Denn er wüsste, wie er den zuständigen Bauamtsleiter gefügig machen könnte mit einem gewissen finanziellen Anreiz. Zwar sei die Wiese an der Kinzig aktuell nicht zur Verpachtung gedacht, aber das ließe sich ändern. Björn hatte bereits mit Matthias Hilzinger Kontakt aufgenommen und dieser hatte zugegeben, dass er die vertrauliche Mail an Jochen Weiß weitergeleitet hatte. Es war nicht so, dass er Burgi hassen würde, hatte er am Telefon erklärt. Aber er wollte dennoch verhindern, dass sich diese Krake aus Köln noch weiter ausbreite. Und es sei ihm klar gewesen, dass Jochen Weiß der beste Mann war, um sich um diese Angelegenheit zu kümmern.

Thorben Böhm tat so, als würde er das Dokument penibel genau lesen. Dabei wusste Björn, dass sein Gegenüber seine eigene Mail auf den ersten Blick wiedererkannt haben musste. Wahrscheinlich war Böhm überrascht darüber, dass sich sein vermeintlicher Freund Matthias Hilzinger als wenig vertrauenswürdig entpuppt hatte. Björn nutzte die Pause, um den Burgenhof-Chef aus der Reserve zu locken. »Es muss unangenehm für sie sein, dass solche Informationen verbreitet wurden. Und das ausgerechnet bei ihrem Konkurrenten um den Chefposten des Schwarzwälder Hotelverbands. Das könnte doch ein guter Grund gewesen sein, etwas gegen ihn zu unternehmen und …«

»Ihn umzubringen? Das ist lächerlich!«, fiel Thorben Böhm ihm ins Wort. Dann grinste er: »Ich gebe gern zu, dass Jochen Weiß und ich keine engen Freunde waren. Niemand war wirklich mit ihm befreundet. Mein Kollege Matthias war wahrscheinlich auch nur ein Handlanger. Ich kann mir gut vorstellen, dass der Rebenglück-Chef gegen ihn irgendwas in der Hand hatte. Jedenfalls beweist diese Mail gar nichts.«

»Nun, sie beweist Ihre Bereitschaft, eine Straftat zu begehen. Bestechung ist kein Kavaliersdelikt«, erwiderte Björn.

»Aber selbst in Ihrer Vorstellung von Recht und Ordnung gibt es ja sicher einen Unterschied zwischen einem launigen dahingeschriebenen Satz und der wirklichen Tat. Oder wollen Sie jetzt jeden ins Gefängnis sperren, der jemals gesagt hat: ›Den könnte ich umbringen‹?«, fragte Thorben Böhm und griff nach dem Hals seiner Buddhafigur. Rote Finger bildeten einen deutlichen Kontrast zum grauen Stein der Figur.

Björn zupfte an seinem schweißnassen Hemd. Noch ehe er etwas sagen konnte, öffnete die junge Mitarbeiterin die Tür des Büros. »Chef, Sie müssen kommen. Es gibt an der Rezeption Probleme mit dem neuen Buchungssystem.«

Thorben Böhm erhob sich aus seinem Stuhl und verabschiedete sich knapp. »Sie sehen, ich habe viel zu tun. Wenn Sie wieder einmal herkommen– falls das überhaupt nötig sein sollte –, machen Sie doch bitte rechtzeitig einen Termin aus.« Beim Herausgehen verschob er mit seinem massigen Körper den Ventilator, sodass der kühle Luftstrom plötzlich in Björns Richtung wehte, was ihn zusammenzucken ließ.

Als er ein paar Minuten später im durchgeschwitzten Hemd im Wagen zurück nach Bad Appenbach saß, war er genervt von seinem Kollegen, der ihm die komplette Befragung allein überlassen hatte und sich jetzt seelenruhig mit seinem Handy beschäftigte. Aus dem Augenwinkel erkannte er ein grünes Bild auf dem Display. Wahrscheinlich war Franz in die Ausarbeitung einer neuen Wanderroute vertieft. Er wiederum könnte seinem Dienststellenleiter Christian Schenk zum wiederholten Mal erklären, dass sie in dem Fall leider nicht wesentlich vorankamen. Und danach dürfte er sich erneut dessen Drohungen anhören, dass der Chef sich demnächst wohl besser selbst um die Sache kümmern sollte – mit Profis von dem Freiburger Revier. Dann würde natürlich noch dieser dumme Spruch kommen, den er allzu gern von sich gab: »Klingelts bei Ihnen, Klingele? Die Uhr hat kurz vor 12 geschlagen. Beim nächsten Klingelingeling ist Schluss.«

»Kommt von deiner Seite heute noch irgendwas Brauchbares für unseren Fall?«, fragte er gereizt. Normalerweise verkniff er sich diesen vorwurfsvollen Tonfall, denn sein Kollege war immun gegen Kritik und würde wahrscheinlich gleich mit einem Witz über Björns übertriebenen Ehrgeiz reagieren. In Erwartung eines flapsigen Kommentars zitterten seine Hände vor Wut, obwohl sie das Steuer fest umklammert hielten.

»Na ja, ich glaube, dass du recht haben könntest«, sagte Franz, ohne von seinem Handy aufzublicken.

Björn warf ihm einen irritierten Blick zu. »Wie meinst du das?«, fragte er.

»Unser Burgi ist vielleicht eine Großgosche, die es mit dem Gesetz nicht so genau nimmt. Aber er ist nicht der Mörder von Jochen Weiß. Und außerdem hast du recht mit deinem Verdacht, was Hannah Aschenbrenner anbelangt. Wusstest du, dass sie während ihres Biologiestudiums eine Hausarbeit geschrieben hat über besondere Gebirgspflanzen, die im Alpenraum heimisch sind?

Laut ihrer Arbeit weiß sie ganz genau, dass der Weiße Germer aufgrund seines Alkaloidgehalts äußerst giftig ist. Und das ist doch genau das Gewächs, das unser Dipfelschisser an der Leiche entdeckt hat – besser gesagt in der Leiche.«

Björn legte eine Vollbremsung hin und parkte in einer Haltebucht am Straßenrand. Entgeistert starrte er seinen Kollegen an.

Der grinste breit. »Ich weiß schon, dass du glaubst, ich würde den ganzen Tag nur faulenzen. Aber ich habe den Obduktionsbericht, den du mir so fürsorglich auf den Schreibtisch gelegt hast, natürlich gelesen. Und ich habe einen Polizeikollegen aus München gebeten, sich mal genauer mit Frau Aschbrenners abgebrochenem Biologiestudium zu befassen. Und siehe da: Es gibt da interessante Überschneidungen rund um eine bestimmte Pflanze, die unserem Hoteldirektor nicht gut bekommen ist. Dieses Bild hier hat unsere Verdächtige in ihre Forschungsarbeit eingebaut. Kommt es dir bekannt vor?«, fragte Franz und zeigte ihm ein Foto von einem Gewächs mit breiten Blättern, aus denen dicht mit weißen Blüten besetzte Triebe herausragten. »Übrigens kenne ich den Münchner Kollegen von meinen Wandspertouren. Ich sag dir ja immer: Frische Luft und geselliges Beisammensein täten dir auch gut«, plapperte er weiter, aber so genau hörte Björn nicht mehr hin. Stattdessen fixierte er das Foto auf dem Handy. Hatte er dieses Grünzeug nicht vielleicht in Hannah Aschenbrenners Mini-Gewächshäusern gesehen? War sie so dreist, dass sie das Gift tatsächlich selbst züchtete? Er musste dringend noch mal in ihre Wohnung gelangen – so schnell wie möglich.

18. KAPITEL

Als es heute zum zweiten Mal bei Hannah klingelte, zeigte sich zum Glück ein wohlwollendes Gesicht. Es war Konrad Hug, der seine Portiersuniform trug und unbeholfen lächelte, als er ihr von der Türschwelle aus eine Tüte mit ihren Sachen entgegenstreckte. Es war eine der schicken roten Tüten aus der Wellnessboutique, in der sie selbst oft teures Traubenkernpeeling oder Rosenmassageöl verkauft hatte. Jetzt lagen ihre Strickjacke, zwei T-Shirts, ein Deo und ein paar Zeitschriften darin, in denen sie manchmal in der Mittagspause geblättert hatte. Gestern Abend hatte sich Konrad bei ihr gemeldet, dass er ihr die Sachen vorbeibringen könnte. Angelika Weiß hatte ihr Okay gegeben. Bestimmt war jeder einzelne Gegenstand zuvor auf verdächtige Spuren hin kontrolliert worden, und zwar von diesem unverschämten Gloifl von Kommissar, den sie in ihrem ganzen Leben nie wieder zu Gesicht bekommen wollte.

Björn Klingele war der andere Besucher an diesem Tag gewesen, der am frühen Morgen unangekündigt vor ihrer Tür gestanden hatte. Anders als Konrad Hug war er nicht höflich draußen stehen geblieben, sondern hatte sofort wieder in ihre Wohnung stürmen wollen, aber Hannah hatte sich ihm in den Weg gestellt. Nach dem letzten Telefonat mit Luiserl hatte sie sich schlaugemacht hinsichtlich ihrer Rechte. Der Kommissar durfte ohne ihre Zustimmung ihre Wohnung nicht betreten, solange er keinen Durchsuchungsbefehl hatte. Diesmal hatte er sie auch nicht im zerbeulten Schlafanzug überrascht, denn sie hatte Luiserls Rat beherzigt, nicht herumzulaufen wie ein verwahrloster Teenager. Stattdessen trug sie ein frisch gebügeltes Leinenkleid, und ihre Haare hatte sie zu einem akkuraten Zopf geflochten. Selbst ihren kaputten Nasenstecker hatte sie ausgetauscht gegen ein elegantes Modell mit einem silbern schimmernden Stein. Sie hatte diesem Klingele angemerkt, dass er überrascht war über ihr Auftreten und darüber, wie konsequent sie ihm den Zutritt zu ihrer Wohnung untersagte. Das hatte dazu geführt, dass er umso neugieriger über ihre Schulter gespäht hatte, vermutlich um doch noch einen Blick auf verdächtige Objekte zu erhaschen. Dabei hatte er irgendwas von einer Studienarbeit gefaselt, die sie vor 17 Jahren geschrieben hatte über irgendwelche Alpengewächse. Hannah konnte sich kaum noch daran erinnern – das musste in jener Zeit gewesen sein, als ihr schon längst klar gewesen war, dass sie das Studium nicht beenden würde. Deshalb hatte sie ihre Hausarbeiten aus frei verfügbaren Online-Vorlagen zusammengeschustert, die sie nicht mal richtig durchgelesen hatte. Eigentlich hatte sie sich damals gewünscht, dass ihre Mogelei auffallen würde, damit sie von der Universität flog – dann hätte sie sich wieder in Selbstmitleid suhlen können. Hannah hatte nicht die leiseste Ahnung, was in der Hausarbeit über Alpenpflanzen stehen sollte, und dennoch hatte ihr ein beklemmendes Gefühl sofort die Kehle zugeschnürt. Es gab also einen weiteren Verdacht in ihre Richtung, selbst wenn er noch so abstrus war. Als der Kommissar endlich verschwunden war, war sie in ihrem Flur zusammengesackt und hatte dort eine Weile gekauert, um sich zu beruhigen. Selbst ihr Kater Luitpold musste erkannt haben, wie schlecht es ihr ging, denn er war mit lautem Schnurren an ihrem Körper entlanggestrichen und hatte erst damit aufgehört, als sie aufgestanden war, um sich in der Küche einen Kaffee aufzubrühen. Sie konnte schließlich nicht ewig auf dem Flur sitzen bleiben.

Wenige Minuten später war es dann Konrad gewesen, der bei ihr geklingelt hatte. Nachdem er ihr die Tüte überreicht hatte, stand er verlegen in ihrer Diele und machte eine Bewegung in Richtung der Haustür.

»Willst du vielleicht auf einen Kaffee reinkommen?«, fragte Hannah ihn. Sie sehnte sich nach ein bisschen Normalität in ihrem Leben, und normal war es, einen Kollegen auf einen Kaffee einzuladen.

Konrad nickte zögerlich. Wahrscheinlich wunderte er sich, warum Hannah ihn auf einen Plausch hereinbat. Sie hatten sich noch nie außerhalb des Hotels getroffen und schon gar nicht in ihrer Wohnung. Vermutlich wollte er einfach nicht unhöflich sein und sie vor den Kopf stoßen. Schweigend folgte er ihr in die Küche und ließ sich einen lauwarmen Kaffee servieren.

Sein Portiersmütze hatte Konrad neben seiner Tasse abgelegt. Darunter waren seine schwarzen Haare zum Vorschein gekommen. Hannah hatte keine Ahnung, wie alt er eigentlich war. Er hatte weder graue Strähnen noch Falten im Gesicht. Sie stellte sich vor, wie er ohne seine Arbeitskleidung aussah. Nach einigen Sekunden unangenehmen Schweigens räusperte er sich.

»Wie geht es dir denn?«, fragte Konrad leise und zögerlich.

»Ehrlich gesagt richtig beschissen«, antwortete Hannah und bereute es im nächsten Moment. Sie hatte sich nach Normalität gesehnt, und jetzt jammerte sie bei der allerersten Gelegenheit herum. So saublöd konnte auch nur sie sein.

Zumindest schien Konrad nicht irritiert von ihrem Gefühlsausbruch. »Ich weiß schon … Also, ich weiß eigentlich nichts, aber die Gerüchte sind bis zu mir vorgedrungen.«

Hannah wollte das Thema schnell beenden. »Lass uns über etwas anderes sprechen. Das wird schon alles wieder«, sagte sie und glaubte keine Sekunde selbst daran.

Konrad schien mit eigenen Gedanken beschäftigt zu sein und rührte in seiner Tasse. »Im Hotel läuft es jedenfalls nicht gut. Das gefällt mir gar nicht. Keiner weiß, wer jetzt das Sagen hat. Dieser Manuel Weiß läuft ständig in den Fluren herum, als wäre er der neue Chef. Man kann ihn ja nicht aus dem Haus werfen. Aber ich wette, dass die Chefin ihm am liebsten Hausverbot erteilen würde. Aber das kann sie nicht einfach so. Bald wird hoffentlich wieder Ruhe einkehren für mich. Vielleicht auch für dich«, murmelte er nachdenklich.

Hannah nickte und verkniff sich die Bemerkung, dass erst dann Ruhe einkehren würde, wenn dieser Klingele sie in den Knast gebracht hatte. Doch da war dieser Satz von Konrad, der sie hellhörig gemacht hatte: Manuel Weiß ließ sich also neuerdings oft im Hotel blicken. Jochen war Gesprächen über seinen Bruder stets ausgewichen, und daraus hatte sie geschlossen, dass sie keine enge Bindung hatten.

»Soll Manuel Weiß etwa das Hotel übernehmen?«, fragte sie in einem möglichst beiläufigen Ton.

»Hoffentlich nicht! Ich kann ihn nicht ausstehen. Er schleicht immer so auf dem Gelände rum. Er findet es sehr lustig, wenn ich ihn nicht bemerke und erschrecke«, sagte Konrad.

Zum ersten Mal erkannte sie, dass er ein Hörgerät trug, das sonst von seiner Mütze verborgen war. Schon öfter hatte sie Kollegen darüber spotten hören, dass Konrad zu einfältig sei, um ihre Witze zu verstehen. Vielleicht hatte er sie einfach nicht gehört und hielt sich deshalb von den Gemeinschaftsräumen fern.

Im nächsten Augenblick verfinsterte sich Konrads Miene. »Oh! Ich habe etwas vergessen! Das darf nicht passieren. Ich muss los«, raunte er und griff nach seiner Kopfbedeckung.

Hannah wollte ihm anbieten, dass sie ihn mit ihrem Wagen zum Hotel fahren könne, aber da war er schon verschwunden. Sie grübelte nicht lange nach über den

Grund seines abrupten Aufbruchs. Denn Konrad hatte etwas angedeutet, das sich als Hoffnungsschimmer erweisen könnte.

Hannah jedenfalls wusste genau, was sie nun tun würde.

19. KAPITEL

Solveig Zähringer blätterte seufzend durch den Stapel an Zeitungsberichten. Jeden Tag legte Inge Ackermann ein paar neue Artikel darauf. Mittlerweile tat sie es heimlich, wenn Solveig gerade nicht am Schreibtisch war. Wahrscheinlich fürchtete sie sich vor ihren Wutausbrüchen, die diesen dreisten Presseleuten galten. Es waren weniger die Journalisten vom »Bad Appenbacher Anzeiger«, die sich rund um Jochen Weiß eine Schreibschlacht lieferten. Hier vor Ort wurde noch relativ sachlich und moderat über den Mordfall berichtet. Aber das half Solveig wenig, wenn sich die überregionale Presse genüsslich an dem Kriminalfall aus der Provinz weidete. Je weiter die Redaktionen entfernt lagen, desto weniger schämten sie sich dafür, jedes noch so dämliche Wortspiel aus der Klischeekiste hervorzuzerren: »Bad Appenbach auf Abwegen«, »Rebenglück im Unglück«, »Du ach so schönes Appenbach«, »Schwarze Tage im Schwarzwaldidyll« lauteten die Überschriften und in den dazugehörigen Texten schwadronierten die Journalisten genüsslich über den beginnenden Untergang eines gerade noch aufstrebenden Schwarzwald-Tourismusziels. Einige von diesen Berliner oder Hamburger Schreiberlingen kannten offensichtlich nicht mal den Unterschied zwischen Baden und Württemberg.

In deren Texten wurde in der Ortenau doch tatsächlich »geschwäbelt«, weil es offensichtlich der einzige südwestdeutsche Dialekt war, den sie kannten. Und dann zerrten sie hanebüchene Verweise auf »Die Schwarzwaldklinik« hervor, denn schon Professor Brinkmann wusste angeblich: Unten im Ländle hat das Elend immer Hochsaison. Eine Überschrift ärgerte Solveig besonders. »Wird Zähringer bald der Zahn gezogen?« In dem Artikel brachte ein Stuttgarter Redakteur den Mordfall in Verbindung mit den Pannen während ihrer mittlerweile siebenjährigen Amtszeit als Bürgermeisterin. Für den Bericht wurde jedes noch so kleine Missgeschick ausführlich rekapituliert: die Pleite bei der Bewerbung um die Kleine Landesgartenschau, der wegen Mängel in der Planungsphase verzögerte Umbau des Bahnhofs und das fahrige Verhalten der Bürgermeisterin, die auf Trauerfeiern mitunter sogar vergaß, den Angehörigen ihr Beileid auszusprechen. Solveig spürte, wie ihr Puls davongaloppierte. Das war verdammt noch mal bei einer einzigen Beerdigung der Fall gewesen. Statt der Kleinen Landesgartenschau von 2026 würden sie eben die von 2028 bekommen, und der Bahnhof war mittlerweile tipptopp renoviert. Eigentlich sollte die Presse über den neuen »Winzererlebnispfad« schreiben, der bald fertiggestellt war. Ursprünglich wollte sie eine Pressekonferenz anberaumen, damit Fotografen fleißig Bilder machten von reifen Trauben der eigens zu Schauzwecken gepflanzten Ruländer-, Spätburgunder- und Muskateller-Rebstöcke. Im Hintergrund die markante Silhouette von Bad Appenbach. Aber sie verzichtete wohlweislich auf diese Pressekonferenz, denn sie wusste genau, dass sie damit nur Stoff für weitere hämische Berichterstattung liefern würde mit dämlichen Überschriften à la »Zähringer ertränkt ihren Mordskummer mit Wein«. Solveig widerstand der Versuchung, sämtliche Zeitungsausschnitte zu zerknüllen und aus dem Fenster zu werfen. Stattdessen griff sie zu ihrem Telefon und wählte Inge Ackermanns Durchwahl. »Wo bleibt denn dieser Klingele?«

»Er ist gerade reingekommen, Frau Zähringer. Wann soll ich ihn durchschicken?«, fragte ihre Sekretärin.

»Na, jetzt sofort!«, antwortete Solveig knapp, sortierte rasch die Zeitungsartikel zu einem akkuraten Stapel, wobei sie die freche Zähringer-Zahn-Überschrift ganz unten einsortierte. Dann zupfte sie eine Strähne ihres Ponys zurecht.

Im nächsten Augenblick stand der blonde Kommissar in ihrem Büro. Er trug einen schwarzen Anzug. Solveig widerstand der Versuchung, zu ihm zu gehen und das verrutschte Jackett wie bei ihrem Sohn zurechtzurücken, sodass es eine waagrechte Linie bildete und kein Gefälle, welches den Eindruck erweckte, dass der Kommissar schief dastand. Stattdessen blieb sie in ihrem Sessel sitzen, grüßte knapp und tippte auf den Stapel mit Zeitungsberichten, während Björn Klingele vor ihrem Schreibtisch Platz nahm.

Kurz musterte er den Zeitungsstapel und räusperte sich. »Für die negative Presse bin ich nicht verantwortlich. Wir haben so wenig wie möglich über den Fall nach außen kommuniziert.«

»So wenig wie möglich?«, wiederholte sie gereizt. »Genau darin liegt das Problem. Es sollte viel zu berichten geben, und zwar viel über den fulminanten Fahndungserfolg. Ich wünsche mir Artikel über einen reibungslos aufgeklärten Mord, weil hier in Bad Appenbach das Gesetz von Recht und Ordnung gilt. Wann kann ich denn endlich auf diese Erfolgsstory hoffen?«

»Wir sind an der Sache dran«, erwiderte der Kommissar so emotionslos wie ein Nachrichtensprecher, der über den aktuellen Börsenkurs informierte.

Solveig versuchte, sich zu beherrschen. Dieser Klingele war wirklich ein komischer Kauz, aber sie musste nun einmal mit ihm zusammenarbeiten. »Gibt es denn Verdächtige? Hören Sie auf mit der Heimlichtuerei! Oder soll ich mich besser bei Ihrem Dienststellenleiter erkundigen? Vielleicht ist der auskunftsfreudiger!«

Seine blauen Augen flackerten. »Wir konnten immerhin schon einige Verdächtige weitestgehend ausschließen: Ein Hotelierkollege hat ein Alibi, das wir genau geprüft haben. Der Bruder Manuel Weiß war zum Tatzeitpunkt mit seinem Kanu-Verleih unterwegs, und Angelika stand durchgehend in Kontakt mit dem Hotelpersonal. Wobei es natürlich DNA-Spuren von ihr am Tatort gibt. Aber das lässt sich bei einer engen Beziehung kaum vermeiden«, sagte Björn und zögerte einen Augenblick, ehe er weitersprach. »Allerdings gibt es da diese Hannah Aschenbrenner, die heimliche Geliebte von Jochen Weiß. Wir haben Haare von Kleidungsstücken aus ihrem Spind abgeglichen mit Haaren, die wir am Tatort gefunden haben. Sie war definitiv dort, und zwar nicht nur einmal. Außerdem gibt es ihre aggressiven Handynachrichten, und wir konnten sie in Verbindung bringen mit einem Gift, das bei der Obduktion gefunden wurde. Wenn ich mir ihre Wohnung mal genauer anschauen könnte, dann …«

»Sie brauchen also möglichst schnell einen Durchsuchungsbefehl?«, unterbrach Solveig die ausschweifenden Erklärungen des Kommissars.

Björn Klingele nickte stumm.

Solveig seufzte erleichtert. »Das bekommen wir hin. Ich kenne den zuständigen Staatsanwalt. Er schuldet mir einen Gefallen. Bereiten Sie alles gut vor, dann dürfte es keinerlei Probleme geben.«

Jetzt sah sie diesen Klingele zum ersten Mal lächeln. Zumindest verzog er die Mundwinkel nach oben, und das war vermutlich das Äußerste an positiver Gefühlsregung, das der Kommissar zustande brachte. Mehr konnte die Bürgermeisterin heute nicht von ihm verlangen.

20. KAPITEL

Zufrieden klappte Hannah ihren Laptop zu. Sie hatte gefunden, was sie so dringend gesucht hatte, und jetzt musste sie an ihren weiteren Schritten feilen. Ihr neu gefasster Plan durfte nicht scheitern. Es war aktuell der einzige Hoffnungsschimmer, der sie womöglich aus ihrer verfahrenen Situation retten konnte. Diese eine verbliebene Chance musste sie nutzen. Erst wenn sie nicht mehr unter Mordverdacht stand, würde sie sich ein neues Leben aufbauen können mit einem anderen Job, den sie dringend benötigte. Ihr Erspartes reichte gerade noch für die nächste Mietabbuchung. Falls sie nicht davor schon in Sicherheitsverwahrung landen würde – wenn es nach diesem Klingele ging, sollte sie wahrscheinlich am besten sofort weggesperrt werden. Auch Luiserl hatte sie darin bestärkt: Solange dieser Kommissar offensichtlich nur in ihre Richtung ermittelte, musste Hannah seinen Job übernehmen und andere Verdächtige ins Spiel bringen. Äußerungen von Konrad Hug hatten sie auf eine Idee gebracht, und seither wunderte sie sich, warum sie nicht früher darauf gekommen war. Nach und nach erinnerte sie sich an immer mehr Situationen, die ihre Vermutung bestärkten.

Jochen war Gesprächen über seinen Bruder Manuel stets ausgewichen – das allein war ihr nicht seltsam vorgekommen. Sie selbst plauderte ungern über ihre Eltern, was einfach daran lag, dass sie wenig über sie zu sagen hatte. Hannah wusste, dass sie sich mit ihrem chaotischen Lebenswandel und den ständig wechselnden Partnern nicht zu der Tochter entwickelt hatte, die sich ihre Eltern gewünscht hatten. Und sie konnte der Litanei an Vorwürfen und Ratschlägen nur entgehen, indem sie den Kontakt auf ein Minimalmaß reduzierte. Sie hatte mit Jochen wenig über ihre eigene Vergangenheit gesprochen, weil sie sich für ihren verworrenen Lebensweg schämte. Lieber hatte sie mit Jochen Zukunftspläne schmieden wollen. Er wiederum hatte nur zu gern über seine Kindheit und seine Jugend geplaudert und den Wandel, den das Hotel unter seiner Leitung vollzogen hatte. Er berichtete ausführlich über seine Eltern und alte Freunde aus Bad Appenbach, denen er irgendwann mal aus der Patsche geholfen hatte, sodass sie ihm einen Gefallen schuldeten. Er genoss es sichtlich, wenn er gegenüber Hannah mit seinem Einfluss prahlen konnte, und Hannah gönnte ihm diese Freude. Denn in diesen Augenblicken, wenn er sich ihr gegenüber womöglich besonders heldenhaft und männlich fühlte, erkannte sie in ihm einen kleinen Jungen, der in seiner Kindheit nicht genug Lob und Anerkennung bekommen hatte. Und das rührte sie auf eine so zärtliche Art, dass sie ihm geduldig zuhörte und sich ihm auf ganz unmittelbare Weise verbunden fühlte. Sobald aber das Gespräch auf Manuel kam, unterbrach er seine Erzählungen und wechselte das Thema. Einmal sprach sie ihn direkt auf seinen Bruder an, und da wurde er wütend. Nur einen kurzen Moment lang. Hannah hatte diesem Augenblick damals keine große Bedeutung beigemessen. Aber allmählich verdichteten sich diese Erinnerungen zu einem Gedanken. Jochen hätte offensichtlich lieber keinen Bruder gehabt. Und vielleicht war Manuel ganz ähnlicher Ansicht.

Um mehr über das Verhältnis der beiden herauszufinden, musste sie auf eine möglichst unauffällige Art näher an Manuel Weiß herankommen. Sie hatte dank ihrer Internetrecherche einen Weg gefunden, der für ihre Zwecke passend sein könnte. Manuel Weiß besaß einen Kanuverleih im Naturschutzgebiet Taubergießen. Aber sie hatte nicht vor, bei ihm um einen Job zu bitten oder sich mit wechselnder Kostümierung als Touristin auszugeben, um mit ihm ins Gespräch zu kommen. Sie musste sich ihm unauffälliger nähern. Einen Weg dazu fand sie auf dem Instagram-Account von Manuel Weiß. Dort hatte er erst vor wenigen Tagen gepostet, dass er demnächst öfter als ehrenamtlicher Darsteller im Freilichtmuseum Vogtsbauernhof auftreten würde, weshalb der Bootsverleih für eine Weile pausieren musste. Während der Erlebniswochen »Sagenhafte Begegnungen« würde er in das Kostüm einer bekannten Schwarzwälder Sagengestalt schlüpfen. Einen Hinweis von ihm las Hannah mit schnell klopfendem Herzen: Es wurden aktuell noch Darsteller gesucht. Nur wenige Minuten vergingen, bis Hannah einen ähnlichen Beitrag auf der Internetseite des Vogtsbauernhofs gefunden hatte.

Das Tourismusziel in Gutach rühmte sich als eines der besucherstärksten Freilichtmuseen Deutschlands. Die Themenwochen »Sagenhafte Begegnungen« sollten offensichtlich noch mehr Gäste dort hinlocken. Als Voraussetzungen, um dort als Darsteller dabei sein zu können, wurden Freude an Verkleidung und zeitliche Flexibilität genannt. Eine perfekte Voraussetzung für eine gefeuerte Wellnessmasseurin, wie Hannah es war. Aber zum Glück fragte Elke Lösch, die sich ihr am Telefon als Organisatorin der Veranstaltungsreihe vorstellte, nicht nach ihrem bisherigen beruflichen Werdegang. Elke Lösch wohnte ebenfalls in Bad Appenbach, betrieb dort ein eigenes Kulturbüro und hatte sich auf besondere Events im Schwarzwald spezialisiert. Sie gestand Hannah, wie aufgeregt sie war, dass sie diesmal eine Veranstaltung auf dem Gelände des wunderbaren Vogtsbauernhofs realisieren durfte. Die »Sagenhaften Begegnungen« seien sozusagen der Höhepunkt ihrer bisherigen Laufbahn. Außerdem war sie begeistert von Hannahs Zusicherung, dass sie schon in zwei Tagen anfangen könne. Ein passendes Kostüm würde bereits morgen bereitliegen. Dann räusperte sich Elke Lösch umständlich. »Wären Sie denn auch bereit, eine Rolle zu übernehmen, die … Nun, wie soll ich es ausdrücken? Also, die Rollen der Wassernixen vom Mummelsee waren gleich als Erstes vergeben – da waren die jungen Mädchen ganz wild darauf. Bei den Nixen sind die Kostüme natürlich besonders fotogen. Jetzt haben wir nur noch eine etwas spezielle Charakterrolle übrig.

Man könnte sagen, dass es eine Rolle ist mit Mut zur Hässlichkeit? Wäre das für Sie in Ordnung?«

»Das passt zu mir wie Arsch auf Eimer«, war Hannahs spontane Reaktion. Um nichts in der Welt hätte sie ein Nixenkostüm oder eine Burgfräuleinrobe anziehen wollen. Eine Rolle, hinter deren Maskerade sie sich verstecken konnte, war ideal für ihre Zwecke. Mit einem glücklichen Juchzen erklärte Elke Lösch ihr, dass sie liebend gern die bekannte Schauenburghexe aus Oberkirch spielen könnte. Zu deren Hintergrundgeschichte mailte sie ihr nach dem Telefonat einen Text zu.

Die Schauenburghexe und ihr schauerlicher Werdegang

Einst soll ein Ritter sich sehnlichst einen Sohn gewünscht haben. Als ihm stattdessen eine Tochter geboren wurde, polterte er gegen seine Gemahlin. Diese starb vor Kummer, und er übergab das unerwünschte Kind einer Magd. Der jähzornige Gatte zog in die Ferne, kehrte aber irgendwann reumütig zurück. Er forschte nach der Magd, die mit seinem Kind in eine andere Stadt gezogen war. Des Ritters Tochter, ihre adelige Herkunft nicht ahnend, hatte sich in der Zwischenzeit mit einem Müllersknecht verheiratet. Ihr Vater überzeugte sie nun, lieber einen reichen Vetter zu heiraten. Sie gab der Lockung des Geldes nach und verließ klammheimlich ihren Mann. Nach einigen Jahren, als auf der Oberkircher Schauenburg ein Fest stattfand, traf sie ihren verlassenen Ehemann wieder und fiel vor Scham tot um. Seither findet sie keine Ruhe und lebt als fratzenhafte Spukgestalt in weißen Gewändern auf der Schauenburg, weshalb sie auch den Namen »Weiße Dame« trägt. Wer der Furcht einflößenden Sagengestalt begegnet, sollte tunlichst ihre Wünsche erfüllen – sonst ergeht es ihm wie einst einem unbedarften Hirtenbüblein. Sie reichte diesem einen zierlichen Schuh, mit der Bitte, darin Wasser aus einem Bach zu schöpfen. Aber er verstand die Aufforderung nicht, lief bergabwärts, verfiel dem Wahnsinn und verstarb nach drei Tagen.

Hannah gefiel, was sie gelesen hatte – auch wenn die Story mit dem Schuh ziemlich merkwürdig klang. Aber derlei Sagengeschichten sollte man vermutlich am besten nicht auf logische Zusammenhänge überprüfen und sich nicht fragen, warum eine gesunde Frau mal eben so tot umfällt, weil sie ihren Ex wiedersieht. Und warum der Hirtenjunge sich verrückt machen lässt, nur weil er nicht den wirren Wunsch einer dahergelaufenen Fremden erfüllen wollte. Trotzdem gefiel ihr die »Weiße Dame« mit dem seltsamen Schuhtick. Das Kostüm und ein Schminkset würde sie vor Ort bekommen. Sie müsse nichts mitbringen außer Motivation und Bereitschaft zur extremen Verwandlung, hatte Elke Lösch ihr zum Abschied mit auf den Weg gegeben. Hannah sollte also schon bald eine Figur darstellen, die bei anderen Mitleid und Schauer erregt. Eine naive Frau, die sich auf einen Mann einlässt und sich dadurch ins Unglück stürzt. Eine, die sich durch eine Aura von Glanz und Einfluss verleiten lässt. Sie würde eine Person spielen, die sich große Ziele setzt und am Ende allein und mit leeren Händen dasteht. – Ein bisschen schien es so, als wäre ihr bisheriges verkorkstes Leben die ideale Vorbereitung für diese sagenumwobene Rolle.

21. KAPITEL

Er würde also weiterhin einen Banditen darstellen, um sich bei den Einheimischen einzuschmeicheln. Weil es ein Bandit war mit folkloristischem Hintergrund, galt er eher als Berühmtheit und nicht als echter Schurke. Streng genommen war es eine Art unsterblicher Volksheld wie Robin Hood, der es mit den bürokratischen Regeln von Recht und Gerechtigkeit nicht so eng nahm. Genau das gefiel Manuel Weiß. Zufrieden betrachtete er sein Spiegelbild, bevor er wieder in seine Alltagskleidung wechseln würde. Gerade trug er noch die braune Mönchskutte, die um seinen Bauch mit einem groben Strick fixiert war. Sein dunkles Haar war von einem breitkrempigen Hut bedeckt. In der linken Hand hielt er eine gusseiserne Laterne und seine rechte umschlang einen grob geschnitzten Wanderstab. Außerdem hatte ihn diese äußerst eifrige Elke Lösch von irgendeinem Bad Appenbacher Kulturbüro, die ihm vor einigen Wochen das Kostüm überreicht hatte, um Bartwuchs gebeten. Deshalb hatte er sich seither nicht mehr rasiert, sodass dunkle Stoppeln seinen Mund umrahmten. Vielleicht würde er den Bart auch nach den Aufführungen behalten – er ließ ihn verwegen wirken und verdeckte nebenbei sein wenig markantes Kinn.

Elke Lösch hatte ihm ein Informationsblatt zu den »Sagenhaften Begegnungen« überreicht, das ihm helfen sollte, sich in seine Rolle einzulesen. »Wobei der Moospfaff ja sozusagen der Star unter unseren Sagengestalten ist – den kennt hier fast jeder«, hatte sie ihm erklärt, und Manuel verschwieg wohlweislich, dass er von diesem Pfaff noch nie auch nur ein einziges Wort gehört hatte. Er amüsierte sich im Stillen köstlich über die Ironie, die über der ganzen Situation lag. Manchmal nahm das echte Leben so absurde Wendungen, wie sie für einen Kinofilm undenkbar wären – und zwar aus Angst vor abfälligen Zuschauerbewertungen, die eine derartige Handlung als komplett an den Haaren herbeigezogen verurteilen würden. Das echte Leben kannte viel mehr Abwegigkeiten, als sie ein Kinogast in 90 Minuten vertragen konnte. Und in Manuels Leben gab es zum Glück keine Beobachter – wobei das nicht ganz stimmte. Seit vorgestern mimte er diesen Moospfaff im Vogtsbauernhof, und wann immer sich ihm neugieriges Publikum näherte, sollte er jene Geschichte erzählen, die auf dem Infoblatt vermerkt war: Die Sage vom schlitzohrigen Abt des Klosters Gengenbach, der anno dazumal vor ein Waldgericht gerufen worden war. Bei diesem Termin sollte über ein besonders schönes Stück Wald verhandelt werden, das der Abt gern für sich haben wollte. Gerissen, wie er war, hatte er zuvor heimlich Erde vom Klostergarten aus Gengenbach in seine Stiefel gefüllt. Vor dem Waldgericht legte er schließlich einen folgenschweren Eid ab. »Ich schwöre bei Gott dem Allmächtigen, dass ich auf Grund und Boden des Gengenbacher Klosters stehe.« Vertrauend auf die Ehrlichkeit des Pfaffen sprach das Gericht ihm und seinem Kloster jenes Waldgrundstück zu, welches eigentlich der Gemeinde Nordrach gehörte. Doch der hinterlistige Frevel im Namen Gottes blieb nicht ungestraft, und so war der Abt dazu verdammt, nach seinem Tod als ruheloser Geist herumzuwandern. Bis heute soll sein hämisches Lachen über Tausende Meter hinweg zu hören sein, wenn er Wanderer in die Irre führt. Seine List nahmen ihm jedoch selbst die Nordracher Bürger nicht dauerhaft übel. Im Gegenteil: Er wird heute regelrecht gefeiert. Jedes Jahr gibt es den gesamten Oktober lang die Moospfaff-Wochen, bei denen sich engagierte Bürger darum kümmern, dass der berühmte Abt nicht in Vergessenheit gerät. Ein kreativer Chocolatier widmete der bekannten Sagengestalt sogar eine eigene Praline: Die Moospfaffkugel besteht aus Vollmilchganache, veredelt mit Honig, Nougat und Walnusslikör. Darauf gestreute Pistazienstücke sollen an die Mooslandschaft erinnern, in welcher der sagenumwobene Pfaff herumirrt.

In der Tasche mit den Moospfaffrequisiten hatte auch eine Schachtel mit den Pralinen gelegen. Manuel schob sich eine der grün gesprenkelten Schokoladenkugeln in dem Mund und zerbiss zufrieden die süße Creme. Sein Blick war immer noch auf den Spiegel gerichtet. Doch statt weiter sein Kostüm zu betrachten, nahm er jetzt den Raum wahr, in dem er sich befand. In gewisser Weise erinnerte ihn seine Wohnung an eine billige

Version des Ortenauhauses auf dem Vogtsbauernhof, wo er als Moospfaff auftreten durfte. Doch während in dem musealen Wohndenkmal ganz bewusst das betagte Mobiliar bewahrt wurde, konnte er sich einfach nichts Neues leisten. Während die authentischen Tische und Schränke aus vergangenen Zeiten bei den Vogtsbauernhof-Gästen ein Gefühl der Nostalgie verursachten, empfanden Besucher seines Domizils wahrscheinlich eher Mitleid wegen der abgenutzten Einrichtung. Das Ortenauhaus war die neueste Attraktion des Freilichtmuseums, und wie überall auf dem Gelände wurde dort akribisch darauf geachtet, dass so wenig Neues wie möglich darin zu entdecken war. Sogar alte Notizzettel der ehemaligen Hausbewohnerin Zita Feger wurden unter schützendem Glas zur Schau gestellt. Es waren Alltagsbotschaften wie: »Bin in der Kirche – komme gleich zurück«. Die Gäste bestaunten die Zettel mit freudiger Erregung, weil sie an die gute alte Zeit erinnerten, als es noch keine Handys gab und deshalb handgeschriebene Abwesenheitsnotizen an Haustüren befestigt worden waren. Passend zu den Notizen gab es allerlei Alltagsgegenstände, darunter nostalgische Küchengeräte oder Wäsche, die ähnlich wie wertvolle Antiquitäten präsentiert wurden.

Seine betagten Schlafzimmermöbel aus Eichenfurnier waren im Gegensatz zu den musealen Schätzen eine alternativlose Notwendigkeit. Er hatte sie dem Vormieter günstig abgekauft. Eigentlich hatten sie nur eine Übergangslösung sein sollen, aber diese Übergangsphase dauerte nun schon sechs Jahre lang, da der Kanuverleih nie genug Gewinn abwarf, um sich mehr als das Lebensnotwendige zu gönnen. Deshalb machte es auch wenig aus, wenn er durch die Rolle als Moospfaff gerade keine Touren anbieten konnte – die Buchungen in der Zeit nach den Sommerferien waren ohnehin überschaubar. Und er konnte seinen Job sowieso kaum ausstehen. Die nassen und schmutzigen Kanus jeden Tag aufs Neue in den Anhänger zu hieven war nicht das, was er sich für seine berufliche Laufbahn ausgemalt hatte.

Auf der fleckigen Abstellfläche seiner Kommode nahm Manuel jetzt den Umschlag wahr, den Angelika ihm neulich zugesteckt hatte – worüber er ziemlich überrascht gewesen war. Wann immer er im Hotel auftauchte, wimmelte sie ihn ab. Was ihn nicht daran hinderte, weiter hinzugehen. Es bereitete ihm eine stille Genugtuung, in welche Verlegenheit er sie brachte. Besonders dann, wenn er die Wörter »Jochens Ehefrau« oder »meine Schwägerin« genüsslich in Anwesenheit der Belegschaft wiederholte. Angelika wurde dann immer ganz rot im Gesicht. Sie wusste, dass er Bescheid wusste. Es machte ihm Spaß, dass er sie mürbe machen konnte. Das alles war Teil seines Planes. Doch beim letzten Besuch hatte sie ihm plötzlich den Umschlag in die Hand gedrückt. Darin befänden sich alte Kinderfotos, die sie beim Aufräumen gefunden hatte. Vielleicht wolle er sie behalten.

Manuel öffnete jetzt zum ersten Mal den Umschlag. Ganz oben lag ein Foto, das ihn und seinen Bruder zeigte. Sie waren damals vielleicht 10 und 13 Jahre alt gewesen und trugen beide vom Fußballspiel abgewetzte Jeans. Ihr Vater musste dieses Bild aufgenommen haben auf jener Wiese, auf der sich heute der neu gebaute Hotelpool befand. Manuel konnte sich genau an den Tag der Aufnahme erinnern. Es war heiß gewesen, und sie hatten stundenlang gebolzt mit anderen Kindern vom Dorf. Auch an diesem Tag hatte Manuel die meisten Tore geschossen. Er war der schnellste Läufer, und wenn er wollte, konnte er jeden ausdribbeln. Aber als plötzlich ihr Vater vorbeikam, um seine neue Kamera auszuprobieren, misslang Manuel jeder Treffer. Und Jochen, der davor gelangweilt am Spielfeldrand rumgestanden hatte, kickte auf einmal voller Begeisterung mit. Und aus irgendeinem Grund stand er genau im richtigen Moment am gegnerischen Tor und musste nur seinen verdammten rechten Fuß nach vorne schieben, um den entscheidenden Treffer zu erzielen. Wenig später musste ihr Vater dieses Foto aufgenommen haben: Jochen legte hier ganz selbstverständlich seinen Ellenbogen auf Manuels Schulter, obwohl der größere Bruder auch der körperlich größere war. Und trotzdem ließ er sich diese überhebliche Geste gefallen und ging sogar ein Stück in die Knie, weil er noch immer beschämt war über das, was sein Vater kurz zuvor zu ihm gesagt hatte: »Jochen wird es weit bringen mit seinem Ehrgeiz. Nimm dir doch endlich mal ein Beispiel an deinem kleinen Bruder.« Manuel kam es kurz so vor, als ob er noch immer den Druck von Jochens Hand auf seiner Schulter spürte. Er wischte über den braunen Stoff, als wollte er eine lästige Fliege vertreiben, knüllte das Foto zusammen und steckte es in die Tasche seiner Mönchskutte.

22. KAPITEL

»Na, mein allerliebster Bruder? Wie läufts da unten in den Tiefen des Verbrechens? Bringst du endlich Licht in den dunklen Schwarzwald?«, flötete eine vertraute Stimme durchs Handy.

»Sehr witzig«, erwiderte Björn, setzte sich auf seinen Wohnzimmersessel und legte den Haustürschlüssel auf den Couchtisch. Wenn seine Schwester Katharina bei ihm anrief, dann dauerte es meist länger. Seinen Plan, einen kleinen Spaziergang zu machen, um den Kopf freizubekommen, musste er erst mal verschieben. Telefonierend durch Bad Appenbach zu schlendern, kam für ihn nicht infrage: Zumal seine geschwätzige Schwester ihn mit Sicherheit davon abhalten würde, für eine Weile die Abendstille zu genießen und idealerweise selbst ein bisschen zur Ruhe zu kommen.

»Ich störe dich aber nicht bei der Verbrecherjagd, oder?«

»Kannst du bitte mit diesem schwachsinnigen Polizeivokabular aufhören? Sonst lege ich sofort auf«, forderte Björn genervt.

»Sorry! Ich wollte dich nicht ärgern«, erwiderte Katharina, und ihre Reue klang nicht gespielt. »Im Grunde bin ich einfach wahnsinnig stolz darauf, dass mein Bruder so einen aufregenden Job hat. Dagegen ist mein Immobiliengedöns todlangweilig. Allerdings hat mich eine Immobilie gerade nach Stralsund geführt. Ich sitze mit einer Tasse Kaffee fußläufig am Meer, und da musste ich an dich denken. Und weißt du, warum?«

»Nein, weiß ich nicht«, erwiderte Björn. Er hasste derlei komische Fragen. Wenn ihm jemand etwas mitteilen wollte, dann sollte es direkt gesagt werden – ohne überflüssige Ratespielchen.

»Na, weil du das Meer nicht ausstehen kannst. Und immer, wenn ich am Meer bin, muss ich an dich denken und frage mich, wie es sein kann, dass man so etwas Schönes nicht leiden kann«, stellte seine Schwester fest.

»Weil das Meer langweilig ist. Bis zum Horizont ist es da einfach nur nass. Außerdem ist die Ostsee sowieso kein richtiges Meer, sondern pures Brackwasser. Wenn du es genauer wissen willst, ist die Ostsee sogar ein ziemlich verschmutztes Brackwasser. Ein nicht unwesentlicher Teil des Meeresbodens gilt als biologisch tot. Du befindest dich also vor einer ziemlich unappetitlichen Kloake. Aber mit zusammengekniffenen Augen sieht auch ein Waldbrand aus wie ein romantischer Sonnenuntergang.«

»Jaja, ist ja gut. Ich hätte es wissen müssen, dass du mir umgehend die Freude an der schönen Aussicht verdirbst. Diese Mission hast du hiermit erfolgreich erfüllt. Ich nerve dich nie wieder mit meinen maritimen Gefühlswallungen«, sagte Katharina. Und dann räusperte sie sich: »Jetzt mal im Ernst: Wie geht's dir so? Du reagierst fast gar nicht mehr auf meine Nachrichten. Und ich kenne doch meinen Bruder. Wenn du noch wortkarger wirst, als du eh schon bist, dann stimmt etwas nicht.«

Björn zögerte, ehe er antwortete, und blickte dabei aus seinem Wohnzimmerfenster. Nebenan befand sich ein zweistöckiges Haus mit Toskanadach und akkurat herausgeputztem Vorgarten samt Riesentrampolin und Kaninchenstall. Dort wohnte eine Familie mit drei Kindern. Man grüßte sich, wenn man sich sah. Björn hatte mal überlegt, seine Nachbarn zu sich einzuladen. Aber dann würden sie in seinem spärlich möblierten Wohnzimmer sitzen, sich wahrscheinlich unwohl fühlen und sich wundern über diesen komischen alleinstehenden Kauz. Eigentlich bestand ganz Bad Appenbach aus Einfamilienhäusern, und darin wohnten Leute wie Solveig Zähringer und Franz Engler, für die er immer der komische Klingele bleiben würde.

»Ich frage mich, ob das Leben leichter wäre, wenn wir nicht diesen Nachnamen hätten: Klingele. Das ist wie eine Einladung zur Belustigung. Klingelts, Klingele? Bimmelts, Klingele? Vermutlich kann ich mich noch so sehr anstrengen, aber ich werde sowieso nie etwas bei der Polizei erreichen – einfach, weil bereits mein Name mich zur Witzfigur macht«, sagte Björn und merkte, wie sein Herz schneller schlug. Es war das erste Mal, dass er diesen Gedanken ausgesprochen hatte.

»Ach, mein Bruderherz. Ich kenne diese Sprüche zu Genüge. Am Ende entscheidest du allerdings selber, ob du dich zum Klingele degradieren lässt oder eben nicht. Du darfst dich nur nicht kleiner machen, als du bist.

Das ist natürlich leichter gesagt als getan – vor allem in so einer alteingesessenen Schwarzwaldgemeinde. Aber wenn du es am Ende bist, der den Fall löst, dann bist du DER Klingele. Verstehst du: The one and only Klingele. Wenn ein Lionel Messi auf dem Fußballplatz aufläuft, denkt keiner an unaufgeräumte Wohnungen. Dann denkt jeder an den größten kickenden Argentinier nach Diego Maradona.«

»Dieser Vergleich ist allerdings weit hergeholt. Man schreibt das Messie-Syndrom anders als den Fußballer, nämlich mit ie. Aber lassen wir das Thema. Wolltest du sonst noch was? Ich würde mich sonst lieber meinem aktuellen Fall widmen«, versuchte Björn das Telefonat zu beenden.

Doch seine Schwester ließ sich nicht so leicht abwimmeln. »Wie läufts denn mit dieser Hotelgeschichte, von der du mir das letzte Mal ein bisschen erzählt hast?«

»Ach, ehrlich gesagt nicht so toll. Wir kommen nicht schnell genug voran. Nachdem mein Kollege sich ein einziges Mal ins Zeug gelegt hat, überlässt er alle Arbeit wieder mir allein. Und sowohl der Dienststellenleiter als auch die Bürgermeisterin sitzen mir im Nacken. Sie wollen zügige Ergebnisse – als ob ich mir extra viel Zeit lassen würde. Die Ermittlungen werden begleitet von wahnsinnig aufwendigen Protokollen und Berichten. Und am Ende dürfen keine Zweifel offenbleiben. Es muss doch alles seine Ordnung haben.« Björn merkte, dass er sich in Rage geredet hatte. Jammern jedoch half nichts, und bevor seine Schwester ihn weiter mit gut gemeinten Ratschlägen versorgte, sprach er schnell weiter: »Aber wenn alles klappt, habe ich sehr bald einen Hausdurchsuchungsbefehl, und vielleicht klärt sich der Fall dann schneller als gedacht auf.«

»Siehst du: läuft doch alles. Und wenn nicht, gibt es immer noch Plan B. Du darfst raten, welchen Plan B ich meine«, sagte seine Schwester und kicherte.

»Danke, kein Interesse«, erwiderte Björn knapp.

»Ja, ich weiß. Keine blöden Ratespiele! Mit Plan B meine ich, dass du heiratest und den Namen deiner Liebsten annimmst. Dann bist du den Klingele für immer los. Gibt es keine ehemalige Weinprinzessin bei euch in der Gegend, die für den Kommissar infrage käme?«

»Wow! Nun bist du ja wieder ganz tief unten in der Klischeekiste angekommen. Ich lege jetzt auf«, sagte Björn gereizt und verabschiedete sich knapp. Dass er genau in diesem Augenblick an Hannah Aschenbrenner denken musste, störte ihn besonders. Aber es war auch kein Wunder, denn seine Schwester hatte ihn mit ihrem Geplapper völlig durcheinandergebracht. Statt spazieren zu gehen, würde er sich lieber noch mal dem Ermittlungsverfahren widmen, sodass die Wohnungsdurchsuchung vielleicht schon morgen oder übermorgen stattfinden konnte. Aktuell musste er viel zu oft an Hannah Aschenbrenner denken – und deshalb würde er sich jetzt auf seine Arbeit fokussieren, damit er diesen lästigen Fall so bald wie möglich zu den Akten legen konnte.

23. KAPITEL

Es war nun schon der zweite Tag, an dem Hannah nach dem Frühstück mit ihrem gelben VW Polo nach Gutach gefahren war. Mittlerweile war ihr das Gelände des Freilichtmuseums Vogtsbauernhof bereits vertraut, zumal ihr Frau Lösch gleich am ersten Tag eine Einführung gegeben hatte. Das Grundstück war rund sieben Hektar groß und wirkte ein bisschen wie die Kulisse für einen Schwarzwälder Heimatfilm der 1960er-Jahre. Hier gab es keine Bausünden und keine geteerten Straßen mit lärmendem Verkehr. Dafür präsentierten sich malerische Hofgüter, umsäumt von liebevoll gepflegten Bauern- und Kräutergärten. Sogar ein Bächlein plätscherte durch das Anwesen, und einige Ziegen, Schafe, Pferde und Kühe weideten saftiges Gras auf eingezäunten Wiesen. Das Restaurant Hofengel lockte den ganzen Tag hindurch mit hoch aufgetürmten Schwarzwälder Kirschtorten und hausgemachten Spätzle, serviert von freundlich lächelnden Mitarbeiterinnen in Tracht. Das gesamte Areal bot Platz für ein ganzes Dörfchen an Schwarzwaldhäusern, die in drei Bereichen angeordnet waren. Links vom Eingang durften die Gäste historische Höfe erkunden, wie sie typisch waren für den Südlichen Schwarzwald. Hier befand sich zum Beispiel der imposante Falkenhof, dessen breites Schindeldach ein geräumiges Bauernhaus samt Tierställen behütete. Rechts vom Eingangsbereich lag das Areal des Mittleren Schwarzwalds, in dem sich der 1612 errichtete Vogtsbauernhof befand, der dem Anwesen seinen Namen gegeben hatte. Es sei das einzige Gebäude, das sich am Originalstandort befände, hatte Elke Lösch ihr erklärt. Alle anderen Höfe waren im Laufe der letzten sechs Jahrzehnte in der Umgebung aufwendig abgetragen und vor Ort wiederaufgebaut worden. »Ein ganz besonderes Highlight ist zum Beispiel das neue Ortenauhaus: ein typisches Rebhaus, das früher Teil eines Winzergehöfts in der Gemeinde Durbach war. Mit seinem Abbau und Wiederaufbau waren mehrere Handwerker mehr als 600 Tage lang beschäftigt.« Elke Lösch hatte vor Aufregung rote Wangen bekommen, als sie von der spektakulären Translozierung des Gebäudes erzählt hatte. Nur ein paar Meter vom Ortenauhaus entfernt und exakt in jenem Teil der Anlage, der die Gebäude aus dem nördlichen Teil des Schwarzwalds hütete, befand sich das Schlössle von Effringen. Auch hier setzte Elke Lösch wieder zu Lobeshymnen an und rühmte das hohe Alter und den hervorragenden Erhaltungszustand des Gebäudes. Rein äußerlich unterschied sich das Schlössle nicht übermäßig vom Rebhaus: Es handelte sich nicht etwa um ein Mini-Neuschwanstein, sondern eher um ein rustikales, wenn auch durch seine Größe durchaus beeindruckendes Fachwerkhaus mit grünen Fensterläden. Diesen Schauplatz hatte Elke Lösch als Auftrittsort für die Schauenburghexe vorgesehen. »Unser

Schlössle ist zwar keine Burg, aber es hat trotzdem ein ganz besonderes Flair, sodass Sie sich hoffentlich darin wohlfühlen werden«, hatte Elke ihr freudestrahlend erklärt, und Hannah hatte eifrig genickt. Tatsächlich gefiel ihr das Schlössle – vor allem wegen seiner abgeschiedenen Randlage und der Nähe zum Ortenauhaus.

Heute war Elke Lösch nicht mehr an ihrer Seite, sondern hatte sie nur kurz am Eingang begrüßt: »Unsere liebe Schlossfee ist also auch schon da«, rief sie. Hier hieß sie wahlweise »Burggespenst« oder »Schlossfee« – wogegen Hannah nichts einzuwenden hatte, denn sie wollte gern anonym bleiben und kein Aufsehen erregen. Die Verdächtigungen rund um eine gewisse Frau Aschenbrenner vom Hotel Rebenglück hatten sich gewiss bereits hier und da rumgesprochen. Sie fühlte sich wohl dabei, ihre Existenz hinter einer Maskerade verbergen zu können.

Allerdings hatte Hannah beim Betreten des Freilichtmuseums noch ihre normalen Klamotten bestehend aus Jeans und einem T-Shirt an. Erst im Schlössle wollte sie sich umziehen, um den Überraschungseffekt für die Zuschauer nicht zu verderben. Eigentlich sollte sie sich ganz oben auf dem Dachboden verschanzen. Dort lief in Dauerschleife ein Video rund um ein namenloses Schlossgespenst. Während der Erlebniswochen sollten die Gäste beim Gucken des Films von einer echten Spukgestalt überrascht werden. Hannah trug dazu ein weißes Nachthemd und eine Perücke mit weißen langen Haaren. Ihr Gesicht schminkte sie mit weißer Farbe, und sie malte sich dunkle Schatten um die Augen – wobei Elke sie gebeten hatte, dass sie nicht zu unheimlich aussehen sollte. Niemand sollte sich fürchten, und sie sollte die Besucher bloß nicht ernsthaft erschrecken. In den niedrig und verwinkelt konstruierten Bauernhäusern des Freilichtmuseums dürfe sich niemand aus lauter Furcht den Kopf anstoßen. Deshalb sollte Hannah eine freundliche Schauenburghexe mimen und allen interessierten Besuchern von der Sage deren Entstehung berichten. Doch am heutigen Tag verirrten sich kaum Gäste in den Dachboden des Schlosses. Das Wetter hatte sich abgekühlt, und das Wochenende war vorbei. An diesem Dienstagvormittag war nur wenig los auf dem Gelände, doch das war Hannah nicht unrecht. Statt oben im Dachboden zu verweilen, schlenderte sie im ersten Stockwerk durch die gute Stube des Schlössles. Hier lief den ganzen Tag ein Radiosender, der unentwegt Musik aus den 1972er-Jahren spielte: ein wilder Mix aus den Beatles, Roy Black, Heino und Reinhard Mey. Das Schlössle war bis ins Jahr 1972 bewohnt gewesen, und in diese Zeit sollte die Musik zurückversetzen. Entsprechend bestand die Einrichtung nicht etwa aus verschnörkelten Barockmöbeln, sondern erinnerte Hannah eher an die Möbel ihrer eigenen Kindheit: Plüschige Sofas und Vitrinenschränke zum Aufbewahren von allerlei Krimskrams. An den Wänden prangte ein Potpourri aus frommen Bibelillustrationen und beschaulicher Landschaftsmalerei. Zwischen den Bilderrahmen waren deutliche Risse im antiken

Gemäuer zu sehen, und die Böden des Gebäudes waren so schief, dass Hannah sich beim Betreten der Zimmer leicht betrunken fühlte. Was gewiss auch an ihrer Nervosität lag. Noch immer konnte sie nicht richtig schlafen, und es gelang ihr ebenso wenig, regelmäßige Mahlzeiten zu sich zu nehmen.

Als sie den Plan geschmiedet hatte, auf dem Vogtsbauernhof als Sagengestalt aufzutreten, um Manuel Weiß auszuspionieren, hatte sie zumindest ein bisschen Hoffnung geschöpft. Sie dachte, sie könnte tatsächlich etwas über ihn herausfinden. Aber bereits jetzt wurde ihr klar, dass ihr Vorhaben vermutlich ein ziemlicher Schmarrn gewesen war. Oben im Dachboden des Schlössles waren keine Fenster, sodass sie nichts vom Geschehen im Freilichtmuseum mitbekam. Nur von der Stube und der Küche des Gebäudes aus konnte sie durch Spitzenvorhänge das äußerste Eck des Ortenauhauses erspähen, wo der Moospfaff seine Gäste begrüßte. Ein paarmal hatte Hannah ihn auch persönlich in seinem braunen Mönchsgewand erblickt. Aber was brachte das schon? Sie würde ihn kaum heimlich dabei beobachten können, wie er etwas Verbotenes tat. Allein der Gedanke daran erschien ihr auf einmal so lächerlich, dass Hannah sich seufzend in einen nostalgischen Wohnzimmersessel sinken ließ. Ihr gegenüber verharrte ein Schaukelpferd, das sie mitleidlos aus schwarz aufgemalten Augen anglotzte.

»Na, wenigstens ist die Musik hier ganz erträglich«, sagte plötzlich eine Stimme. »Ich finde ja Roy Black mittlerweile gar nicht so schlecht, wenn man ihn mit dem Geplärre vergleicht, das meine Tochter zu Hause hört. Bei ihr ist gerade japanischer Hardcore Punk angesagt. Gegen die hysterische Musik aus Fernost ist die sanfte Stimme des Schnulzenmeisters wie Heilsalbe für die Ohren.«

Hannah drehte sich erschrocken um. Sie hatte gar nicht mitbekommen, dass jemand den Raum betreten hatte. Im Türeingang stand eine Frau, die ungefähr so alt war wie sie selbst – wobei ihr Alter nicht so einfach zu schätzen war, denn sie trug ein mittelalterliches graues Gewand mit braunem Umhang samt Kopftuch. In ihren Händen hielt sie zwei Körbe: einen mit goldenen Schokotalern gefüllt und den anderen mit staubigen Kohlestückchen.

»Sorry, ich wollte mich nicht anschleichen. Ich bin Martina alias das Bergweiblein von der Burg Bosenstein«, sagte sie, stellte ihre Körbe ab und schüttelte Hannahs Hand. Dabei blitzten unter dem groben Stoff ihres Kleids bunte Tätowierungen hervor. »Und welche Sagengestalt darfst du zum Besten geben?«

»Die Schauenburghexe aus Oberkirch. Aber ich soll nicht so furchterregend daherkommen: weniger Hexe, sondern mehr gute Fee. Deshalb spuke ich gerade nicht im dunklen Dachboden, sondern chille ein bisschen feenhaft in der guten Stube herum. Du darfst mich aber nicht bei Elke verpfeifen«, versuchte Hannah zu scherzen.

»Clevere Idee! Sagenhafte Gestalten wie wir haben sich auch mal eine Pause verdient. Ich renne schon seit zwei Stunden im Park umher. Mir wurde keine eigene Bleibe zugewiesen, weil Elke meinte, dass so ein Bergweiblein am besten in der Natur unterwegs sein sollte. Inzwischen bin ich ziemlich durchgefroren und meine Füße tun weh, weil ich meine bequemen Sneaker gegen diese Lederlatschen im Jesus-Look eintauschen musste. Also, falls du was zum Naschen willst: Die Dinger bekomme ich heute eh schwer los, weil gerade nicht so viele Besucher da sind«, antwortete Martina und fischte lachend einige Schokoladentaler aus ihrem Korb, die sie auf dem Wohnzimmertisch ablegte. Daraufhin fasste sie kurz die Hintergrundgeschichte ihrer Figur zusammen: Das Bergweiblein der Burg Bosenstein schenkte einer Ritterstochter mal einige Goldstücke. Dieses Präsent weckte die Gier von deren Vater, dem Ritter, auf größeren Reichtum, weshalb das Bergweiblein in einen Turm gesperrt wurde mit der Forderung, noch mehr Schätze herauszurücken. »Aber am Ende blieben dem gierigen Ritter nur ein paar Kohlestücke. Das kommt davon, wenn man es sich mit uns Frauen verscherzt. Bei den Sagen ist es wie im echten Leben: Wenn Männer sich wie Idioten benehmen, dürfen wir Frauen es ausbaden. Manche juckt das allerdings gar nicht. Unser Moospfaff von nebenan stolziert triumphierend herum, als wäre er ein Märtyrer und kein schmieriger Lumpesäckel«, sagte sie und grinste verschwörerisch.

»Kennst du ihn?«, fragte Hannah in einem möglichst beiläufigen Tonfall, während sie einen Goldtaler in die Hand nahm, um die Folie abzulösen.

»Meinst du den Pfaff oder den Typen unter dem Kostüm?«, wollte Martina wissen und plauderte weiter, ohne eine Antwort abzuwarten. »Der Sage nach soll der Pfaff wohl irgendwie rumgetrickst haben, um sich Land zu ergaunern – mehr weiß ich nicht. Und den Typen im Kostüm kenne ich natürlich. Wir waren auf der gleichen Schule. Das ist Manuel Weiß. Sein Bruder ist doch neulich verstorben. Hast du nicht davon gehört?«

Hannah hatte das Gefühl, dass ihr Gesicht knallrot anlief. Zum Glück trug sie jede Menge weißer Schminke auf ihrer Haut. Es war ihr unangenehm zu flunkern. Sie machte eine vage Kopfbewegung, von der sie nicht einmal selbst genau wusste, was sie ausdrücken sollte. Dazu schob sie sich den Schokoladentaler in den Mund und war sogleich mit dem Kauen der zähen Masse beschäftigt.

Martina schien Hannahs wortlose Reaktion zu genügen. Sie setzte sich auf ein leeres Sofa gegenüber von dem Wohnzimmersessel, auf dem Hannah es sich gemütlich gemacht hatte, und blickte in Richtung der Tür. Offensichtlich wollte sie sichergehen, dass keine Besucher in der Nähe waren. Erst dann begann Martina zu erzählen. Hannah hörte ihr aufmerksam zu. Dabei wurde Hannah von Minute zu Minute klarer, dass die Idee, auf den Vogtsbauernhof zu kommen, vermutlich doch kein Schmarrn gewesen war.

24. KAPITEL

Nach 23 Uhr war es meistens leer im Hotel. Die letzten Restaurantgäste hatten ihre Viergänge-Schlemmermenüs längst beendet, um sich in ihre Zimmer zurückzuziehen und den Komfort der extra weichen Boxspringbetten zu genießen. Selbst die Hotelbar war verwaist. Dort stand nur ein Cocktailglas, in dem der abgenagte Rest einer Orangenscheibe und eine aufgespießte Cocktailkirsche ruhten. Angelika ging hinter die Bar, entleerte das Glas über dem Mülleimer und stellte es in die Spülmaschine. Dann wischte sie mit einem Schwammtuch über den Tresen, um den klebrigen Ring aus vertrockneten Fruchtsäften zu entfernen, den das Glas hinterlassen hatte. Sie würde ihre Thekenkraft morgen noch mal daran erinnern, dass sie bitte jeden Drink auf einem Untersetzer servieren sollte, damit die bestellten Hugos und Daiquiris keine Spuren auf dem geölten Eichenholz hinterließen. Im gleichen Moment verwarf sie den Plan. Sie würde niemanden zurechtweisen und stattdessen selbst weiterhin möglichst unauffällig den Tresen nachwischen. Sie konnte sich nicht erlauben, durch Maßregelungen noch mehr Mitarbeiter zu verlieren. Erst gestern hatte sie wieder eine Kündigung von einer Reinigungskraft bekommen, und sie konnte es ihr nicht verübeln. Solange Jochens Testament verschwunden blieb, gab es keine Klarheit über die Zukunft ihrer Angestellten. Viel weniger noch gab es Klarheit über ihre eigene Zukunft. Zwar hatte ihr der Rechtsanwalt gesagt, dass sie das Hotel vorerst weiterführen konnte, solange der Verbleib des Testaments ungewiss war und die Polizeiuntersuchungen andauerten. Und trotzdem befand sich der gesamte Betrieb in einer Übergangsphase – ohne jegliche Gewissheit darüber, wie und wann diese enden würde.

Die Unsicherheit, die gerade im Hotel Rebenglück herrschte, war bedrohlicher als alles, was Angelika bislang hatte durchstehen müssen. Und das waren nicht wenige Krisen gewesen. In der Coronazeit hatte sie sich wenigstens mit anderen Hotelinhabern beraten können. Es hatte Dutzende Internetforen und WhatsApp-Gruppen gegeben, in denen kollegiale Tipps und Ratschläge ausgetauscht wurden. In der jetzigen Situation hingegen war Angelika auf sich allein gestellt und musste sich wehren gegen Bankenforderungen und Jochens Bruder Manuel, der nicht müde wurde, im Hotel ein und aus zu gehen. Neuerdings kam er vor allem am Morgen her und positionierte sich an der Hotelrezeption, um mit den Gästen zu plaudern, so wie Jochen es gern getan hatte. Die Gäste wollen eine persönliche Begrüßung, damit sie sich wahrgenommen und wichtig fühlen, hatte er immer gesagt. Und jetzt übernahm Manuel diese Aufgabe, als hätte ihn jemand darum gebeten. Er plapperte mit den Besuchern über die Geschichte des Hotels und darüber, wie wunderbar der Schwarzwald doch sei. Ganz unverhohlen machte er dabei außerdem Werbung für irgendwelche Auftritte im Vogtsbauernhof.

Schon zweimal hatte Angelika so eine Szene mit halbem Ohr belauscht, während sie damit beschäftigt gewesen war, ihre überforderte Rezeptionistin bei der Abrechnung zu unterstützen. Und obwohl sie innerlich vor Wut kochte, musste sie lächeln und Ruhe bewahren. Was sollte sie auch anderes tun? Sie konnte Manuel unmöglich vor den Hotelgästen eine Szene machen. Sie durfte nicht für noch mehr üble Gerüchte sorgen. Außerdem befürchtete sie, Manuel könnte ausplaudern, dass es keine offizielle Eheurkunde von Jochen und Angelika Weiß gab. Bestimmt wusste er davon, auch wenn er sie nicht direkt darauf angesprochen hatte. Aber er machte komische Andeutungen und erkundigte sich immer wieder nach dem Testament. Angelika hatte größte Mühe, sich aus den unangenehmen Gesprächen herauszuwinden.

Seufzend legte sie das Schwammtuch zurück in die Spüle, um zum Frühstücksraum zu gehen. Dort waren die Tische bereits eingedeckt. Weiße Porzellanteller, die in einigen Stunden vollgekrümelt sein würden. Hellblaue Servietten, die zu symmetrischen Fächern gefaltet waren, um morgen als formlose und mit Marmeladenresten verschmierte Bündel abgeräumt zu werden. Aber es würden weniger Bündel sein als noch vor einem Jahr. Die Buchungen hatten schlagartig abgenommen seit jenem Tag, als erst Notarzt und Rettungsdienst und später die Polizei aufgetaucht waren. Durch die Fenster des Frühstücksraums fiel Angelikas Blick auf die lilafarbenen Astern, die Jochen extra für den großen Empfang des Schwarzwälder Hotelverbands hatte pflanzen lassen. An jenem Abend hätten sich alle Gäste genau in diesem Frühstücksraum versammelt, den sie und ihr Team schon den ganzen Tag über für das Event vorbereitet hätten mit rot-gelben badischen Fähnchen und aufwendig gebundenem Tannengrün als Hommage an den Schwarzwald. Jochen hätte nur aus seiner Kammer herunterkommen müssen, und der Abend hätte sich für das Hotel zu einem Triumph entwickelt. Aber er war einfach liegen geblieben und hatte ihr Chaos hinterlassen. Angelika erschrak, als sie sich bei diesem zynischen Gedanken ertappte. Obwohl sie wusste, dass Jochen auf elende Weise erstickt war, missgönnte sie ihm in gewisser Weise seine Ruhe. Und sie missgönnte ihm die Präsenz, die er nach wie vor hatte: Auch wenn er nicht mehr da war, blieb er der Mittelpunkt des Hotels. Und sie wiederum schien immer mehr zu verblassen, obwohl sie sich kaum noch Pausen gönnte. Obwohl sie mit so viel Mühe den Gästen und Mitarbeitern vorzutäuschen versuchte, dass alles in bester Ordnung war – um abends matt und erschöpft ins Bett zu fallen. Obwohl sie jeden Morgen aufs Neue daran zweifelte, dass sie den nächsten Tag überstehen würde, ohne nicht doch irgendwann schreiend zusammenzubrechen. Es schien fast, als wäre Jochen noch mächtiger als davor, denn sie konnte ihn nichts fragen, nicht mal mit ihm streiten. Er hatte unabänderliche Tatsachen hinterlassen. Zweifellos bemitleidete sie sich selbst. Es war zu viel schiefgelaufen an jenem Samstag. Angelika konnte momentan nichts tun, als zu hoffen, dass sich die Dinge bald endlich wieder günstiger für sie entwickeln würden.

25. KAPITEL

»Jetzt erzähl noch mal alles langsam und der Reihe nach. Was du mir so aufgeregt auf meine Mailbox gesprochen hast, konnte ich gar nicht richtig verstehen«, forderte Luiserl sie auf.

Hannah atmete tief durch und bemühte sich darum, der Reihe nach zu berichten. Heute früh, als sie sich fertig machen wollte für ihre dritte Fahrt zum Vogtsbauernhof, klingelte es überraschend an der Haustür. Hannah hatte gerade Luitpolds Futternapf aufgefüllt und hielt noch die Katzenfutterdose in der Hand, als sich der unerwartete Besuch ankündigte. Vor der Tür stand Kommissar Klingele mit drei Kollegen. Er zeigte ihr eine richterliche Anordnung, die ihm eine Wohnungsdurchsuchung erlaubte. Während Hannah starr vor Schreck in der Diele stehen blieb und dieser Klingele sie über ihre Rechte belehrte, liefen die anderen Polizisten wie selbstverständlich in ihrer Wohnung herum: in ihrer Küche, dem Wohnzimmer, dem Schlafzimmer und dem Badezimmer. Sie öffneten Regale sowie Schränke und verstauten Hannahs private Gegenstände in mitgebrachten Kisten. Hannah konnte sich im Nachhinein gar nicht mehr richtig an alle Details erinnern. Sie wusste nur, dass sie sich kaum vom Fleck rühren konnte und dass Luitpold aufgeregt um ihre Beine strich: aus Fürsorge oder um sein Frauchen zum Handeln zu animieren. Aber sie blieb einfach stehen, bis der Kommissar ihr eine Kopie des Durchsuchungsprotokolls ausgehändigt hatte und die Beamten die Wohnung so schnell verließen, wie sie gekommen waren. Einige Aktenordner hatten sie mitgenommen, ihren Laptop, ihr Handy und ein paar Notizbücher. Nur das nostalgische Festnetztelefon mit der Drehscheibe hatte man ihr gelassen. Wahrscheinlich dachten die Beamten, dass es ein reines Deko-Objekt war. Aber es tat immer noch seinen Dienst. Hannah hielt den gelben Plastikhörer fest umklammert, als ob es ein Entspannungsball wäre, den man kraftvoll zusammendrücken sollte, um sich zu beruhigen.

»Und du bist die ganze Zeit lang still dagestanden?«, wollte Luiserl jetzt wissen.

»Ja, ich konnte nichts sagen. Das war wahrscheinlich ein Fehler, aber ich war so aufgeregt …«, versuchte Hannah sich zu erklären.

»Nein, mein Spatzerl. Das war haargenau richtig so. Ich kenne ja dein Temperament, und ich bin froh, dass du ruhig geblieben bist. Ich habe gleich mit Herbert darüber gesprochen, als ich die Mailboxnachricht von dir abgehört habe. Wir haben uns Sorgen gemacht, dass du die Nerven verloren hast. Das wäre ja durchaus verständlich, aber jede Behinderung der Ermittlungen könnte dir später negativ ausgelegt werden.«

»Auf diese Weise habe ich das noch gar nicht gesehen. Ehrlich gesagt hätte ich diesen Typen nur zu gern alle möglichen Verfluchungen an den Kopf geworfen, aber ich habe keinen Mucks herausgebracht. Ich habe mich gefühlt wie ein dummes kleines Kind, das vom Lehrer in die Ecke gestellt wird, während die anderen Schüler kichern«, sagte Hannah, und sie merkte, dass ihr eine Träne über die Wange kullerte. Die Anspannung des Vormittags wich einem Gefühl der Verzweiflung. »Ich wusste ja, dass dieser Klingele hinter mir her ist. Aber ich habe das Ausmaß unterschätzt. Oder ich wollte es nicht wahrhaben. Ich bin einfach ein saudummes Huhn.«

»Ach, was für ein Unsinn! Außerdem sind Hühner überhaupt nicht dumm, sondern ziemlich intelligent. Und Herbert meint, dass so eine offizielle Durchsuchung vielleicht auch eine Chance sein kann. Wenn sie nichts finden, dann wirst du endlich nicht mehr verdächtigt.«

Hannah wischte sich die Träne aus dem Gesicht und betrachtete ihr Wohnzimmer, das eigentlich ziemlich unverändert aussah. Es fiel kaum auf, dass einige Gegenstände fehlten. Immerhin hatten die Beamten kein Chaos hinterlassen. Auch Luitpold hatte sich wieder beruhigt. Er lag auf dem Sofa und war damit beschäftigt, einen Lichtstrahl zu fangen, der sich auf dem grauen Stoff abzeichnete. Luiserl hatte sicher recht: Es war gut, dass sie nicht die Nerven verloren hatte. »Ich muss dann jetzt los. Auf dem Vogtsbauernhof warten sie bestimmt schon auf mich. Dort bin ich doch dieser Martina begegnet, die Manuel Weiß aus der Kindheit kennt«, sagte Hannah und fasste zusammen, was sie vorgestern beim

Gespräch mit dem redseligen Bergweiblein erfahren hatte. Sie hatte von der ständigen Konkurrenz erzählt, die zwischen den Brüdern geherrscht hatte. Während es Jochen bei den Streitereien meistens gelang, sich herauszuwinden, bevor irgendwelche Erwachsenen eingriffen, stand Manuel am Ende fast immer als Unruhestifter da. Und das machte ihn so wütend, dass er öfter mit Steinen um sich warf. So kam es, dass viele vor dem jungen Manuel Angst hatten. Und weil kleine Teufel sich im Alter selten zum Engel entwickeln, müsse man bei ihm bis heute auf der Hut sein, hatte Martina ihr zugeflüstert. »Keine Ahnung, wie ernst das alles gemeint ist. Ich wollte nicht zu auffällig nachfragen, sonst hätte sich Martina bestimmt über mein großes Interesse an Manuel Weiß gewundert. Aktuell ist es mein Glück, dass mich im Vogtsbauernhof niemand kennt. Wobei sich das natürlich ändern kann, wenn die Presse von der Wohnungsdurchsuchung erfährt und am Ende vielleicht sogar ein Foto von mir in der Zeitung landet«, sagte Hannah. Bei dem Gedanken daran wurde ihr ganz schlecht.

»Fang nicht an, dir Dinge auszumalen, die nicht passiert sind«, sagte Luiserl. Mit leiserer Stimme fügte sie hinzu: »Aber wenn du irgendeine Spur hast, die dir helfen könnte, dann schick di! Du darfst jetzt keine wertvolle Zeit verlieren.«

26. KAPITEL

Björn hatte Prinz Albrecht von Preußen so lange mit dem Messer in kleine Spalten geschnitten, bis es kaum noch möglich war, ihn weiter zu zerteilen. Es gab ohnehin keinerlei Besonderheiten in dessen Innerem zu entdecken. Hätte Björn einen Wurm aufgespürt oder zumindest die Spuren eines Wurms oder wenigstens eine verfaulte Stelle, hätte ihm die Entdeckung vielleicht ein klein wenig Genugtuung verschafft. Dann hätte er heute wenigstens irgendeine Unstimmigkeit ans Licht gebracht. Aber der Apfel war im Inneren so makellos wie sein adeliger Name. Die Händlerin auf dem Bauernmarkt hatte ihre Prinz-Albrecht-von-Preußen-Äpfel heute früh als besondere Delikatesse angepriesen. »Des Epfeli is ebbes ganz bsunders. Da kenndsch de neilege.« Jetzt wünschte sich der Kommissar, er hätte zu seinen üblichen Boskop-Äpfeln gegriffen, denn die hatten immer irgendwelche Macken. Dieses neu erstandene Obst hingegen war auf eine fast unanständige Weise perfekt. Björn schob den Apfel frustriert an die Kante seines Schreibtischs und widmete sich wieder den Ergebnissen der Wohnungsdurchsuchung bei Hannah Aschenbrenner. Franz Engler hatte sich schon längst in den Feierabend verabschiedet. Im Wirtshaus Sonne draußen vor seinem Fenster räumte ein Kellner leere Teller vom Abendessen ab. Eigentlich müsste Björn auch endlich mal eine richtige Mahlzeit zu sich nehmen, aber ihm fehlte der Appetit – und zwar ziemlich genau seit zwei Tagen, seit er Hannah Aschenbrenner seinen lange geplanten Überraschungsbesuch abgestattet hatte. Um den richterlichen Beschluss dafür zu bekommen, hatte er alle Verdachtsmomente gegen sie akribisch genau zusammengetragen. Beim Sichten der Beweismittel hatte er nun jedoch verflixterweise nichts Brauchbares gefunden, um seinen Verdacht zu belegen. In Hannah Aschenbrenners Aktenordnern häufte sich lediglich ein verworrener Mix aus schlampig abgehefteten Lohnbescheinigungen Dutzender Arbeitgeber und verschiedenen Mietverträgen, allerlei An- und Abmeldungen von Gemeinden, unsortierten Steuerunterlagen und Bankbescheiden. Dieses Sammelsurium bewies höchstens, dass sie eine Chaotin war, aber mehr auch nicht. In ihren Notizbüchern gab es nur belangloses Gekritzel über die Neugestaltung ihrer Wohnung. Hier erfuhr er kaum mehr, als dass sie sich dringend eine neue Wohnzimmerlampe wünschte. In einem Umschlag, beschriftet mit dem Wort »Jahrestag«, hatte er Konzerttickets für den kommenden November gefunden – ausgestellt auf zwei Personen und dazu eine Buchung für eine Übernachtung in der Suite eines schicken Berliner Hotels. Das alles hatte sie neun Tage vor dem Mord an Jochen Weiß gebucht. Diese Jahrestagplanung könnte Björn natürlich als Vertuschungsaktion deuten. Die Mörderin plant wohlweislich einen großzügigen Urlaub für den Liebsten, den sie bis zum Zeitpunkt der Reise längst töten wollte. Aber für diesen Vorwurf müsste er Beweise vorlegen können, die gegen Hannah Aschenbrenner sprachen. Die Kollegen aus der IT-Abteilung konnten ihrem Handy keine weiteren verdächtigen Telefonate oder Nachrichten entlocken. Ihren Mix aus Liebesgesäusel und Beschimpfungen gegenüber Jochen Weiß kannte er ohnehin schon aus dessen Handy. Es konnten auch keine mysteriösen Löschungen festgestellt werden. Vor allem die Überprüfung ihres Laptops erwies sich als Enttäuschung. Sie hatte ihn nicht für Recherchen über allergische Reaktionen zu Hühnereiweiß oder zu den Wirkungen von Giftkräutern genutzt. Mittlerweile hatte er sogar herausgefunden, dass Hannah Aschenbrenners Seminararbeit über den Weißen Germer kaum Bedeutung beigemessen werden konnte. Er hatte sie mithilfe einer Online-Plattform überprüft, die Plagiate aufspürte. Fast die gesamte Arbeit war ein stümperhaft zusammenkopierter Mix aus Vorlagen, die frei zugänglich im Internet zu finden waren. Wahrscheinlich hatte sie ihre unter eigenem Namen veröffentlichten wissenschaftlichen Erkenntnisse anderer nicht einmal richtig durchgelesen. Es war ihm ein Rätsel, warum dieses Plagiat nicht abgelehnt worden war und sogar noch einen Platz in einer Universitätsbibliothek gefunden hatte. Zu allem Überfluss hatte Björn zwei von Hannahs Flaschengärten mitgenommen, weil er sich eingebildet hatte, darin wüchsen Weißer-Germer-Sprösslinge. Aber in den bauchigen

Gläsern kümmerten nur ein paar harmlose Torfmoose und Farne vor sich hin.

Sein falscher Verdacht kam ihm regelrecht peinlich vor. Bereits während der Wohnungsdurchsuchung hatte es ihn irritiert, wie gelassen Hannah Aschenbrenner geblieben war. Sie war einfach ruhig stehen geblieben und hatte ihn, Franz Engler und zwei Kollegen aus dem Freiburger Kommissariat einen Raum nach dem anderen durchsuchen lassen. Viele Zimmer gab es nicht in der kleinen Einliegerwohnung, sodass sie zügig vorankamen. Jedoch hatte er von Minute zu Minute mit wachsendem Widerstand gerechnet oder damit, dass sie nervös geworden wäre oder im letzten Augenblick versucht hätte, Nachrichten auf ihrem Handy zu löschen. Aber das alles hatte sie nicht getan, und das hatte ihn so aus dem Konzept gebracht, dass er das Hemd unter seinem Jackett beinahe vollständig durchgeschwitzt hatte. Als er sich von ihr verabschiedet hatte, hatte sie ihm einen seltsamen Blick zugeworfen. Im ersten Moment hatte er geglaubt, darin Verachtung zu erkennen. Doch dann hatte er gemerkt, dass Hannah Aschenbrenner einfach müde und erschöpft aussah.

Es hätte ihn nicht gewundert, wenn seine Kollegen in ihrem Google-Suchverlauf Einträge gefunden hätten wie »Tipps gegen nervige Ermittler« oder »unfähiger Björn Klingele«.

Aber sie hatte kein einziges Mal nach ihm gesucht und dafür umso häufiger nach Manuel Weiß. Es gab Dutzende Suchanfragen zu seinem Namen. Björn nahm noch einmal das Dokument zur Hand, das Hannah Aschenbrenners letzte Googlesuchen auflistete, und gab sie selbst der Reihe nach in seinen PC ein. Sie hatte offensichtlich nach und nach herausgefunden, dass der Bruder ihres verstorbenen Geliebten als Laiendarsteller im Vogtsbauernhof auftrat. Mit jedem Begriff, den er in seine Tastatur eintippte, hatte er das Gefühl, tiefer in Hannah Aschenbrenners Gedankenwelt einzutauchen. Und dabei regte sich bei ihm ein Verdacht, der ihn beunruhigte. Schon bald bestand für ihn kein Zweifel: Hannah Aschenbrenner hatte den Plan gefasst, auf eigene Faust zu ermitteln. Wenigstens das musste er so schnell wie möglich unterbinden. Wenn sie sich in die Enge getrieben fühlte, würde sie am Ende irgendwelche Dummheiten machen. Und das könnte am Ende auf ihn zurückfallen, weil er sie mit seinen falschen Verdächtigungen in gewisser Weise dazu motiviert hatte.

Augenblicklich wurde Björn klar, dass es Schlimmeres gab, als die Pleite bei der Wohnungsdurchsuchung und die Tatsache, dass er auch nach 17 Tagen keine Ahnung hatte, wer Jochen Weiß ermordetet hatte. Jetzt ging es darum, weiteres Unheil zu verhindern. Als er ruckartig aufstand und zu seiner Jacke eilte, fiel ein Stück Prinz Albrecht von Preußen von seinem Schreibtisch auf den Teppichboden. Björn hatte keine Zeit, das Obststück aufzuheben. So lag die dünne Apfelspalte noch immer am Boden, als er die Bürotür hinter sich zuknallte.

27. KAPITEL

Ein paar Köder sollten ausreichen, um sich diese lästige Schnüfflerin für eine Weile vom Leib zu halten. Manuel fuhr in seinem Kombi in Richtung Bad Appenbach zielgenau in eine Seitengasse im Neubaugebiet. Dort gab es derzeit nur Baustellen, die jetzt in den Abendstunden so leer waren wie ein Schulhof während der Sommerferien. Neben ihm lag eine Tüte mit einem Herz darauf, aus dem zwei Schlappohren ragten. Er hatte sich für ein Zeckenschutzmittel für Hunde entschieden, das er auf die Fleischsticks träufeln würde. Beides hatte er problemlos in der Tierhandlung kaufen können. Einzeln betrachtet dienten die Produkte dem Wohlergehen der Tiere. Doch der Mix machte sie gefährlich, denn Katzen konnten bestimmte insektizide Inhaltsstoffe aus dem Zeckenschutzmittel nicht abbauen, was sich nicht gerade günstig auf ihre Gesundheit auswirkte. All das hatte Manuel Weiß hochzufrieden auf einer Internetseite nachgelesen. Und weil er sich für extrateure Leckerlis aus reinem Hühnerfleisch entschieden hatte, denen laut Verpackung keine Samtpfote widerstehen konnte, würde sein Köder nicht lange unbeachtet im Gras liegen bleiben.

Fast schon zu einfach war es für ihn gewesen, die Adresse von Hannah Aschenbrenner herauszufinden. Er hatte sie im digitalen Personalverzeichnis entdeckt, als er gestern am frühen Morgen mal wieder dem Hotel Rebenglück einen Besuch abgestattet hatte. Seine Schwägerin war erwartungsgemäß heillos überfordert mit all ihren Aufgaben, dass sie nicht mal bemerkte, wie er rasch den Computer hinter der Rezeption bediente. Schon nach wenigen Mausklicks hatte er die gewünschte Adresse gefunden. Als er dann gestern Abend am Haus von Hannah Aschenbrenner vorbeigefahren war, hatte er die Katzenklappe in der Haustür ihrer Einliegerwohnung entdeckt, und wenig später war ein grau getigerter Schatten durch den Vorgarten gehuscht. Keine dieser fetten Katzen, sondern ein agiles Tier. Eines, das umherstreifte und einem unerwarteten Snack nicht widerstehen würde. Im Prinzip hatte es vermutlich die gleiche Charakterschwäche wie sein Frauchen: Es war viel zu neugierig. Und das würde Manuel zu bestrafen wissen. Er hatte genug davon, dass diese lästige Person ihm hinterherspionierte. Erst hatte er gedacht, dass er sich das vielleicht nur einbildete. Auf dem Vogtsbauernhof liefen aktuell ja jede Menge gruselig verkleidete Gestalten herum: als Gespenster, Kräuterweiber oder was auch immer. Aber irgendwann hatte er gemerkt, dass es kein Zufall war. Ständig lüpfte sich der Vorhang des Effringer Schlössles, und ein lächerlich weiß geschminktes Gesicht starrte in seine Richtung. Und wenn er sich auf einer Bank eine Pause gönnte, lief die Frau wie zufällig an ihm vorbei und musterte ihn neugierig. Eines Tages sah er sie mal ungeschminkt, bevor sie ihren Dienst antrat, und da merkte er, dass ihm das Gesicht bekannt vorkam. Es war diese Hannah Aschenbrenner aus dem Hotel, mit der sein Bruder rumgevögelt hatte, als er es noch konnte. Eigentlich sollte die seines Wissens kurz davor sein, verknackt zu werden, und stattdessen schnüffelte sie ihm hinterher wie eine Möchtegern-Miss-Marple. Er hätte sich darüber amüsiert, wenn es ihn nicht so genervt hätte. Es fühlte sich an, als ob sein Bruder ihm sogar jetzt noch eins reinwürgte, indem er diese Verrückte auf ihn angesetzt hatte. Einmal belauschte er, wie diese Hannah sich mit einer anderen Tratschtante unterhielt. Diese elende Schlabbergosch von Martina Nählinger kannte er noch aus der Schulzeit. Sie faselte irgendwas davon, wie eifersüchtig Manuel angeblich auf seinen Bruder gewesen sei und dass er ihm immer hinterhergeeifert habe – in dem Moment hätte er das Schlössle am liebsten abgefackelt, um die beiden Weiber darin schmoren zu lassen. Das war schon im Mittelalter ein effektives Mittel gewesen, um sich Hexen vom Leib zu halten. Aber heutzutage ging so was natürlich nicht. Also lief er möglichst unauffällig zurück in sein Ortenauhaus und spielte seine Moospfaffrolle. Er genoss es, wenn die Besucher sich um ihn scharten und seinen Erzählungen lauschten. Er hatte die Sage rund um den Moospfaff mit der Zeit immer weiter ausgeschmückt: Er fantasierte über die harte Kindheit des Pfaffen, die ihn gelehrt hatte, dass der Anständige oft der Dumme sei. Und er gönnte ihm eine tragische Liebesgeschichte, deren jähes Ende ihn schließlich ins

Kloster führte. Manuel mochte dieses ganze Schauspiel viel mehr, als er es sich hatte vorstellen können. Wäre da nicht diese Hannah Aschenbrenner, die ihm die Freude an seinen Auftritten vermieste. Aber das sollte sich nun sehr bald ändern. Hannah Aschenbrenner würde bald neue unerwartete Sorgen haben, um die sie sich kümmern konnte. Er parkte das Auto neben einer der Baustellen. Dann holte er die beiden Verpackungen aus der Tüte. Er öffnete das Fläschchen mit dem Zeckenschutzmittel und träufelte den gesamten Inhalt in die Tüte mit den Leckerlis. Danach schüttelte er den Beutel wie einen Cocktailbecher. Und gleich würde er seine Kreation in Hannah Aschenbrenners Vorgarten streuen. Er würde das im Vorbeigehen machen mit einer schnellen Bewegung, die niemandem auffallen würde. Es war ohnehin kaum jemand unterwegs um diese Zeit, und er würde sich wie ein normaler Spaziergänger verhalten. Allerdings würde er sich als Passant erweisen, der eine nicht gerade subtile Botschaft im Gras hinterließ. Aber bis diese geschluckt und verdaut war, war er längst verschwunden.

28. KAPITEL

Als Hannah die Haustür aufsperrte, fielen ihr die beiden Papiertüten aus dem Supermarkt vor Schreck aus den Händen. Luitpold, der ihr sonst zur Begrüßung schnurrend um die Beine strich, lag neben dem Schuhregal. Ein deutliches Zittern war zu erkennen. Ohne zu zögern, hob Hannah das Tier vorsichtig in die weiße Transportbox und fuhr mit ihm zur Tierarztpraxis, die sich am anderen Ende von Bad Appenbach befand. Es war schon 21:35 Uhr. Hannah machte sich unterwegs Vorwürfe, dass sie erst so spät nach Hause gekommen war. Sie hatte beim Umziehen auf dem Vogtsbauernhof herumgetrödelt. Insgeheim hatte sie gehofft, Martina zu treffen. Als sie Manuel Weiß heute auf dem Vogtsbauernhof im Restaurant sitzen sah, beobachtete sie ihn eine Weile. Nachdem er schließlich seinen Platz verließ, blieb auf dem Boden ein zusammengeknülltes Foto zurück. Es musste Manuel aus der Tasche gefallen sein. Sie nahm es an sich und erkannte die Personen auf dem Bild sofort. Es waren Manuel und Jochen – beide noch Schuljungen. Jochen hatte grinsend seinen Arm auf die Schulter seines Bruders gelegt und der blickte gequält in die Kamera. Zu gern hätte sie mit Martina über dieses Foto gesprochen, aber erst gegen Abend erfuhr Hannah, dass sich das Bergweiblein freigenommen hatte, um ihre von einem Darmvirus geplagte Tochter zu pflegen. Der Tag hatte sie bei ihren Nachforschungen also fast gar nicht weitergebracht. Aus lauter Frust hatte Hannah auf dem Heimweg einen Halt im Supermarkt eingelegt, um mit dem Auffüllen ihrer Lebensmittelvorräte wenigstens irgendetwas Sinnvolles zu erledigen. Und damit hatte sie offensichtlich genau das Falsche getan. Immer wieder warf sie jetzt einen Blick in die Transportbox, die neben ihr auf dem Beifahrersitz stand. Luitpold hatte seine Augen geschlossen. Sein Atem rasselte. Sie fuhr, so schnell sie konnte, und parkte ihren Wagen so stürmisch vor einem senfgelben Haus, dass sie schützend eine Hand auf den Käfig legte, um zu verhindern, dass er ins Wanken geriet.

»Entschuldige, lieber Luitpold! Ich mache es gleich wieder gut. Alles wird gut, ganz sicher«, murmelte sie, wobei die Beschwörungen vor allem ihr selbst galten. Ihr Puls raste, während ihr Kater zunehmend lebloser erschien.

Zum Glück war die Tierärztin Manuela Binninger zu Hause. Sie wohnte gleich neben der Praxis. Hannah war vor ein paar Wochen schon einmal hier gewesen, als Luitpold unter einer hartnäckigen Bindehautentzündung litt. Damals hatte ihr Manuela Binninger gesagt, dass sie in absoluten Notfällen auch außerhalb der Sprechzeiten vorbeikommen könne. Als die Ärztin die Tür öffnete, musste Hannah keine ausführlichen Erklärungen liefern. Manuela Binninger genügte der Blick auf ihr verzweifeltes Gesicht und den leblosen Körper des Katers.

Beherzt griff sie nach dem Transportkorb und bat Hannah, im Wartezimmer Platz zu nehmen. Dort war das Licht längst ausgeknipst. Der Raum, der tagsüber rege besucht war und mit seinen bunten Tierfotos an den Wänden eine heimelige Atmosphäre verbreitete, kam Hannah im dunklen Abendlicht und mit seiner Stille trostlos und unwirklich vor. Trotzdem verzichtete sie darauf, den Lichtschalter zu betätigen. Erschöpft nahm sie auf einem Stuhl gegenüber der Wanduhr Platz und starrte auf das weiße Ziffernblatt. Sie konnte nicht mehr tun, als zu warten und zu hoffen. Nach etwa 30 Minuten, die Hannah endlos erschienen waren, ließ sie ein Geräusch hochschrecken. Manuela Binninger hatte den Raum betreten und setzte sich auf einen Stuhl neben Hannah. Sie erklärte ihr, dass Luitpold an einer schweren Vergiftung litt. Sie tippte auf Permethrin, ein Wirkstoff, der sich in Hunde-Zeckenmitteln befand und der von Katzen nicht verstoffwechselt werden konnte. Luitpold hatte ein paar nahezu unverdaute Fleischsticks erbrochen – einen davon hatte die Tierärztin in einen Beutel gelegt, um ihn in einem Labor untersuchen zu lassen. Weil Hannah ihrem Kater nie derartige Snacks verfütterte, hatte sie sofort eine böse Ahnung. Das Tier hatte von Manuela Binninger krampflösendes Diazepam bekommen und musste über Nacht in der Praxis bleiben. »Luitpold ist ein starker Kater«, sagte die Ärztin zum Abschied. »Vielleicht hat er Glück.«

Hannah traute sich nicht zu fragen, was ihm drohte, wenn er kein Glück hatte. Sie ahnte es ohnehin. Als sie wieder am Steuer ihres Wagens saß, zitterten ihre Hände noch immer. Sie musste in diesem Moment an Luiserl denken, die ihr schon öfter den Ratschlag mitgegeben hatte: »Bevor du irgendeine Dummheit machst, atme zehn Mal in Ruhe langsam ein und aus. Die Dummheit kannst du nachher immer noch machen, aber vielleicht fällt dir in der Zwischenzeit auch etwas Vernünftigeres ein.« Während Hannah also tief ein- und ausatmete, versuchte sie, ihre Gedanken zu sortieren. Sie war sich sicher, dass Luitpolds Vergiftung kein Zufall gewesen war, sondern vielmehr eine Warnung. Und es gab keinen Zweifel für sie, wer der Absender war. Manuel Weiß hatte Luitpold vergiftet, genau wie er es bei seinem Bruder getan hatte. Sie hätte ahnen müssen, dass ihm die heimliche Beobachtung irgendwann auffallen würde. Vielleicht hatte er das Jugendfoto sogar absichtlich fallen lassen, wie einen Köder, nach dem sie in ihrem Eifer geschnappt hatte. Nicht ahnend, dass nicht Manuel Weiß im Fokus stand, sondern dass sie die Verfolgte war. Hannah spürte aufkeimende Wut: auf den Moospfaff und auf sich selbst, weil sie den armen Luitpold durch ihr Handeln in Gefahr gebracht hatte. Zugleich spürte sie eine Gewissheit. Wenn sich jemand auf diese brutale Art gegen sie zur Wehr setzte, dann nur, weil sie auf der richtigen Spur war.

Hannah startete den Motor ihres Autos, ohne einen Plan zu haben, wohin sie fahren sollte. Sie war besonnen genug, ihren Wagen nicht schnurstracks zu Manuel Weiß zu lenken, wobei sie ohnehin nicht genau wusste, wo er wohnte. Aber selbst wenn – was könnte sie damit schon erreichen? Außerdem hatte sie Angst vor ihm. Er war kriminell und würde kaum davor zurückschrecken, auch ihr etwas anzutun.

Hannah steuerte ihr Auto durch das abendstille Bad Appenbach. Links tauchte das grau verputzte Gebäude der Polizei auf. Würde dieser Klingele ihr glauben, wenn sie ihm von ihrem Verdacht erzählte? Hannah schüttelte spöttisch den Kopf. Wahrscheinlich würde sie sich in seinen Augen mit ihren Behauptungen noch verdächtiger machen. Als sie um die nächste Ecke bog, fiel ihr Blick auf das Heimatmuseum. Hannah parkte ihr Auto rasch in einer Seitengasse. Sie hatte eine Idee. Elke Lösch hatte ihr erzählt, dass sie während der Vorbereitungen zu den »Sagenhaften Begegnungen« öfter nach Bad Appenbach gefahren war, denn das dortige Heimatmuseum samt dem dazugehörigen Gemeindearchiv sei äußerst umfangreich bestückt. »Da findet man alles Wissenswerte zur Region und kann wunderbar Nachforschungen betreiben – vor allem auch über die echten Gruselgestalten der Gegend. Wie zum Beispiel Lokalpolitiker, die es nicht so genau nehmen mit der Wahrheit. So ein Archiv ist wie das Gedächtnis eines Ortes – und das funktioniert ganz unabhängig von Google«, hatte Elke vergnügt erklärt.

Womöglich würde Hannah in diesem Archiv wichtige Informationen über Manuel Weiß finden. Etwas Handfestes, das sie vielleicht sogar der Polizei vorlegen könnte. Zu Hause konnte sie ohnehin nicht mehr recherchieren, denn ihr Computer und das Smartphone lagen seit der Wohnungsdurchsuchung in irgendeiner Asservatenkammer. Hannah ging zur Eingangstür, aber die war verschlossen. Ein Schild wies auf die Öffnungszeiten für das Museum und das Gemeindearchiv hin: Dienstag bis Samstag jeweils von 11-17 Uhr. Hannah konnte nicht bis zur offiziellen Öffnung warten. Sie durfte keine Stunden ungenutzt verstreichen lassen, wenn sie Manuel Weiß auf die Schliche kommen wollte. Sie war ohnehin viel zu aufgeregt, um tatenlos in ihrer Wohnung auszuharren – womöglich sogar heimlich beobachtet von diesem Dreckskerl. Sie lief prüfend um das zweistöckige Gebäude herum. Die Häuser in der Nachbarschaft stellten kein Problem dar, von dort aus würde niemand sie sehen. Rechts befand sich ein Schreibwarenladen, der längst geschlossen hatte. Im Rathaus auf der hinteren Seite waren alle Lichter aus, und die Büroräume würden sich erst morgen wieder füllen. Natürlich war es ein Risiko, aber sie hatte nicht viel zu verlieren. Verdächtig war sie sowieso schon. Ein Einbruch im Gemeindearchiv würde da kaum ins Gewicht fallen. Idealerweise ergab sich für sie die Chance, ihre Unschuld zu beweisen. Im Hinterhof entdeckte sie einen Notausgang, der ideal war für ihren Plan. Hannah hoffte, dass sich in diesem Gebäude wie im Hotel keine Überwachungskameras befanden. In diesem Fall war ihr die badische Gelassenheit durchaus sehr recht. Das schlichte Türschloss sah aus, als wäre es in den letzten 30 Jahren nicht ausgetauscht worden.

Sie würde es unauffällig mit einer Karte öffnen. Ein Ex-Freund hatte ihr den Trick beigebracht, nachdem sie sich mehrfach ausgesperrt hatte, weil sie oft ihren Schlüssel verlegte. Hannah öffnete ihren Geldbeutel und entschied sich dafür, eine abgelaufene Fitnessstudio-Mitgliedskarte dafür zu opfern. Sie steckte das bunt bedruckte Rechteck in den Spalt zwischen Türblatt und Rahmen. Mit einer zügigen Bewegung schob sie die Karte in Richtung des Schlosses, und die Tür öffnete sich mit einem sanften Klacken. Schnell schlüpfte Hannah hindurch und musste sich erst an die Dunkelheit des Raumes gewöhnen. Auf der linken Seite führte ein Wegweiser in den oberen Stock, wo sich das Museum befand. Rechts sah sie eine gläserne Tür mit der Aufschrift »Gemeindearchiv«. Sie war zum Glück nicht verriegelt. Hannah trat hindurch und war umgeben von Regalen voller Ringordner. Auf den Möbeln waren weiße Zettel sorgfältig mit Klebeband fixiert. Hannah musste sich dicht davorstellen, um sie zu entziffern. Sie verzichtete darauf, das Licht anzuschalten, damit kein Spaziergänger von außen etwas von ihrem Treiben bemerkte. »Gesundheit und Sport«, »Bau- und Wohnungswesen«, »Handwerk« und »Kultur«, las sie auf den Beschriftungen. Hannah ging weiter, bis sie auf ein Regal stieß, das mit den Worten »Personen und Familien« gekennzeichnet war. Jeder Ordner war mit Buchstaben beschriftet: »A-As«, »At-Aw«, »B-Bl«, »Bo-Bu«. Im untersten Regal entdeckte Hannah schließlich die gesuchten Buchstaben »W-Wi«.

Sie nahm zwei Ordner und setzte sich damit an einen Tisch nahe des Fensters, durch das Licht von einer Straßenlaterne fiel. Sie musste nicht lange blättern, bis sie auf ein Deckblatt stieß, das mit »Johann Weiß« beschriftet war – der Vater von Jochen und Manuel. Hinter dem Deckblatt waren viele Seiten eingeheftet, die mit akkurat ausgeschnittenen Zeitungsartikeln beklebt waren. Manche Artikel mussten erst auseinandergefaltet werden. Darüber war jeweils das Erscheinungsdatum der Berichterstattung notiert. Fast alle Zeitungsausschnitte stammten aus dem »Bad Appenbacher Anzeiger«. Hannah prüfte zunächst, ob es auch ein Deckblatt speziell zu Manuel Weiß gab, aber sie entdeckte nur eigene Sammlungen zu Johann und Jochen Weiß. Der Gesuchte würde wahrscheinlich einfach zwischendurch auftauchen. Also blätterte sie durch sämtliche Artikel. Die ersten Zeitungsausschnitte stammten aus den 1960er-Jahren, als das Hotel Rebenglück in einem ehemaligen Gasthof, damals noch als kleine Pension, neu eröffnet wurde. Auf den folgenden Seiten fanden sich Berichte über Vergrößerungen und Erweiterungen. Dann wurden Manuel und Jochen zum ersten Mal in der Berichterstattung erwähnt – als kleine Jungen, denen Johann mit einem zufriedenen Lächeln je eine Hand auf die Schulter legte. Sie waren zu jener Zeit in einem ähnlichen Alter wie auf dem zusammengeknüllten Foto, das Hannah am Nachmittag entdeckt hatte. Sie blätterte weiter und stieß auf einen Artikel über den frisch ernannten Juniorchef Jochen Weiß. Akribisch prüfte sie die Texte auf Hinweise, was mit Manuel in dieser Zeit geschehen war. Aber sein Name tauchte nirgendwo auf. Manuel war aus der Berichterstattung völlig verschwunden – bis er einige Seiten später plötzlich doch wieder zu sehen war. Auf einem Foto zusammen mit Jochen und einer Frau mit einer Krone auf dem Kopf. Das Erscheinungsdatum des Berichts war auf den 4. Juni 1988 datiert. Die Brüder mussten damals um die 20, 23 Jahre alt gewesen sein und die Frau erschien jünger: Sie wirkte wie eine Schülerin. Hannah erkannte sofort, dass es sich bei ihr nicht um Angelika Weiß handelte. Das Mädchen war blond und zeigte ein scheues Lächeln, während die beiden Brüder selbstbewusst die Hüften der Heranwachsenden umschlangen. Hannah las den Text dazu:

Das Hotel Rebenglück in Bad Appenbach ist seit vielen Jahren bekannt für sein Restaurant mit badischen Spezialitäten und Zimmern mit famosem Blick auf die Weinberge. Nun schickt es sich an, weitere Schönheiten unserer Heimat in den Mittelpunkt zu stellen. Sogar der Bruder Manuel Weiß ist extra zu diesem Anlass angereist, um die neue Weinprinzessin Karin Hug willkommen zu heißen.

Hannah blätterte aufgeregt weiter. Es gab noch ein paar Zeitungsartikel, in denen Karin Hug zu sehen war. Tapfer rang sie sich auf jedem Bild ein Lächeln ab, was meistens verkrampft wirkte. Auf beinahe allen Fotos war irgendwo auch Jochen zu sehen. Mal zusammen mit dem damaligen Bürgermeister, der örtlichen Feuerwehr oder der Blasmusikkapelle. Und dann kam plötzlich ein Bericht, der sich von den bisherigen unterschied. Während die bisherigen Artikel aus richtigem Zeitungspapier bestanden, handelte es sich hierbei um eine Kopie. Hannah sah sich das Blatt, auf das die Kopie geklebt war, genauer an. Es war weniger vergilbt als die bisherigen Bögen. Es sah aus, als ob es im Nachhinein eingefügt worden war. Diesmal war es ein Interview mit der Weinprinzessin zum Abschluss ihrer Saison. Sie wurde gefragt, was die schönsten Erlebnisse waren und warum sie anderen jungen Mädchen empfehlen würde, sich als Weinprinzessin zu bewerben. Und zuletzt stellte man Karin Hug noch die Frage, auf was sie sich in der Zukunft am meisten freue. Hannah las die Sätze mit klopfendem Herzen. *Ich erwarte ein Kind. Jochen und ich freuen uns sehr darauf. Wenn es ein Junge wird, soll er Konrad heißen.*

Im nächsten Moment wurde es hell neben Hannah. Ein grelles Licht strahlte in ihre Richtung. Dahinter erkannte sie die Umrisse einer Person. Sofort wusste sie, dass sie in der Falle saß.

29. KAPITEL

Hannah starrte ihn mit weit aufgerissenen Augen durch das Fenster an. Bevor sie gleich hysterisch losbrüllen oder ihn zu einer Verfolgungsjagd zwingen würde, bemühte Björn sich um einen freundlichen Gesichtsausdruck. Wie ein überzeugendes Lächeln auf die Schnelle gelang, wusste er zwar selbst mit 34 Jahren noch nicht, aber gemeinhin genügte es, die Mundwinkel nach oben zu ziehen. Dabei beleuchtete er sein Gesicht mit der Taschenlampenfunktion seines Handys, damit Hannah sein lächelndes Gesicht auch gut erkennen konnte. Insgeheim hoffte er, dass sein künstlich angestrahlter Kopf nicht doch eher gruselig statt freundlich aussah. Aber immerhin begann Hannah nicht zu schreien, sondern starrte ihn weiter reglos an. Nach einigen Sekunden legte er das Handy ab und er deutete mit einer Handbewegung an, dass Hannah das Fenster öffnen sollte. Björn musste dringend mit ihr sprechen.

Er beobachtete, wie sie sich im dunklen Archiv umschaute, ähnlich wie ein Fluchttier, das nach einem Ausweg suchte. Entgegen seiner Erwartung streckte sie nach einer Weile tatsächlich den Arm zum Fenstergriff und öffnete es langsam.

Björn räusperte sich. »Ich wollte Sie nicht erschrecken. Wirklich nicht! Aber ich habe Sie gesucht.« Er berichtete ihr knapp, dass er zu ihrer Wohnung gefahren war und dort vor der Eingangstür zwei am Boden liegende Einkaufstüten entdeckt hatte. Daraufhin habe er sich Sorgen gemacht. Und als er endlich hier ums Eck ihren gelben VW Polo entdeckt hatte, war ihm direkt danach ein Schatten am Fenster des Gemeindearchivs aufgefallen.

»Und warum haben Sie mich gesucht? Haben Sie befürchtet, dass Ihnen die Hauptverdächtige entkommt?«, wollte Hannah in schnippischem Ton wissen.

»Nein! Das war nicht der Grund!«, versicherte Björn rasch und geriet ins Stottern. »Also … Ich habe mir eher Sorgen … Es ist so, dass ich mich vielleicht … Also … Na ja, vielleicht war ich bislang auf der falschen Fährte. Mein Verdacht gegen Sie war wahrscheinlich doch nicht so ganz berechtigt.«

»Wow! Das ist ja mal eine Wendung, mit der ich überhaupt nicht gerechnet habe«, entgegnete Hannah. In ihrer Stimme lag keine Ironie, sondern Überraschung und Erleichterung schwangen mit. Zum allerersten Mal hörte er ihr helles Lachen und spürte, wie sich seine Anspannung allmählich löste.

»Eine Sache verstehe ich trotzdem nicht: Wieso haben Sie sich Sorgen um mich gemacht?«, riss Hannah ihn aus seinen Gedanken.

»Ich habe geahnt, dass Sie auf eigene Faust ermitteln.« Er deutete in Richtung des dunklen Raums, in dem sich sein Gegenüber noch immer befand. »Oder gibt es irgendeinen logischen Grund, sich nachts im Gemeindearchiv herumzutreiben?«

Hannah Aschenbrenner schüttelte den Kopf, dann verschwand kurz ihr Gesicht, und im nächsten Augenblick streckte sie einen Ordner in seine Richtung. »Ich habe etwas Wichtiges entdeckt. Das müssen Sie sich anschauen.«

In diesem Moment nahm Björn in der Ferne das Licht eines Autos wahr, das sich in ihre Richtung näherte. Etwa 20 Meter vor ihnen bog es dann doch zur rechten Seite ab. Hoffentlich hatte der Fahrer sie nicht bemerkt. »Mir wäre es lieber, wir würden uns woanders weiter unterhalten.«

»Hat denn noch irgendein Lokal offen? Auf den Schreck könnte ich gerade was Hochprozentiges vertragen«, erwiderte Hannah.

Björn starrte sie verdutzt an. War das mit dem Schnaps ihr Ernst oder scherzhaft gemeint? Auf keinen Fall würde er mit ihr in eine Bar gehen – das würde nur Gerede geben. »Das Kommissariat ist gleich nebenan. Dort können wir in Ruhe sprechen. Möglicherweise hat mein Kollege in seinem Schreibtisch irgendwo eine Flasche mit Kirschwasser, wenn Sie wollen«, schlug er vor.

Hannah Aschenbrenner verzog ihren Mund, als hätte sie in eine Zitrone gebissen. »Nein danke. Euer Kirschzeug ist mir suspekt. Da sollen jede Menge Früchte drinnen sein und trotzdem ist es so klar wie Leitungswasser. Sie haben doch meine Hausarbeiten von der Uni so akribisch gelesen. Kennen Sie auch die über eine außergewöhnliche Pflanze namens Blutwurz? Der Text stammt aus der Anfangszeit meines Studiums, als ich mir noch richtig viel Mühe gegeben habe.«

Björn schüttelte den Kopf. Er würde jetzt gern gehen, weil er weiterhin befürchtete, dass jeden Moment ein weiteres Auto oder ein Fußgänger vorbeikommen würde. Aber sein Gegenüber plauderte munter weiter: »Die Blutwurz ist eine Pflanze aus der Familie der Rosengewächse. Für 2024 wurde sie sogar zur Arzneipflanze des Jahres auserkoren – unter anderem wegen ihrer entzündungshemmenden Wirkung. Sie hat unspektakuläre kleine Blüten, aber was sie für mich so besonders macht, liegt verborgen unter der Erde. Die Wurzel hütet einen roten Saft, aus dem bei uns in Bayern ein leckerer Likör hergestellt wird. Der sieht nicht so blass wie euer Kirschzeug aus und heißt wie die Pflanze: Blutwurz.«

»So was haben wir definitiv nicht auf der Polizeistation. Allerdings kann ich Ihnen einen möglichst farbintensiven Kaffee anbieten. Es wäre mir nur sehr recht, wenn wir dieses Gespräch woanders fortsetzen könnten«, sagte Björn in einem flehenden Ton.

»Okay!«, antwortete Hannah, ohne zu zögern. Und plötzlich lachte sie wieder so hell wie gerade eben. Sie klang regelrecht vergnügt. »Unter der Voraussetzung, dass ich keine Anzeige bekomme wegen meines etwas unkonventionellen Besuchs des Archivs. Ich habe auch keine Fensterscheibe eingeworfen, um hier reinzukommen. Das war gar nicht nötig, denn die Hintertür stand in gewisser Weise sowieso offen – also zumindest für alle mit etwas Geschick.«

Björn schluckte. Ihm gefiel es nicht, dass Hannah Aschenbrenner derartige Forderungen stellte. Als Polizist konnte er ihren nächtlichen Einbruch schlecht ignorieren. Wenn jemand diese Nachlässigkeit mitbekommen sollte, würde das eine Dienstaufsichtsbeschwerde zur Folge haben. Aber ausgerechnet jetzt den Papierkram wegen eines folgenlosen Einbruchs zu erledigen, würde ihn wertvolle Zeit kosten, die er für die Mordermittlungen brauchte. Wahrscheinlich würde die Angelegenheit ohnehin nicht mal zu einer Anzeige führen, sondern wegen Geringfügigkeit eingestellt werden. In seinem Kopf hörte er schon die dämlichen Sticheleien von seinem Dienststellenleiter Christian Schenk: »Dem Herrn Klingele tanzen die Verdächtigen auf der Nase herum und trotzdem hört er nicht das letzte Warnsignal« – etwas in dieser Richtung würde er sich anhören dürfen. »Beim Herauskommen helfen werde ich Ihnen aber nicht. Ich tue so, als hätten wir uns nicht gesehen, und Sie erscheinen pünktlich in zehn Minuten in meiner Dienststelle. Und wenn Sie bei Ihrem Einbruch irgendwelche Schäden angerichtet haben sollten, kann ich das selbstverständlich nicht ignorieren«, sagte er und wandte sich hastig ab, damit ihn nicht doch noch im letzten Augenblick ein Autofahrer bei dieser merkwürdigen Gesprächssituation beobachtete.

30. KAPITEL

Als Hannah mit den zwei Ordnern unter dem Arm die Tür des Kommissariats öffnete und ein paar zögerliche Schritte in den Raum machte, trat sie auf etwas Weiches. Sie hob erschrocken ihren Fuß und sah einen Apfelschnitz auf der Sohle ihres Turnschuhs kleben.

Björn war gerade dabei, eine altmodische Kaffeemaschine auf der anderen Seite des Raums zu bedienen. »Oh, Entschuldigung. Das ist ein Stück des Prinzen Albrecht von Preußen. Also, so heißt der Apfel. Der muss mir vorhin runtergefallen sein«, sagte er und strich sich verlegen durch die blonden Haare. Dadurch blieb eine Strähne einige Sekunden lang beinahe waagrecht auf seinem Kopf stehen. Ein bisschen erinnerte sie dieser Klingele auf einmal an den Kommissar aus den »Tim und Struppi«-Comics, die sie als Kind gern gelesen hatte. Wenn dieser Kerl einen nicht gerade irgendwo überfallartig heimsuchte, wirkte er gar nicht mal so unsympathisch. Wahrscheinlich war er einige Jahre jünger als sie, dennoch waren seine Anzüge so altbacken und schlecht geschnitten, als stammten sie aus dem biederen Kleiderschrank von Hannahs Vater.

»Falls Sie den Apfel probieren wollen – ich habe ihn vorhin erst aufgeschnitten«, sagte Björn und deutete auf einen Teller mit einem chaotisch gestapelten

Berg voll winziger Apfelspalten darauf, die in Hannahs Augen einen seltsamen Kontrast bildeten zum akribisch aufgeräumten Schreibtisch, auf dem der Teller stand. Gegenüber vom Drehstuhl, der vermutlich dem Kommissar gehörte, befand sich ein schlichter Bürostuhl, auf dem Hannah Platz nahm. Sie legte die Ordner auf die Tischplatte und griff nach einem Apfelstück, das zwar ein wenig bräunlich verfärbt war, aber trotzdem frisch und säuerlich schmeckte. Beim Kauen ließ sie den Blick durch den kahlen Büroraum schweifen. Der einzige Schmuck waren ein verstaubter Kaktus sowie ein aufwendig gerahmter Abdruck des Badnerlieds an der Wand.

»Das hat mein Kollege vor ein paar Tagen aufgehängt. Er geht in wenigen Jahren in Rente und hat jetzt schon Angst, dass mit ihm jeglicher badische Patriotismus aus der Dienststelle verschwindet«, raunte der Kommissar, als er zwei Tassen gefüllt mit dampfendem Kaffee auf der Mitte des Schreibtisches platzierte.

Hannah las den Text laut vor: »›Das schönste Land in Deutschlands Gau'n, das ist mein Badner Land. Es ist so herrlich anzuschaun und ruht in Gottes Hand.‹ – Huch, das klingt nach etwas sehr viel badischem Patriotismus für meinen Geschmack.«

»Wenn ich mich richtig erinnere, gibt es so ein Lied auch in Bayern. Ich musste darüber aus irgendeinem Grund mal ein Referat in der Schule halten. Der Anfang war ungefähr so: ›Gott mit dir, du Land der Bayern, Deutsche Erde, Vaterland! Über deinen weiten Gauen ruhe Seine Segenshand!‹ – Das ist nicht weniger patriotisch.«

Hannah musste lachen. »Touché! Und was haben Sie damals noch über uns Bayern herausgefunden?«

Björn schüttelte den Kopf. »An mehr erinnere ich mich nicht. Womöglich habe ich das wiederholt, was meine Eltern mir erzählt haben: Das R wird in Bayern gerollt, bis die Zunge brennt. Alle tragen Dirndl und Lederhose. Und zum Frühstück gibt es Knödel mit Weißwürsten und große Krüge voller Weißbier.«

»Ach so, das klingt sehr wissenschaftlich fundiert. Na ja, hier in Baden futtern die Einheimischen dafür jeden Tag Schwarzwälder Kirschtorte. Die Frauen tragen selbst zum Putzen ihre Bollenhüte, die Männer baden im Burgunder, und wer den Dialekt lernen möchte, überlegt sich ein drolliges Wort und pappt gern hintendran noch ein -le: Brötchen nennt man hier Weckle, und Bonbons heißen Gutsele.«

»Jaja! Klingele passt natürlich auch wunderbar in diese Aufzählung«, sagte der Kommissar und rührte verlegen ein Zuckerstück in seinen Kaffee.

Hannah schüttelte heftig den Kopf. »Wenn jemand Aschenbrenner heißt, macht er sich gewiss nicht über Nachnamen anderer Leute lustig. Was glauben Sie, wie ich früher genannt wurde? Feuerfratz, Zündelzenzi oder Pyromanen-Hannah waren da noch harmlose Bezeichnungen«, sagte sie und öffnete dann einen der Ordner, die sie aus dem Gemeindearchiv mitgenommen hatte. »Apropos Namen – mir ist da etwas Komisches aufgefallen. Laut diesem Zeitungsbericht gibt es eine Verbindung zwischen Jochen Weiß und Konrad Hug. Er arbeitet als Portier im Hotel Rebenglück. Und er ist vielleicht der …« Hannah merkte, dass es ihr schwerfiel, den Satz zu beenden. Wenn stimmte, was in dem Artikel stand, war Jochen der Vater von Konrad. Doch eigentlich konnte das nicht sein. So was ließ sich doch nicht geheim halten. Jochen und Konrad hatten sich immer nur wie Arbeitgeber und Arbeitnehmer verhalten. Wären sie tatsächlich Vater und Sohn, hätte Angelika Weiß doch niemals zugelassen, dass Konrad als Portier bei ihnen eingestellt wird. So ein Kind aus einer früheren Liaison des eigenen Gatten würde man wahlweise gar nicht erst im Hotel arbeiten lassen – oder als offiziellen Juniorchef einführen, denn immerhin gab es keinen gemeinsamen Nachwuchs. Gerade Angelika Weiß schien immer erpicht darauf, den äußeren Schein zu wahren. Ausgerechnet den Stiefsohn als Portier vor die eigene Hoteltür zu stellen, war eine äußerst fragwürdige Entscheidung, bei der noch dazu allerlei Gerede drohte – das konnte Angelika Weiß nicht gewollt haben.

Björn Klingele las den Artikel aufmerksam. »Das ist wirklich eine interessante Information. Diese Karin Hug behauptet also, Jochen Weiß wäre der Vater ihres Kindes. Und während bei allen anderen Zeitungsartikeln die Originale eingeklebt sind, handelt es sich hier um eine Kopie. Was auch immer das zu bedeuten hat. Vielleicht wurde der Artikel von jemandem entfernt, der etwas verheimlichen wollte, und später wurde er durch die

Kopie ersetzt? Aber möglicherweise hat auch einfach jemand seinen Kaffee darüber geschüttet, und er musste deshalb ausgetauscht werden«, sinnierte der Kommissar.

»Eigentlich war ich auf der Suche nach Spuren, die zu Manuel Weiß führen«, sagte Hannah und fasste die jüngsten Ereignisse rund um die Vergiftung ihres Katers zusammen. Sie erzählte von ihrer Vermutung, dass Manuel Weiß dahintersteckte, die den Kommissar noch nicht ganz überzeugte. »Und ich bin mir ganz sicher, dass er etwas mit dem Mord an Jochen Weiß zu tun hat. Es gibt viele Gerüchte rund um eine Feindschaft zwischen den Brüdern. Trotzdem komme ich Manuel nicht auf die Schliche. Ich bin überzeugt davon, dass er es war, der Jochen etwas angetan hat, aber ich habe keine Beweise dafür«, sagte Hannah und sah Björn Klingele an. Für einen Moment hatte sie das Gefühl, dass er sie genau verstand. Doch dann verengten sich seine Augen, und er klappte mit einer schnellen Handbewegung den Ordner zu.

»Sie sollen auch niemandem auf die Schliche kommen. Überlassen Sie das bitte mir! Ich warne Sie davor. Wir haben es hier mit einem Mordfall zu tun und nicht mit irgendeinem lustigen Krimiquiz«, sagte Björn Klingele in dem barschen Tonfall, den sie von früheren Begegnungen kannte. »Sie bringen sich in Gefahr, wenn Sie weiter eigene Nachforschungen anstellen. Und Sie bringen die Ermittlungen in Gefahr. Versprechen Sie mir bitte, dass Sie jetzt einfach nach Hause zurückkehren und die Ermittlungen mir überlassen.«

Hannah nickte. Zumindest für den Moment war es wahrscheinlich die beste Idee, in ihre Wohnung zu fahren. Vielleicht hatte die Tierärztin versucht, sie auf dem Festnetztelefon zu erreichen. Sie musste wissen, wie es Luitpold ging.

Hannah merkte, dass der Kommissar sie weiterhin anstarrte. Er sah verärgert aus, aber Hannah glaubte, noch eine andere Gefühlsregung in seinem Gesicht auszumachen.

Wenn sie sich nicht täuschte, lag etwas Sorgenvolles in seinem Blick. Hatte dieser Klingele etwa tatsächlich Angst um sie?

31. KAPITEL

Den Entschluss hatte er spontan auf dem Heimweg gefasst. Es war nicht genug, dieser Spionin einen gehörigen Schrecken einzujagen. Er musste noch mehr machen. Doch dieser Schritt fiel ihm weitaus schwerer als die Vorbereitung eines giftigen Katzenköders. Die Spuren auf seinem PC zu löschen, war ein bisschen so, als würde er seine eigene Vergangenheit vernichten. Doch Manuel wollte lieber sichergehen – auch wenn er manche Kontakte vielleicht noch brauchen könnte. Er saß in seinem Büro: ein winziger Raum, der von seinem Vormieter als Abstellkammer genutzt worden war. Darin gab es kein Fenster, nur eine kleine Deckenleuchte spendete schummriges Licht. Aber so ein fensterloser Raum war ihm ganz recht – hier fühlte er sich unbeobachtet. Er trank einen Schluck lauwarme Cola aus einem alten Weckglas, das er zum Trinkbecher umfunktioniert hatte. In dessen Spiegelung nahm er kurz sein Gesicht wahr. Sein Mönchskostüm hatte er natürlich ausgezogen, bevor er sich Hannah Aschenbrenners Haus genähert hatte. Die Verkleidung wäre zu auffällig gewesen, falls in diesem Augenblick doch ein Passant unterwegs war. Aus irgendeinem Grund hatte er sich vorhin auf dem Weg zurück in seine Wohnung wieder seinen Hut aufgesetzt. Mittlerweile hatte er sich so mit der Rolle des

Moospfaffs identifiziert, dass es ihm normal vorkam, die Kostümierung zu tragen. Wieso er denn überhaupt diesen Hut trage? Normale Mönche hätten doch nur eine Kapuze auf dem Kopf, so wie Sean Connery im Film »Der Name der Rose« – diese Frage hatte ihm heute Vormittag eine Besucherin des Vogtsbauernhofs gestellt. Er sei eben kein normaler Mönch, hatte er geantwortet. Er wäre vielleicht ein normaler Mönch geblieben, hätte es die Sache mit dem Waldgericht nicht gegeben. Sein nicht ganz unkluger Plan, wertvolles Land für das Gengenbacher Kloster zu retten, wurde eben nicht von allen gutgeheißen. Daraufhin sei er bekanntermaßen verdammt worden, als Spukgestalt ewig umherzuirren, und deshalb benötigte er diesen Wanderhut. In gewisser Weise war das Leben des Moospfaffs eine einzige große Wanderung. Die Besucherin hatte auf seine Erklärung hin verständnisvoll genickt.

Manuel löste den Blick von seiner Spiegelung im Trinkglas und nahm schließlich doch seinen Hut ab. Bald würde seine Zeit als sagenhafte Gestalt enden, und er musste seinen Kopf nun im wahrsten Sinne des Wortes freibekommen für wichtigere Dinge. Er ahnte, dass das endgültige Löschen von Daten viel komplizierter war als alles, was er bislang gemacht hatte. Deshalb würde er mit besonderer Sorgfalt vorgehen. So sorgfältig, wie er damals vorgegangen war, als sich die Dinge angebahnt hatten. Scheinbar endlose Tage hatte er am Rechner verbracht, ehe er im Internet fündig wurde. Nach Perlen tauchen nannte er das insgeheim. Etwas

Außergewöhnliches aufspüren, das ihm nützlich sein könnte – vielleicht nicht gleich, aber irgendwann. Das zumindest hatte er im Laufe seines Lebens gelernt: Er musste seinen Zorn zu zügeln wissen und sich besonnen verhalten – und vor allem musste er geduldig sein. In einem Forum für Pflanzenfragen war er schließlich fündig geworden, als er nach dem Hotel seines Bruders gegoogelt hatte. Es war sein großes Glück, dass so viele Menschen mittlerweile die merkwürdigsten Dinge mit anderen teilen wollten. Eigentlich hatte er gedacht, dass er irgendeine richtig schlechte Bewertung entdecken würde mit unangenehmen Details, die sich vielleicht verwerten ließen. Aber dann fand er diese Frage, mit der sich ein Angestellter aus dem Hotel in fast schon rührender Emsigkeit erkundigte, ob jemand einen Rat wüsste wegen der achtlos in die Erde gedrückten Zigarettenstummel in den Pflanztöpfen am Eingang. Mit jedem Stummel bliebe ja irgendwas Schlimmes in der Erde zurück, selbst wenn er die Zigaretten einsammelte – so was in die Richtung hatte er geschrieben. Ob da jemand ein Mittel wüsste, wie man den geschädigten Pflanzen helfen könne? Und so war der Kontakt entstanden.

Jetzt würde es nicht genügen, alles einfach zu löschen und dann vielleicht noch kurz den digitalen Papierkorb zu leeren. Wie viele Schritte am Ende notwendig sein würden, wusste er nicht. Vielleicht musste er zuletzt sogar die radikalste Methode einsetzen. Wer das Gedächtnis eines Computers für immer zerstören wollte, musste die Festplatte auf physische Art vernichten: mit einem Hammer, einer Axt oder einer Spitzhacke. Dabei genügte es nicht, kräftig auf das Gehäuse einzuschlagen. Er würde die einzelnen Platten ausbauen und diese sorgfältig beschädigen müssen. Sonst drohte immer die Gefahr, dass sich jemand fand, der Informationen wiederherstellen konnte. Es gab Profis, deren Arbeit darin bestand, das sichtbar zu machen, was andere hatten beseitigen wollen. Doch Manuel würde es nicht so weit kommen lassen. Vorerst genügte es, wenn er sich im Netz unsichtbar machte, wo er zuvor sichtbar gewesen war. Und das würde er gründlich erledigen.

32. KAPITEL

Jetzt im Herbst ging es darum, die Pflanzen für die kommende Saison vorzubereiten. Noch waren einige Blätter an den Bäumen grün, aber gelbliche und rötliche Färbungen nahmen von Tag zu Tag zu. Kurz vor dem Herbstende war der Garten am schönsten. Wie bei einem Feuerwerk, wenn am Schluss besonders viele Raketen gezündet werden: ping, pang, peng machte es dann. Konrad Hug hatte mal ein richtig tolles Feuerwerk erlebt. Irgendwann früher war das gewesen. Wann genau, daran konnte er sich nicht erinnern. Sein Gedächtnis war nicht so zuverlässig wie bei anderen. Aber jedenfalls war das Feuerwerk schön gewesen und bunt. So wie sein Garten. Die Lilientraube hatte lilafarbene Blüten. Ganz kleine, winzige Perlen waren daran. Der Oktober-Steinbrech hat weiße Blüten, die ein bisschen ausgefranst sind, als ob jemand mit der Schere unsauber gearbeitet hätte. Von den Herbstastern mochte er am liebsten die pinken, die im Sonnenlicht ganz besonders schön leuchteten. Die Jungfer im Grünen war blau – aber nicht dieses blasse verwaschene Graublau vom Himmel, das gar keine richtige Farbe war. Sondern ein echtes Blau: deutlich und klar, so wie alles sein sollte, damit es sich für ihn richtig anfühlte. Sein Garten war zum Beispiel richtig und er gehörte ihm alleine. Und wenn er jetzt Tulpenzwiebeln in die Erde steckte, dann würden sie im nächsten Frühjahr blühen. Zumindest fast alle würden blühen. Manchmal hatte er auch ein bisschen Pech, wenn sich zum Beispiel Wühlmäuse an den Zwiebeln vergriffen. Aber gegen die Nager konnte er sich wehren. Gegen jedes Problem im Garten gab es eine Lösung. Holunder hilft zum Beispiel. Das hat er in einem Online-Forum nachgelesen. Dort konnte er sich über alle Fragen zu seinen Pflanzen austauschen. Die Wühlmäuse vertragen Holunder nicht, und Konrad weiß das jetzt. Also muss er Holunderblätter abschneiden, in einen Eimer füllen und mit Wasser übergießen. Dann zwei Wochen warten, bis sich eine stinkende Jauche entwickelt hat. Die Brühe kommt dann rein in die Wühlmauslöcher. Sie vermiest den Tieren ihr Herumgewühle in seinen Beeten. Das war das Praktische an den Pflanzen: Viele von ihnen waren gut und schlecht in einem. Sie locken und verjagen. Und jeder, der ein bisschen Bescheid wusste, konnte sich das zunutze machen. Dank des Holunders würde Konrad die Tulpenzwiebeln heute Nachmittag zwischen den Herbstastern und den Traubenlilien in die Erde stecken. Für das bunte Feuerwerk im nächsten Frühling. Auch wenn dieses Feuerwerk nur für ihn war. Es kam ja niemand raus zu ihm, um sein Können zu bestaunen. Am Anfang hatte er mal ein paar Leute eingeladen in seine Hütte im Wald. Aber sie waren nicht erschienen, weil es so weit weg war. Machte aber nichts. Hatte er all das Schöne eben ganz für sich alleine.

Plötzlich zuckte Konrad zusammen. Sein Handy klingelte. Dabei klingelte es eigentlich nie. Er hatte sein Gerät nur, weil jeder eines hatte. Man musste ja irgendeine Nummer haben. Seine hatte er sich aufgeschrieben, damit er sie nicht vergaß. Und offensichtlich hatte sich noch irgendwer seine Nummer gemerkt. Er zog die grünen Handschuhe aus, die an den Fingerkuppen mit Erde verklebt waren. Das Handy steckte in seinem Rucksack zwischen der Tüte mit dem Brot und der Flasche mit kaltem Tee. Auf dem Display stand »Angelika Weiß«. Erst blickte er eine Weile auf den Namen. Vielleicht hatte er an irgendwas nicht gedacht. Er mochte das Klingeln nicht, hier draußen im Wald, wo es sonst so schön ruhig war. Also drückte er auf den grünen Knopf und räusperte sich.

33. KAPITEL

»Wieso sollte denn bitte schön jemand in unser Heimatmuseum einbrechen?«, fragte Solveig Zähringer und bemühte sich um einen verbindlichen Tonfall. Sie hatte eigentlich überhaupt keine Zeit für dieses Gespräch. Ihr Terminkalender war so voll, dass sie mal wieder auf eine Mittagspause verzichten musste. Schon beim ersten Blick auf den Zeitungsberichtstapel, der auf ihrem Schreibtisch lag, hatte sie einen weiteren Artikel über den Mordfall entdeckt. Und dabei stand für den Freitag ein Treffen an unter dem Motto »Frauen in der Politik« für den Ortenaukreis. Sie selbst hatte die Idee dazu gehabt, um sich ein Netzwerk aufzubauen, das nicht von männlicher Klüngelei geprägt war. Sie als zentrale Figur im Kreis von anderen Powerfrauen – das waren Fotos, die Solveig Zähringer an die Öffentlichkeit bringen wollte. Und jetzt war dieser penetrante Alfons Biehler vom Heimatmuseum ohne Terminabsprache in ihr Büro gestürmt. Selbst Inge Ackermann hatte ihn nicht aufhalten können. Weil sich das Heimatmuseum in unmittelbarer Nähe zum Rathaus befand und beide Gebäude über einen Flur miteinander verbunden waren, ging er trotz wiederholter Belehrung davon aus, dass er sich überall frei bewegen konnte.

Und so war Alfons Biehler vor einigen Minuten unangemeldet in einem abgewetzten curryfarbenen Cordsakko mit einer verschmierten Lesebrille auf der Nase in ihr Büro geplatzt und hatte etwas von einem Einbruch gejammert und dass es so nicht mehr weiterginge.

»Warum jemand in mein Museum einbrechen soll?«, wiederholte Alfons Biehler ihre Frage, und Solveig Zähringer verzichtete darauf, ihn aufzuklären, dass es mitnichten *sein* Museum war. Es gehörte der Gemeinde, und er war vertraglich als dessen Verwalter eingesetzt. Aber sie wollte ihr vor Aufregung bebendes Gegenüber nicht noch mehr aus der Fassung bringen. »Es gibt dort einzigartige Stücke von unschätzbarem Wert. Meine historische Schnellerhaspel zum Beispiel, mit ihr wurden schon im Jahr 1780 handgesponnene Garne abgewickelt. Oder die Triberger Tracht mit einem Original-Zylinderstrohhut aus dem 19. Jahrhundert – sein Erhaltungszustand ist hervorragend. Ganz zu schweigen von der historischen Weinpresse mit gusseisernen Beschlägen. Oder die Sammlung an …«

Solveig hatte kein Interesse daran, einem ausführlichen Vortrag über sämtliche Ausstellungsstücke des Museums zu lauschen. »Fehlen die Haspel oder der Strohhut oder die Weinpresse?«, fiel sie dem Museumsleiter ins Wort.

Ihr Gegenüber schnaubte unwillig. »Nein, soweit ich weiß nicht. Noch nicht! Aber ich habe gehört, dass ein paar Ordner aus dem Gemeindearchiv verschwunden sind. Und für den Täter wäre es ein Leichtes gewesen, auch in unser Stockwerk zu gelangen, um sich dort nach Herzenslust zu bedienen. Die meisten meiner Kostbarkeiten befinden sich ja nicht mal in einer Vitrine. Und das lächerliche Absperrband ist keine Herausforderung für Langfinger«, sagte er, nahm seine Brille von der Nase und wischte mit dem Ärmel seines Sakkos über die Gläser, was keinen erkennbaren Säuberungseffekt zur Folge hatte.

»Unser Heimatmuseum soll ja auch keinem Hochsicherheitstrakt gleichen. Geschichte soll hier erlebbar sein und sich nicht hinter dicken Panzergläsern verschanzen. Einige Stücke sind sogar bewusst zum Anfassen gedacht«, erwiderte die Bürgermeisterin. Sie dachte sehnsüchtig an ihr gemütliches Bett, ihre Oase der Ruhe, die sie heute mal wieder viel zu früh verlassen hatte, um sich mit Männern wie Alfons Biehler abzuplagen. Ein Kaffee würde jetzt helfen. Oder noch besser ein Schluck hochprozentiger Zibärtle, den Inge Ackermann ihr schon so oft angeboten hatte und den sie bislang konsequent abgelehnt hatte. In diesem Moment würde sie zum ersten Mal zugreifen.

»Das unnötige Anfassen meiner Objekte ist mir ohnehin ein Dorn im Auge. Diese Teenager setzen sich unsere wertvollen Trachtenhüte auf, um sich von vorne und hinten damit abzulichten und zu filmen. Und danach lassen sie die Stücke achtlos liegen. Wir sind ein Museum und keine Modeboutique.«

»Ich verstehe Sie ja. Natürlich ist ein respektvoller Umgang mit den Exponaten wünschenswert. Aber wenn diese Teenager ihre Bollenhutfotos und -videos später auf Instagram oder Tiktok posten, ist das eine tolle Werbung für uns. So locken wir auch junge Leute nach Bad Appenbach. Der Schwarzwald tut gut daran, wenn er sein leicht verstaubtes Image verliert. Wir leben nun einmal vom Tourismus«, versuchte die Bürgermeisterin, ihn zu beschwichtigen. Um weiteres Gepolter gegen Social-Media-affine Teenager zu verhindern, lenkte sie das Gespräch rasch auf das ursprüngliche Thema zurück. »Konnten Sie in Folge des angeblichen Einbruchs irgendwelche Beschädigungen feststellen? Gibt es Spuren an den Türen oder Fenstern?«

Alfons Biehler schüttelte zögerlich den Kopf. »Trotzdem war jemand da. Da bin ich mir sicher. Die Ordner aus dem Archiv verschwinden ja nicht von alleine. Und Stühle hat man dort auch rumgeschoben. Ob nicht doch ein kleineres Exponat aus dem Museum fehlt, werde ich jetzt in akribischer Kleinarbeit feststellen müssen. Hätten wir endlich eine Alarmanlage und Überwachungskameras nach neuesten Standards, müsste ich nicht ständig um mein Museum bangen.«

»Das Thema Videoüberwachung werde ich bei der nächsten Gemeinderatssitzung noch mal anbringen«, sagte Solveig Zähringer beschwichtigend, obwohl sie wusste, dass der Gemeinderat den Vorschlag einstimmig ablehnen würde. Ein gutes Sicherheitssystem war viel zu teuer, zumal es keine ernsthafte Bedrohung gab – im Gegenteil. Die Sammlung des Museums wurde immer größer statt kleiner, und zwar ohne jeden finanziellen Aufwand. Beinahe monatlich wurden ihnen kostenlos Dachbodenfunde sowie Gegenstände aus Nachlässen oder Haushaltsauflösungen angeboten. Die Bürger liebten die Vorstellung, dass ihr alter Krempel zur Kunst erkoren wurde und im Museum landete. Das Archiv platzte längst aus allen Nähten. »Um die verloren gegangenen Ordner aus dem Archiv kümmere ich mich. Ich führe gleich noch ein Telefonat mit Björn Klingele. Ich werde den Kommissar höchstpersönlich auf die Ordner ansetzen«, sagte Solveig Zähringer und bereute schon im nächsten Moment den ironischen Tonfall ihres letzten Satzes. Humor in einer Situation, wenn sie ernst genommen werden wollten, war für die meisten Menschen beleidigender als die wüsteste Beschimpfung.

Alfons Biehler jedoch schien begeistert von ihrem Vorschlag. »Das ist eine gute Idee! Das Kommissariat soll sich der Sache annehmen. Ich werde gleich ganz genau prüfen, ob Exponate aus meiner Sammlung fehlen.«

Solveig Zähringer bestärkte ihn darin, besonders gründlich nachzuforschen und sie gegebenenfalls telefonisch zu kontaktieren. »Aber bitte kommen Sie nicht einfach so vorbei. Ich habe oft Besprechungen und Termine außer Haus«, verabschiedete sie ihren Besucher, obwohl ihr fast klar war, dass Alfons Biehler sich nicht ändern würde. Doch mit etwas Glück würde er wenigstens heute Nachmittag nicht mehr auftauchen.

34. KAPITEL

Franz Engler musste so schallend lachen, dass er einen Schwall an Gugelhupfkrümeln auf seinen Schreibtisch spuckte. Um den Verlust an Kuchenmasse in seinem Mund auszugleichen, griff er sogleich nach dem nächsten Stück und murmelte kauend: »Das hätte der alte Zausel vom Museum gern. Einbruch im Heimatmuseum und im Gemeindearchiv! Eigentlich wollte sich die Verbrecherbande die Mona Lisa schnappen. Aber dann hatten sie eine viel bessere Idee: Das Heimatmuseum von Bad Appenbach mit seinem besonders tollen Krusch.« Er gluckste vor Vergnügen. »Das wäre so, wie wenn ich zu meiner Frau sage: ›Draußen warten noch 1.000 andere Damen, die froh wären, wenn sie einen Prachtkerl wie mich bekommen.‹ Kann man ja einfach mal behaupten und sich gleich viel wichtiger fühlen. Haha! Einbruch im Museum. Der Biehler hat ja echt Eier, eine solche Geschichte zu erfinden. Wenn der mal in Fahrt ist, lässt er sich so schnell nicht stoppen.«

Björn nickte fahrig. Ihm war das Gesprächsthema unangenehm, schließlich hatte er gegen seine eigenen Prinzipien verstoßen. Um Hannah Aschenbrenner zusätzlichen Ärger zu ersparen, hatte er gelogen. Gegenüber der Bürgermeisterin hatte er versichert, dass er sich die Ordner aus dem Archiv für seine Ermittlungen ausgeliehen hatte – und wohl vergessen hatte, dies in einem entsprechenden Dokument zu vermerken, was er außerordentlich bedauere. Solveig Zähringer hatte zum Glück nicht weiter nachgefragt, aber sie hatte ihm schnippisch geraten, die Sache gefälligst schleunigst mit Alfons Biehler zu klären. Er bereute im selben Augenblick, dass er nicht die Wahrheit gesagt hatte. Doch dann hätte er erklären müssen, warum er Hannah Aschenbrenner nicht gleich festgenommen hatte, warum er kein Vernehmungsprotokoll verfasst hatte und warum die beiden von ihr entwendeten Ordner aus dem Gemeindearchiv auf seinem Schreibtisch lagen, statt an ihrem angestammten Platz zu stehen. Er konnte jetzt sowieso nicht mehr zurückrudern.

»Dieser Herr Biehler wird sich schon wieder beruhigen«, sagte er in einem möglichst gelassenen Tonfall, während er den geöffneten Ordner auf einen einigermaßen krümelfreien Platz auf Franz Biehlers Schreibtisch legte. Zu sehen war noch immer der Artikel, über den er gestern mit Hannah Aschenbrenner gesprochen hatte. »Lies das mal bitte! Und sag mir, was du über diese Karin Hug weißt.«

Franz Engler beugte sich über den Zeitungsartikel. Nach wenigen Minuten grinste er. »Heute ist offensichtlich ein Tag der großen Unterhaltung. Das gefällt mir! Also wenn die Karin einen Sohn mit Jochen Weiß hätte – das wäre wirklich eine Sensation. Es kann sein, dass unser Schwarzwald-Casanova ihr mal ein bisschen nähergekommen ist. Aber die Gesetze der Fortpflanzung waren ihm selbst in jungen Jahren sicher nicht unbekannt, und er hätte einen Teufel getan, sich dauerhaft mit Karin einzulassen. Hübsch war sie ja früher, aber glaub mir, die hatte schon immer einen an der Waffel. Und hat gern mal einen zu viel hinter die Binde gekippt. Also gluck-gluck, wenn du verstehst.«

»Und was ist aus ihr geworden?«, hakte Björn nach.

»Gute Frage! Manche haben hier relativ jung ihren großen Auftritt als Weinprinzessin und dann verschwinden sie von der Bildfläche«, sagte Franz, schob mit der rechten Hand einige auf dem Schreibtisch verteilte Kuchenkrümel in die linke Hand und ließ sie in seinem Mund verschwinden. »Ich glaube, ich habe mal gehört, dass sie ein Pflegefall wurde. Mehr weiß ich nicht. Aber sag mal, wie schaut es eigentlich mit unserem Mittagessen aus? Drüben im Wirtshaus gibt es heute Schäufele. Kommst du mit?«

Björn lehnte ab und war froh, als sein Kollege wenige Minuten später das Büro verließ und er seine Ruhe hatte.

Gestern schon hatte er versucht, mit Konrad zu sprechen, doch er war äußerst wortkarg gewesen und zudem sehr nervös. Seine Mutter sei tot, hatte er sich knapp geäußert. Fragen nach seinem Vater war er ausgewichen. Das sei Vergangenheit, hatte er mehrfach wiederholt. Angelika Weiß hatte Björn vor dem Gespräch darüber informiert, dass Konrad Hug eine Lernschwäche hatte und er deshalb nicht mit detailreichen Ausführungen rechnen durfte. Bei dieser Gelegenheit hatte er die Hotelchefin mit dem Zeitungsartikel konfrontiert und mit der darin geäußerten Behauptung, dass Konrad der Sohn von Jochen Weiß sei. Sie hatte nur spöttisch gelächelt. Der Kommissar wisse ja mittlerweile, dass Jochen kein Unschuldslamm gewesen sei. Aber hätte er ein uneheliches Kind gehabt, dass dann auch noch in ihrem Hotel arbeitete, hätte sie davon gewusst. Er habe einfach Mitleid mit dem armen Tropf gehabt. Und Konrad sei ein sehr zuverlässiger Mitarbeiter. Über seine sonstigen familiären Verhältnisse könne sie nichts sagen. Er sei wie gesagt nicht gerade redselig.

Nach einigen Telefonaten mit Einwohnermeldeämtern und einer auskunftsfreudigen Krankenschwester wusste Björn eine halbe Stunde später mehr. Wie Franz es angedeutet hatte, hatte Karin Hug zuletzt in einer Pflegeeinrichtung bei Stuttgart gelebt und war erst kürzlich im Alter von nur 54 Jahren verstorben. Die Leber hatte nicht mehr mitgemacht, und als dann noch ein Lungenkarzinom hinzukam, war es ganz schnell gegangen. Alkoholiker haben kaum Abwehrkräfte. Sie vergiften sich praktisch selber, hatte Björn am Telefon erfahren. Björn starrte auf seine Notizen. Karin Hug war am 3. September verstorben – also sieben Tage vor Jochen Weiß. War es möglich, dass ihr Ableben irgendwie mit dem Tod des Hoteldirektors in Verbindung stand? Er verwarf den Gedanken als zu abwegig. Karin Hug war seit Langem krank gewesen und Jochen Weiß war ermordet worden.

Mittlerweile war es schon 14 Uhr. Franz sollte längst aus seiner Pause zurück sein. Jemand musste zu der

Pflegeeinrichtung fahren und weiter nachforschen. Und außerdem wollte er mit Manuel Weiß sprechen. Björn war sich mit Hannah Aschenbrenner darin einig, dass der Kanuverleiher irgendwas zu verbergen hatte. Und natürlich musste er dem Vorwurf des Giftköders nachgehen. Genervt griff er nach seinem Handy und ließ es vor Schreck fast fallen, denn genau in diesem Moment klingelte der Apparat. Es war kein Anrufer, auf den Björn große Lust hatte. Trotzdem konnte er ihn nicht ignorieren.

»Wenigstens erreiche ich Sie gleich und muss kein hundertmaliges Tuten ertragen«, blaffte Christian Schenk durch das Telefon.

Björn verzichtete wohlweislich auf einen Hinweis, dass er jeden Anruf sofort annahm. Sein Kollege Franz war es, der dieses Geklingel gern mal hemmungslos ignorierte. Aber er wollte seinen Kollegen nicht anschwärzen, und außerdem kam er nicht zu Wort.

»Jezed mal kurz gesagt: Ich werde die Mordermittlungen morgen von eurem Kommissariat abziehen und meine Freiburger Profis darauf ansetzen. So geht das nicht weiter. Es kann ja bitte schön nicht sein, dass bei der Durchsuchung von Hannah Aschenbrenners Wohnung nichts Brauchbares rausgekommen ist. Mir ist fast der Kragen geplatzt, als ich heute Ihre Auswertung dieses Einsatzes gelesen habe. Ich habe am Anfang wirklich gedacht, dass Sie das hindeichseln können: Vergiftung, beleidigte Geliebte, verdächtige Spuren – das liegt doch alles auf der Hand. Stattdessen eiern Sie seit Wochen rum, und wir haben keinen offiziellen Verdacht. Wir haben praktisch nichts!«

»Doch, es gibt eine neue Spur! Ich bin gerade dabei …«, versuchte Björn einzuhaken.

»Aufschreiben und morgen den Kollegen übergeben. Wobei ich davon überzeugt bin, dass Sie bei Hannah Aschenbrenner etwas übersehen haben. Die Dame wechselt ihre Wohnorte und Beziehungen wie andere ihr Shampoo. Vielleicht gibt es sogar noch weitere Opfer.«

»Das habe ich alles überprüft. Der Verdacht gegen sie …«, wandte Björn ein.

Doch Christian Schenk fiel ihm erneut ins Wort. »Die Bewertung überlassen Sie mal lieber den Kollegen. Übrigens hat mich vorhin ein aufgeregter Herr Biehler angerufen. Er ist davon überzeugt, dass im Heimatmuseum vom Bad Appenbach eingebrochen wurde und dass Sie sich nicht genug um die Sache kümmern. Deshalb stellt er jetzt eigene Nachforschungen an und behauptet, dass ein Autofahrer verdächtige Personen im Museum gesehen haben will. Kümmern Sie sich gefälligst darum! Das wenigstens sollten Sie hinbekommen! Und zwar alla hopp, wenn Sie mich richtig verstehen. Um nicht zu sagen: alla hopp hopp! Wenn da noch mal irgendwelcher Ärger kommt: Klingele, ich sag es Ihnen, dann hat es sich ganz bald ausgebimmelt.«

35. KAPITEL

»Ich befürchte, du machst die arme Katze nur nervös. Gönn dir mal ein bisschen frische Luft. Ich habe neulich in einer Zeitschrift gelesen, dass dieses Gengenbach besonders hübsch sein soll: eines der schönsten Ausflugsziele Deutschlands oder so ähnlich. Du fährst jetzt dorthin, gehst in ein nettes Café und versuchst mal zwei Stunden abzuschalten und an nichts Dramatisches zu denken – das wäre eine Wohltat für Luitpold und für dich. Versprich es mir!«, forderte Luiserl über das Telefon.

»Okay, vielleicht hast du recht«, erwiderte Hannah. Die letzten 24 Stunden war sie kaum von Luitpolds Seite gewichen. Langsam erholte sich der Kater. Heute früh war er sogar kurz von seinem Körbchen aufgestanden, um einen Schluck zu trinken. Hannahs unbeholfenen Versuchen, ihn zu streicheln, war er ausgewichen. Vermutlich spürte das kluge Tier ihre Ängstlichkeit und hatte keine Lust auf ihre übervorsichtigen Berührungen. Die Tierärztin hatte ihr erklärt, dass Luitpold nun Zeit brauchte, um die Giftstoffe im Körper abzubauen. Ob der Kater sich vollständig erholen würde, bliebe abzuwarten. Natürlich dürfe Hannah ihn vorerst nicht in den Garten lassen, selbst wenn es ihm besser ginge. Dort lagen vermutlich noch immer Giftköder herum.

Hannah hatte sich zwar akribisch darum bemüht, alle Fleischsticks aufzusammeln, aber einzelne hatte sie womöglich doch übersehen. Um anderen Tieren Luitpolds Schicksal zu ersparen, hatte sie Infozettel mit Warnungen an die Straßenlaternen geklebt. Und zwischendurch war sie immer wieder zum Körbchen ihres Katers gelaufen, um zu prüfen, ob sein Bauch sich hob und senkte – er also schlief und folglich noch genauso am Leben war wie eine halbe Stunde davor. Als sie jetzt ihre Tasche und Jacke von der Garderobe nahm, ließ sie vor lauter Aufregung ihren Schlüssel auf den Steinboden fallen. Luitpold öffnete langsam seine Augen und starrte sie missmutig an. »Ist ja gut. Ich lass dich mal eine Weile lang in Ruhe«, murmelte sie und schloss so leise wie möglich die Haustür.

Schon kurz nachdem sie das Auto auf einem Parkplatz nahe der Gengenbacher Altstadt abgestellt hatte, dachte Hannah darüber nach, wieder heimzufahren. Ihre Gedanken waren die ganze Zeit bei Luitpold. Außerdem überlegte sie, ob sie nicht mal mit Björn Klingele sprechen sollte, um ihn nach dem Stand der Ermittlungen zu fragen. Aber sie hatte bereits gestern im Kommissariat angerufen und nur einen Franz Engler erreicht, den sie um den Gefallen gebeten hatte, den Kollegen über ihren Anruf zu informieren. Er hatte eine unverbindliche Antwort auf Badisch gebrummelt: »Hajo, mol gugge.« Bislang hatte sich Björn Klingele nicht bei ihr gemeldet. Wahrscheinlich war er sehr beschäftigt. Vielleicht war es wirklich das Beste, wenn sie erst mal Ruhe bewahrte und sich nirgendwo einmischte. Wenn sie nichts machte, bestand zumindest eine gute Chance, dass sie niemandem auf die Nerven ging.

Also setzte sie sich an einen freien Tisch in einem der Cafés auf dem großen Marktplatz. Auf der gegenüberliegenden Seite befand sich das imposante Rathaus, dessen Fassade von einer Vielzahl an Fenstern dominiert wurde. Hannah wusste von Erzählungen ihrer Kollegen, dass sich dieses Gebäude in der Adventszeit in einen überdimensionalen Kalender verwandelte. Jedes Fenster bildete dann ein festlich beleuchtetes Adventskalendertürchen, und der ganze Marktplatz präsentierte sich als Kulisse für einen stimmungsvollen Budenzauber. Davon war jetzt allerdings noch nichts zu spüren. Der Himmel war grau, und herbstliche Windböen ließen vertrocknete Geranienblütenblätter durch die Luft tanzen, um sie ein paar Meter weiter achtlos auf das staubige Pflaster fallen zu lassen. Ein Junge am Nebentisch löffelte konzentriert einen gewaltigen Eisbecher. Hannah fröstelte schon beim Gedanken daran. Sie entschied sich für einen Kamillentee, den sie viel zu schnell trank. »Momente der Gelassenheit«, stand auf dem Etikett des Teebeutels. Leider entfaltete das Getränk selbst bei zügiger Einnahme keine entspannende Wirkung. Hannah fühlte sich stattdessen noch nervöser. Sie zahlte und entschied sich für einen Spaziergang. Im Gehen konnte sie seit jeher am besten abschalten. Sie schlenderte an einer Bäckerei, einem Haushaltswarenladen und einer Buchhandlung vorbei und verließ den Marktplatz durch den bogenförmigen Durchgang eines wappenverzierten Turms. Dann folgte Hannah einem Bachlauf, bis sie den Ort hinter sich ließ. Nur vereinzelte Häuser waren hier zwischen Wiesen und Wäldern verstreut. Als sie ein Schild entdeckte, das in Richtung Pfaffenbach führte, kam ihr der Name bekannt vor. Ihr fiel auch ein, warum: Konrad Hug hatte diesen Ort erwähnt. Er besaß dort eine Art Hütte am Waldrand. Irgendwann hatte er sie mal dorthin eingeladen, doch damals hatte sie mitten im Beziehungschaos mit Jochen gesteckt und war seiner Einladung nicht gefolgt. Vielleicht würde sie ihn dort antreffen? Dann könnte sie ihn nach dem Zeitungsartikel fragen. Sie hatte Björn Klingele zwar versprochen, nicht weiter auf eigene Faust zu ermitteln, aber es war ja nicht verboten, spazieren zu gehen und dabei alte Bekannte zu treffen. Sie würde einfach noch ein Stück weiterlaufen, irgendwann brav umkehren und sich dann wieder um Luitpold kümmern. Spätestens in einer Stunde war sie wieder zu Hause. Davon war Hannah überzeugt.

36. KAPITEL

Er würde hier warten. Das konnte er so gut wie kaum ein anderer. Hatte er sein halbes Leben lang getan. Drüben im Hotel hob er zwischendurch seine Portiersmütze und machte eine kleine Verbeugung. Nicht zu tief nach unten – sonst fühlten sich die Gäste unwohl. Früher hatte er auch noch die Tür geöffnet, aber die funktionierte mittlerweile automatisch. So konnte er nach schweren Koffern greifen. Heute würde er nichts von all dem machen: keine Verbeugung und niemanden willkommen heißen. Konrad würde hier versteckt zwischen den Bäumen lauern. Weißtannen waren dafür gut geeignet. Sie sind breit gewachsen, und die Nadeln sind so weich, dass sie nicht piksen. Nur ihre Stämme sind hell, die Zweige aber haben eine dunkelgrüne Farbe. Schwarzwald eben. Draußen fühlte er sich wohl. Drinnen sitzt man schnell in einer Falle. Aber von außen konnte Konrad aus seinem Versteck heraus beobachten, wer kam. Je nachdem, wer es war, konnte er dann schnell verschwinden oder dem Besucher nach drinnen folgen. Oder besser noch: Erst mal heimlich durch das Fenster beobachten, was passierte.

Vielleicht hätte er die Fotos doch lieber wegmachen sollen. Allerdings hatte er das nicht übers Herz gebracht. Die waren so schön da an der Wand. Und am Ende würde ja sowieso keiner kommen. Es war sonst auch nie jemand hier gewesen. Aber seit dem Gespräch mit diesem Kommissar hatte er ein komisches Gefühl. Er hatte ihn damals schon einmal befragt. Kurz nachdem es passiert war. Es waren nur ein paar Fragen gewesen und ganz schnell war es vorbei gewesen. Dieser Typ namens Suto aus dem Onlineforum hatte ihn beruhigt: Da käme nichts mehr. Er musste sich nur ganz normal verhalten. Überhaupt war es schlau gewesen, dass ausgerechnet er damals mit Marianne die Nachricht überbracht hatte, meinte Suto. Aber das hatte er so gar nicht geplant gehabt. Er hatte da eben am Eingang gestanden und sie hat sich ihn geschnappt und quer durch das Hotel gescheucht. Was hätte er dagegen machen sollen? Doch erst mal war ja alles gar kein Problem. Dass die Sache so einfach laufen würde, hatte er sich gar nicht vorstellen können. Und nun auf einmal sollte er dem Kommissar so viel erzählen: sogar über seine Mutter und die Vergangenheit. Er hatte ihm nichts von seiner Hütte im Wald gesagt. So dumm war er nicht. Am besten wäre es gewesen, er hätte nie jemandem davon erzählt. Aber wahrscheinlich hatte sich das eh niemand gemerkt. Denn normalerweise bemerkte ihn ja keiner. »Ich habe dich gar nicht gesehen« – das hat er schon oft gehört.

Manchmal war das vielleicht gar nicht so schlimm. Suto hatte ja auch gemeint, dass es das Allerbeste war. Suto hatte ihn gewarnt: Es könnte auch anders ausgehen. Dann dürfte er nicht kneifen. Es wäre dann ja eh schon egal. Wenn man einmal was getan hat, könnte man es auch ein zweites Mal tun. Und danach müsste er wirklich abhauen. Wohin, das wusste Konrad nicht. Vielleicht sollte er einfach für immer im Wald verschwinden. In seinem Versteck lag ein Messer bereit: eines mit scharfer, geschwungener Klinge. Sonst verwendete er es für Pilze. Damit ließen sich die Stiele ganz einfach vom Erdboden lösen, als müsste er gar nicht durch ihr Fleisch schneiden. Da bemerkte Konrad das Geräusch von knirschendem Kies. Jemand kam näher. Er spähte durch die Zweige hindurch. Es war nicht der Kommissar. Der hatte ja immer seinen dunklen Anzug an. Es war eine kleinere Person. Eine mit blauer Wolljacke und rotblonden Haaren. Sie blieb stehen und schaute sich in alle Richtungen um. Sie suchte nach etwas. Für einen Moment dachte Konrad, dass diese Person ihn aufspüren wollte. Aber ihre Augen wanderten in die Richtung links von ihm. Rasch setzte sich die Rothaarige in Bewegung und hielt genau auf seine Hütte zu. Konrad erkannte sie jetzt. Was wollte die bei ihm? Er kroch noch ein Stück weiter hinter die Weißtannen. Er musste wachsam bleiben.

37. KAPITEL

Zu Hause hatte er sie nicht angetroffen und ihr Handy hatte sie nach der Wohnungsdurchsuchung noch immer nicht zurückbekommen. Er musste sie aber wenigstens warnen: vor den neuen Ermittlungen aus Freiburg und vor der Sache mit Alfons Biehler. Wobei er sich damit erneut gegen dienstliche Vorschriften widersetzen würde. Eine Verdächtige zu warnen, war das Letzte, was ein Polizist tun sollte. Trotzdem konnte er nicht anders. Björn musste Hannah Aschenbrenner irgendwie sprechen, zumal er die Nachricht von Franz erst viel zu spät entdeckt hatte – kein Wunder, wenn der Kollege den Klebezettel nicht auf seinem Schreibtisch fixierte, sondern auf der feuchten Kaffeemaschine. Von dort war das Blatt auf den Boden gesegelt, und Björn hatte es nur zufällig gefunden.

»Wieso legst du die Nachricht nicht auf meinen Tisch, wo ich sie gleich sehe?«, hatte Björn seinen Kollegen angeblafft, nachdem dieser endlich aus der Mittagspause zurückgekehrt war.

»Du willst doch nicht, dass ich dir Zeug auf deinen Platz lege. Und ich dachte, die Kaffeemaschine ist ein guter Ort. Das war wirklich keine böse Absicht«, erwiderte Franz mit dem Ausdruck echter Betroffenheit. Auch die Information, dass Christian Schenk ihnen den Mordfall entziehen wollte, hatte der Kollege wider Erwarten mit ungekünsteltem Bedauern quittiert. »Für mich spielt es ja keine Rolle mehr, was der alte Seggel aus Freiburg sich überlegt. Für mein bisschen Dienst, das ich noch absitzen muss, kann es egal sein. Aber du hast es nicht verdient. So was pappt an deiner Karriere wie ein angelutschtes Gutsele.« Kleinlaut fügte er hinzu: »Na ja, wahrscheinlich bin ich nicht ganz unschuldig daran. Ich meine, ich hätte mich mehr anstrengen können. Es war nicht böse gemeint – ich wollte dir am Anfang einfach nicht in die Quere kommen. Als ich noch frisch in dem Job war, wollte ich gern alles selber machen. Aber trotzdem schadet es nicht, wenn ein Kollege einem zur Seite steht. Dieser jemand hätte wohl ich sein sollen.«

»Hätte, hätte, Fahrradkette«, raunte Björn resigniert. Dass sein Kollege ausgerechnet jetzt, wo es zu spät war, moralische Bedenken bekam, nervte ihn fast noch mehr als dessen unverdrossene Tatenlosigkeit der letzten Tage.

»Versuch es doch mal bei ihrer Großtante. Mit der telefoniert sie wohl ständig. Das hat Hannah Aschenbrenner mal bei einer Befragung erwähnt. Ich bin mir sicher, dass du ihren Namen irgendwo notiert hast. Lise oder Lisbeth oder so. Die wohnt in einem Seniorenstift am Ammersee oder so. Mol gugge, ich finde die Nummer schon irgendwie«, sagte Franz Engler und tippte mit so flinken Fingern auf seiner Tastatur, wie Björn sie bei ihm sonst nur vom Zerteilen von Hähnchen- oder Kuchenstücken kannte. »Hier: Ich habe die Nummer.

Ich maile sie dir gleich. Die Frau heißt übrigens Luise Mayerhofer.«

»Okay, einen Versuch ist es wert«, erwiderte Björn.

Bereits nach dem zweiten Klingeln meldete sich eine tiefe weibliche Stimme. »Ja bitte?«

»Spreche ich mit Luise Mayerhofer?«, fragte Björn.

»Luiserl – mit RL hinten«, korrigierte ihn die Frau.

»Okay, ja. Also Luiserl«, wiederholte er und versuchte ein R am Ende eines Wortes einzufügen, in das seiner Meinung nach keines hineingehörte. »Hier ist Kommissar Björn Klingele. Ich müsste mich dringend mit Hannah Aschenbrenner unterhalten. Wissen Sie vielleicht, wo ich sie finden kann?«, fragte er.

»Sappradi! Der berühmte Kommissar? Ich habe schon viel von Ihnen gehört«, sagte Luiserl Mayerhofer mit unverhohlenem Spott.

Björn ahnte, was das zu bedeuten hatte. »Ich möchte Frau Aschenbrenner nicht schaden. Aber ich muss sie sprechen. Es ist wichtig.«

»Darf ich wissen, um was es geht? Muss ich mir Sorgen machen?« Ihre Stimme klang ängstlich.

Björn bemühte sich darum, sie zu beruhigen – dabei dienten seine Beschwichtigungen viel mehr dazu, seine eigene Nervosität herunterzuspielen: »Es gibt keinen Grund zur Sorge. Alles ist in bester Ordnung! Details zum aktuellen Fall darf ich nicht nennen. Jedenfalls möchte ich Frau Aschenbrenner nur helfen.«

»Ich weiß schon. Hannah hat mir davon erzählt, dass Sie neuerdings ganz umgänglich sind«, erwiderte sie und seufzte. »Genau kann ich Ihnen leider nicht sagen, wo Hannah sich herumtreibt. Ich hatte ihr geraten, sich zu entspannen und nach Gengenbach zu fahren.«

»Nach Gengenbach? Warum das denn?«

»Na, das soll ein netter Touristenort sein. Sie hat sich so Sorgen gemacht wegen Luitpold und ich habe befürchtet, dass sie den armen Kater noch narrisch macht, wenn sie ständig kontrolliert, ob er noch am Leben ist. Und dann hat sie ununterbrochen von einer Entdeckung in irgendeinem Archiv gesprochen, wobei ich ihr nicht wirklich folgen konnte. Wenn Hannah aufgeregt ist, dann sind ihre Berichte ein ziemliches Durcheinander. Ich wollte, dass sie sich mal für ein paar Stunden entspannt, und deshalb habe ich ihr zu dem Ausflug geraten.«

»Verstehe! Also muss ich in Gengenbach nach ihr suchen? Wissen Sie, wo genau sie dort sein könnte?«, hakte Björn nach.

Luiserl seufzte erneut. »Ich fürchte nein! Ich hatte ihr empfohlen, dass sie sich in ein nettes Café setzt. Und in der Regel folgt Hannah meinem Rat und macht dann doch alles ganz anders. Mehr Hinweise kann ich Ihnen gerade leider nicht geben.«

38. KAPITEL

Die Hütte hatte sie erst auf den zweiten Blick entdeckt: Das kleine Gebäude aus dunklem Holz duckte sich in den Wald, als wollte es mit den umstehenden Bäumen verschmelzen. Als greller Kontrast dazu drängte sich ein bunt blühender Garten in den Vordergrund. Hannah war erstaunt über diese Fülle an Blumen auf dem schattigen Waldgrundstück. Aber dann erinnerte sie sich daran, dass Konrad in seinen Pausen oft hingebungsvoll die Pflanztöpfe am Hotel-Hintereingang gepflegt hatte. Wenn jemand in der Lage war, so ein schattiges Grundstück zum Blühen zu bringen, dann war er es.

»Konrad? Bist du da?«, wiederholte sie immer wieder, während sie die Hütte umrundete. Graue Vorhänge machten es unmöglich, hineinzuschauen. Ein an die Hauswand gelehnter Rechen, zwischen dessen Zinken feuchte Erde haftete, deutete jedoch darauf hin, dass jemand hier war. Als Hannah vor der Hüttentür stand, klopfte sie und merkte, dass sie nur angelehnt war. Mit jedem Klopfen öffnete sie sich ein kleines bisschen mehr. Hannah konnte der Versuchung nicht widerstehen, sie noch ein Stückchen weiter zu öffnen und dann noch ein Stück.

»Konrad? Bist du da drin?«, fragte sie in den Raum hinein. Sie versuchte, etwas zu erkennen, und schob dabei die Tür weiter auf. Sie erspähte einen kleinen Holztisch mit einem Schemel davor. Außerdem war da ein Regal mit Tassen, Tellern und einem Gaskocher. In der hinteren Ecke stand ein Klappbett. Der Geruch von feuchtem Holz lag in der Luft. Auf der gegenüberliegenden Wand entdeckte Hannah verschiedene Fotos, die zu einer Art Collage zusammengefügt waren. Um die Aufnahmen genauer betrachten zu können, musste sie die Hütte betreten. Sie vergaß alle Scheu und zog die Tür hinter sich zu. Ihre Neugierde war stärker als ihre Vorsicht. Wie gebannt starrte sie auf die Bilder. Es war dunkel im Raum, sodass sie immer näher herangehen musste. Sie erkannte die Frau wieder, die sie in dem Ordner im Gemeindearchiv entdeckt hatte. Das war eindeutig Konrads Mutter Karin als junge Frau. Auf vielen Bildern trug sie eine Krone oder eine Schärpe mit der Aufschrift »Weinprinzessin«. Und der Mann daneben musste Jochen sein. Ähnliche Bilder von den beiden hatte Hannah in den Zeitungsausschnitten im Gemeindearchiv entdeckt. Aber auf den Fotos hier war Jochen nicht wirklich zu sehen. Sein Gesicht war überall herausgeschnitten worden. Fein säuberlich, sodass der Rest der Fotografien größtenteils unbeschädigt geblieben war. Statt Jochens Kopf zierte den Körper der Kopf eines anderen Mannes. Er musste von hinten auf die Fotos geklebt worden sein. Sie erkannte die hellen Augen und die schmalen Lippen. Konrad! Er starrte sie von Dutzenden Fotos an. Hannah durchfuhr ein kalter Schauer. Auf einmal fiel ein kleiner Lichtstrahl von draußen auf die Bilder. Hannah blickte zu den Fenstern, zur Tür. Sie konnte niemanden entdecken.

»Konrad? Bist du hier?«, fragte sie erst leise und dann immer lauter. »Hallo?? Hallo!!«

Hannah schrie immer wieder. Während sie sich panisch wieder der Tür zuwandte, stolperte sie über den herumstehenden Schemel und fiel auf die Knie. Hannah bekam Panik. Sie schrie noch lauter, so schnell wie möglich kam sie wieder auf die Beine. Sie lief zur Tür, sie musste raus aus dieser unheimlichen Hütte. Doch als sie die Klinke nach unten drücken wollte, spürte sie einen Widerstand. Die Tür, die sich vorhin noch so einfach hatte öffnen lassen, schien auf einmal verschlossen. Verzweifelt rüttelte sie daran. Plötzlich bewegte sich die Klinke wie von selbst nach unten, und sie vernahm eine wütend zischende Stimme.

39. KAPITEL

»Aufhören mit diesem Lärm!«, fauchte er. Er hasste kreischende Frauen. Es erinnerte ihn an seine Mutter, wenn sie zu viel getrunken hatte. Dann wurde sie erst immer lauter und immer lauter und es dauerte ewig, bis sie still wurde und einschlief. Erst dann war endlich wieder Ruhe. Konrad hielt in seiner Jackentasche den Griff des Messers umschlossen. Das weiche Holz fühlte sich angenehm an, und es verlieh ihm ein Gefühl der Sicherheit. Es war wahrscheinlich wirklich so, wie Suto gesagt hatte: Er hätte sich öfter mal wehren sollen. Nur so kann man sich Respekt verschaffen. Eigentlich wäre es doch gut, immer so ein Messer in der Tasche zu haben. Und wenn es nötig war, konnte er es jederzeit rausholen.

»Aufhören!«, rief er noch einmal. Und tatsächlich wurde Hannah Aschenbrenner still. Sie starrte ihn mit weit aufgerissenen Augen an. Sonst war die Aschenbrenner immer ganz freundlich gewesen – und jetzt guckte sie so blöd. Wie eine Verrückte sah sie aus.

Ihre blaue Jacke war fleckig. Neben ihr am Boden lag der umgeworfene Schemel. Warum musste sie sich in seiner Hütte so aufführen und alles in Unordnung bringen?

»Was willst du hier?«, fragte er sie. Seine eigene Stimme klang ungewohnt, anders als sonst: laut und klar.

Vielleicht war das schon immer seine wahre Stimme gewesen. Nicht das leise Gestammel, wegen dem er früher so oft gehänselt worden war.

»Ich ... wollte mit dir sprechen«, antwortete sie zögerlich. Auch das kannte er nicht an ihr. Sonst plapperte die Aschenbrenner immer so schnell. Sie hatte bestimmt kein Messer in ihrer Tasche, so aufgeregt, wie sie war. Jetzt deutete sie auf die Fotos an der Wand. »Was ist das? Was sind das für Bilder?«

Konrad ging ein Schritt auf die Wand zu. Er wusste natürlich, welche Bilder sie meinte. Aber jetzt, wo zum ersten Mal jemand anderes sein Werk sah, erschien es ihm so, als ob auch er die Aufnahmen zum ersten Mal betrachtete. Als wäre er selbst ein Besucher in seiner Hütte. Mit einer Nagelschere hatte er die Gesichter weggeschnitten. Erst mit der Spitze ein kleines Loch hineingebohrt und dann hineingeschnitten in die Augen, den Mund und alles andere. Wie ein Käfer, der sich durch ein Blatt frisst und dann langsam an den Rändern nagt. Dieses Ausschneiden war gar nicht so einfach gewesen, aber mit der Zeit war es ihm immer besser gelungen. Danach hatte er die Fotos alle im gleichen Abstand aufgehängt und dabei ein Lineal benutzt und feine Nägel. Ganz vorsichtig hatte er sie in die Wand gehämmert. Die Nagelköpfe waren kaum zu sehen, so tief hatte er die Nägel in das Holz geklopft. Man konnte die Fotos gar nicht mehr abnehmen, ohne sie zu zerreißen. Und das wollte er nie tun. Die Bilder waren so, wie es hätte sein sollen. Nur seine Mutter und er. Wenn er damals schon groß gewesen wäre, hätte er sie beschützen können. Damals war sie noch gesund gewesen. Wobei der Dreckskerl bestimmt da schon angefangen hatte, sie langsam zu vergiften. Und ihn auch. Aber er hatte sich nicht wehren können, weil das nicht geht, wenn man im Bauch seiner Mama steckt. Bei der Nabelschnur ist es wie bei den Pflanzen und ihren Wurzeln und Stängeln. Was man in die Erde gießt, nehmen sie auf. Und was die Mutter in sich hineinkippt, muss auch das Kind trinken. Auf manchen Fotos war er ja eigentlich sogar zweimal zu sehen. Winzig klein im Bauch versteckt und noch einmal groß daneben. Groß gefiel er sich am besten. Er hatte nur die Gesichter auf den Fotos austauschen müssen und schon war alles richtig geworden. »Das ist schön, oder?«, sagte er mehr zu sich selbst.

»Was hast du mit Jochen gemacht?«, fragte jetzt die Aschenbrenner. Täuschte er sich oder klang sie ängstlich? Warum? Hier in seiner Hütte gab es nichts, wovor man sich fürchten musste.

»Der ist weg«, sagte er und musste grinsen. Die Frage gefiel ihm, weil er zum ersten Mal jemandem sagen konnte, was ihm da gelungen war. Ein Gefühl von Stolz keimte in ihm auf. Er wusste gar nicht, dass dieses Gefühl in ihm schlummerte. Hatte ja fast nie eine Rolle gespielt in seinem Leben. Aber jetzt war es da und erfüllte ihn mit fiebriger Freude. »Das habe ich gemacht. Es war gar nicht so schwierig«, sagte er. Er dachte an den Moment, als er neben dem Bett von Jochen Weiß gestanden hatte. Wie der Alte nach Luft gejapst hatte.

Ganz blau war er angelaufen. Und wie er die Augen aufgerissen und Konrad ungläubig angeguckt hatte. Das war der schönste Moment gewesen. Jochen Weiß hätte sicher nie damit gerechnet, dass ausgerechnet Konrad in seinem Zimmer auftauchen würde. Leider hatte er nicht mehr sprechen können. Vielleicht hätte er ihm noch was sagen wollen? Vielleicht, dass er ja doch gar nicht so dumm war, wie alle dachten. Aber der Alte hatte nur gekeucht. Weil das Röcheln dann doch ein bisschen zu laut geworden war, hatte Konrad ihm eine Weile lang die Bettdecke auf den Mund gedrückt. So lange, bis Jochen Weiß' Hände nicht mehr gezuckt hatten und er ganz friedlich im Bett gelegen hatte.

Eigentlich war es fast ein bisschen zu schnell gegangen. Es war ein guter Mix gewesen. Weißer Germer und Hühnereiweiß. Zwei tödliche Stoffe auf einmal. Vom Germer hatte er auch im Internet gelesen. Der wuchs auf Bergwiesen. Konrad hatte ihn an seinen freien Tagen gesucht und gefunden. Er hatte die ganze Pflanze ausgegraben. Sehr vorsichtig. Nicht ihre weißen Blüten waren wichtig, sondern die Wurzel. Da steckte das meiste Gift drin. Ein bis zwei Gramm der Wurzeln reichten, um jemanden zu töten. Er hat sicherheitshalber noch mehr genommen. Und das mit dem Hühnereiweiß hatte er irgendwie schon immer gewusst. Hatte ihm vielleicht seine Mutter verraten. Auch so ein Hoteldirektor hat Schwächen – das hatte sie mal gesagt und dabei richtig fröhlich gelacht. Wie ein junges Mädchen. Den Plan, das Gift gegen das Hanföl auszutauschen, hatte er mit

Suto ausgeheckt. Konrad war ein paarmal in die geheime Kammer geschlichen und hatte gesehen, dass da immer so ein Fläschchen neben dem Bett stand. Abgeschlossen war der Raum ja nie. Machst du doch eh nicht, hatte Suto ihn im Internetforum aufgezogen. Aber er hatte es getan und hatte extra für ihn sogar einen Beweis besorgt. Suto schien ganz begeistert darüber, dass er das Testament von Jochen Weiß tatsächlich mitgenommen hatte. Konrad wollte ihm das Testament auch gern schicken, wenn er ihm endlich seine Adresse geben würde und seinen richtigen Namen. Wobei Suto es dann gar nicht hatte haben wollen. »Verbrenn es sofort«, hatte Suto ihn aufgefordert. »Lass keine Beweismittel herumliegen – du musst das Testament für immer beseitigen!« Aber warum sollte er das machen? Es fühlte sich gut an, wenn man so ein wertvolles Dokument in der Schublade hatte. Es war ja eine Erinnerung an das, was ihm gelungen war. Ihm ganz allein.

»Weißt du, wie das ausschaut, wenn einer stirbt?«, hörte er sich jetzt sagen. Die Aschenbrenner schüttelte ein bisschen ihren Kopf. Und nun guckte sie so dumm, wie der Jochen ihn angeschaut hatte, kurz bevor er weg gewesen war. Konrad hatte richtig Lust, davon zu erzählen. In der rechten Hand hielt er weiter fest den Messergriff, und der fühlte sich noch immer warm und weich an.

40. KAPITEL

Nachdem er Hannahs gelben Wagen in der Nähe des Gengenbacher Marktplatzes entdeckt hatte, klapperte er jedes Café ab. Als er in einem Lokal endlich einen rotblonden Haarschopf hinter einer Zeitschrift entdeckte, lief er eilig auf die Person zu – aber als die Lektüre sich senkte, musterte ihn ein junges Mädchen verwundert. Er fand Hannah auch nicht im Klostergarten, nicht im Museum Haus Löwenberg oder im Narrenmuseum im Niggelturm, wo er jedes der sieben Stockwerke durchforschte. Hier waren sämtliche Exponate der schwäbisch-alemannischen Fastnacht gewidmet. Bunt maskierte Figuren gab es zuhauf, mal verhüllt in Hexengarderoben, Harlekinkostümen oder in merkwürdigen Tiergewändern. Im Zustand der Erregung kamen Björn diese Faschingsfiguren immer fratzenhafter vor, als würden sie ihm mit heimlicher Freude dabei zusehen, wie er beim Erklimmen jedes Stockwerks röter und verschwitzter wurde. Zwischen all den reglosen Gestalten in kuriosen Kostümen war er das eigentliche Faszinosum. Was hatte er sich nur dabei gedacht, hier wie ein Irrer herumzulaufen in der Hoffnung, dass er zufällig Hannah Aschenbrenner traf? Und was wollte er ihr mitteilen? Dass er ein Versager war, der seinen ersten eigenen großen Mordfall einfach nicht hatte lösen können? Wahrscheinlich hatte Christian Schenk recht damit gehabt, als er ihm mal vorgeschlagen hatte, in die Forschung zu wechseln. In Fächern wie Kriminologie oder Polizeiwissenschaft könnte er als Theoretiker glänzen und alle Zahlen, Fakten oder was auch immer parat haben. Aber für die Straße brauchte es nun mal Instinkt und den konnte er nicht aus Büchern lernen – selbst nicht mit noch so viel Fleiß und Genauigkeit. Gut möglich, dass er morgen seinen Dienst quittieren würde, um sich nicht weiter vor den Kollegen lächerlich zu machen. Wahrscheinlich wäre er in einer Universitätsbibliothek besser aufgehoben.

Doch jetzt musste er zuallererst mal Hannah finden. Denn viel mehr als sein eigenes Scheitern beschäftigte ihn ein anderer Gedanke. Er machte sich große Sorgen um sie. Durch seine Ermittlungen gegen sie hatte er sie in Schwierigkeiten gebracht. Ab morgen würde Christian Schenk alle Anstrengungen unternehmen, um ihr das Leben möglichst schwer zu machen. Noch mehr beunruhigte ihn das Gefühl, dass der Mörder sie vielleicht längst im Visier hatte und nicht nur ihrer Katze schaden wollte.

Ihre Großtante hatte vermutet, dass Hannah ihrem Rat, sich zu entspannen, wahrscheinlich nicht wie erhofft folgen würde. Björn nahm an, dass sie entgegen seiner dringenden Bitte irgendwelche Nachforschungen anstellte. Und er konnte es ihr nicht verübeln, denn an ihrer Stelle würde auch er nicht dem Rat eines offensichtlich unfähigen Kommissars folgen. Als Björn im obersten Stockwerk des Narrenturms ankam, öffnete er schnaufend die Tür zu einem Balkon, der das Gebäude ringförmig umsäumte. Kühler Wind schlug ihm entgegen, als er sich schwer atmend über die Brüstung lehnte. Von hier hatte er einen weiten Blick über Gengenbach. Der Ort lag eingebettet zwischen Weinbergen und dem Schwarzwald. Das endlose Panorama frustrierte Björn nur noch mehr. Irgendwo dort draußen lief Hannah Aschenbrenner herum, aber für ihn allein war es unmöglich, sie zu finden. Als Björn verzweifelt seine Augen schloss, bemerkte er eine Vibration in seiner Jackentasche. Er holte sein Handy hervor und meldete sich keuchend: »Was gibt es denn?«

»Alles okay bei dir? Du klingst, als hättest du gerade einen Halbmarathon überstanden. Bist du heimlich also doch eine Sportskanone?«, fragte Franz Engler.

»Mir ist nicht nach Witzen zumute. Überhaupt nicht!«, erwiderte Björn.

»Schon gut! Bevor du dich aufregst, wollte ich dir kurz einen Hinweis geben. Wahrscheinlich glaubst du wieder, ich mache hier nichts – aber diesmal hast du wirklich unrecht. Vielleicht habe ich was Brauchbares herausgefunden. Dieser Konrad Hug hat eine kleine Hütte im Wald. Die liegt ganz in der Nähe von Gengenbach, irgendwo in Richtung Pfaffenbach. Das hat mir eine Bekannte verraten, die im Hotel Rebenglück arbeitet. Und ich dachte mir, wenn deine Hannah Aschenbrenner so eigensinnig ist, wie ihre Großtante es gesagt hat, dann ist sie vielleicht gerade auf dem Weg dorthin. Das ist nur so eine Idee, die ich …«

Björn ließ ihn nicht aussprechen. »Danke! Danke für den Hinweis!«, rief er ins Telefon und würgte ein »Bass aber uff! Der Typ könnte gefährl…« von seinem Kollegen ab. Hastig öffnete er die Tür, um so schnell wie möglich die sieben Stockwerke nach unten zu laufen. Ihm wurde ganz schwindelig vom Spurt über die Stufen, die sich von Stockwerk zu Stockwerk im Kreis drehten. Auf der Treppe zwischen dem vierten und dritten Stock wurde er jäh ausgebremst. Eine überdimensionale Strohpuppe versperrte ihm den Weg. Eigentlich war es mehr ein Berg aus Stroh, nur befand sich obendrauf eine Art Hut, der wie ein umfunktionierter Weidenkorb aussah und offensichtlich dazu diente, die Halme zu bändigen.

»Vorsicht, hier kommt der Strohbär aus Wilflingen!«, sagte eine Männerstimme, deren Ursprung hinter dem riesigen Objekt aus raschelnden Halmen versteckt war. Björn erkannte nur zwei Arme, die das Ding umschlungen hielten.

»Ich muss sofort durch! Ich habe es eilig! Es geht um polizeiliche Ermittlungen!«, rief er.

Doch die Barrikade wich keinen Zentimeter zurück. Stattdessen vernahm Björn ein nervöses Hüsteln. »Das tut mir furchtbar leid! Aber da ist gerade nichts zu machen. Der Strohbär hat sich in der Treppe verkeilt, und jetzt gibt es kein Vor und Zurück mehr. Sie müssen ein bisschen Geduld haben. Von alleine bewegt sich hier leider erst mal gar nichts.«

41. KAPITEL

Hannah stand mit dem Rücken an die Bretterverkleidung der Wand gepresst. Holzsplitter stachen in ihre Schulterblätter. Am liebsten wäre sie noch weiter zurückgewichen oder besser ganz geflohen, aber Konrad verharrte noch immer zwischen ihr und der Tür, und sie hatte Angst davor, sich ihm auch nur einen einzigen Schritt zu nähern. Immerhin schien Konrad sie gerade nicht zu beachten. Mit einem versonnenen Lächeln betrachtete er seine Fotos. »So hätte es sein sollen: nur Mama und ich. Aber der Alte hat sie zum Alkohol getrieben. Damals fing es an mit dem Trinken – das hat sie mir erzählt. Davor hat sie nie was getrunken, aber der Alte hat ihr immer nachgeschenkt. Er hat ihr gesagt, dass sie Wein trinken muss als Weinprinzessin. Sonst wären alle enttäuscht von ihr. Und das hat sie geglaubt. Meine Mutter hat ihn wirklich gemocht und ihm vertraut. Und sie hat getrunken, immer mehr. Auch, als ich dann schon unterwegs war«, murmelte er und wandte sich jetzt Hannah zu. »Was ich dadurch habe, dafür gibt es sogar einen Namen. Eigentlich ist es gar kein richtiger Name. Es sind nur ein paar Buchstaben. Für einen richtigen Namen hat es nicht gereicht. FASD – schon mal davon gehört?«

Hannah nickte. Sie erinnerte sich, dass sie im Fernsehen mal eine Reportage über die Fetale Alkoholspektrumstörung gesehen hatte. Die Sendung handelte von Kindern, deren Mütter in der Schwangerschaft Alkohol konsumiert hatten. Von verschiedenen Symptomen wie angeborenen Herzfehlern, Lernschwäche und verminderter Belastbarkeit war damals die Rede gewesen.

»Immer der Dumme sein! In der Schule war ich einfach der, der nichts kann. ›Dilldapp‹ haben sie mich gerufen. Weißt du, wie das ist, wenn man immer der Letzte ist bei allem?«

»Das tut mir leid!«, sagte Hannah und dachte an die vielen Begegnungen mit Jochen, zu denen er ganz selbstverständlich eine Flasche Wein oder Champagner mitgebracht hatte. Immer wieder hatte er ihr Glas nachgefüllt und sich über sie lustig gemacht, wenn sie lieber Wasser trinken wollte. Sie sei doch kein Schulmädchen, das an der Limo nuckle. Und sie solle endlich mal lernen, besondere Momente gebührend zu feiern. Hannah konnte nicht glauben, dass sie sich dieses Verhalten so lange gefallen lassen hatte, aber gerade deswegen fiel es ihr leicht, sich auszumalen, wie schwer es für die damals noch viel jüngere Karin gewesen war, sich Jochen zu widersetzen. Trotzdem wäre es natürlich Karins eigene Verantwortung gewesen, nicht in der Schwangerschaft zu trinken, und man konnte Jochen sicher auch nicht für den sich später entwickelnden Alkoholismus von Karin verantwortlich machen. Diese Gedanken teilte sie Konrad aber natürlich nicht mit. »Glaub mir! Ich kann mir vorstellen, wie es deiner Mutter …«

»Nichts kannst du dir vorstellen. Nichts!« Konrad

fiel ihr zischend ins Wort. Er kam näher an sie heran. »Du bist ja nicht so wie ich. Nicht schlau, nicht schnell, und nicht mal richtig gut hören kann ich. Ein Dilldapp eben. Bei mir erkennt man das FASD sogar am Aussehen. Ich bin kleiner und schwächer und hab ein komisches Gesicht. Da gibt es Bilder im Internet, wie man FASD manchmal erkennen kann: kleiner Kopf, schmale Oberlippe, kurze Nase. Ich kann nicht verbergen, was man mir angetan hat. Erst kurz vor ihrem Tod hat meine Mutter mir verraten, wer mein Vater ist. Der Alte war schuld an allem. Und er wollte nie was von mir wissen. ›Warum sollte er dir sonst den Job gegeben haben?‹ Das hat meine Mutter gesagt. Ich dachte ehrlich, dass Jochen Weiß einfach nur ein netter Chef ist. Als Chef war er immer in Ordnung«, sagte Konrad. Er stand mittlerweile so dicht vor Hannah, dass sie seinen Atem spürte. »Ich habe ihn darauf angesprochen. Ob das stimmt mit meiner Mutter. Dass er mein Vater ist und das alles. Und weißt du, was er gemacht hat? Er hat seinen Arm hierhin gelegt.« Er berührte mit der linken Hand Hannahs Schulter. Erst vorsichtig und scheu. Doch plötzlich packte er kräftig zu. »Genau so stand er vor mir und hat lachend gesagt: ›Konrad, du musst doch wissen, dass das nicht stimmen kann. Wenn ich einen Sohn hätte, wäre er kein Dummkopf. Das musst du doch wissen! Das musst du doch wissen! So dumm bist du doch nicht!‹«, mittlerweile schrie er fast und zerrte an Hannahs Schulter.

»Konrad, beruhige dich bitte«, sagte sie mit einer möglichst sanften Stimme, obwohl ihr Herz immer schneller schlug. Sie spürte, wie eine Gänsehaut ihren Körper überzog, und noch viel deutlicher spürte sie Konrads Fingerkuppen, die sich in ihre Schulterblätter bohrten.

»Genau das hat er dann auch gesagt! Beruhige dich! Haha! Er hat sich am Ende auch beruhigt, weil er gar nicht mehr sprechen konnte. Und ich stand vor ihm und habe alles gesehen. Der hat so geschaut, wie du jetzt grade. Mit riesengroßen Augen hat er mich angeschaut. Ha, das ist doch mal ein Vater, der mich mit so großen Augen anschaut! Was guckst du denn so, Vater?«

»Dein Vater ist nicht mehr da. Ich bin's, Hannah«, versuchte sie, ihn zurück in die Realität zu holen.

Konrad schien sie nicht zu hören. Seine Augen flackerten fiebrig und seine Stirn glänzte. »Genau der gleiche Blick. Jetzt kannst du noch mal was sagen, bevor es aus ist. Sagst du noch mal, dass ich ein Dummkopf bin? Glaubst du das? Glaubst du immer noch, dass ich nicht dein Sohn sein kann?«, zischte er.

Hannah erkannte aus den Augenwinkeln einen blinkenden Gegenstand. Konrad hatte ein Messer in der Hand. Im nächsten Moment spürte sie einen stechenden Schmerz am Hals.

42. KAPITEL

»Sind Sie beide Angehörige?«, fragte eine Frau, die mit schnellen Schritten über den Flur auf sie zukam und einen weißen Kittel trug.

»Sind wir, okay? Fangen Sie jetzt bloß nicht mit unsinniger Bürokratie rund um Ihren Dienstausweis an«, zischte Luiserl Mayerhofer ihm ins Ohr.

Björn wollte etwas erwidern, aber Luiserl Mayerhofer presste kurz und heftig ihren Ellenbogen gegen seinen Oberarm. »Freilich! Angehörige sind wir beide!«, rief sie.

Björn erkannte jetzt ein Namensschild auf dem Kittel der Ärztin. Dr. Silvia Winkler musterte sie beide kurz. »Dann kommen Sie bitte mit.«

»Wie geht es Hannah denn?«, fragte Luiserl mit tonloser Stimme.

Die Ärztin starrte sie einen Moment lang wortlos an. Björn glaubte, ein leichtes Kopfschütteln zu erkennen. Schließlich wandte sie den Blick ab und deutete mit der Hand in Richtung eines Flures, der mit einem Schild als Zugang zur Intensivstation gekennzeichnet war. »Die Lage ist leider sehr ernst, und jetzt folgen Sie mir bitte!«

Björn zögerte. Er dachte darüber nach, dass er die Situation richtigstellen wollte. Natürlich war er kein Angehöriger von Hannah Aschenbrenner, sondern der ermittelnde Kommissar. Aber vielleicht sollte er sich besser gar nicht mehr als solcher bezeichnen. Er war schuld daran, dass Hannah Aschenbrenner hier im Krankenhaus lag und womöglich … Noch wollte er nicht an das Schlimmste denken. Dass sie im Zentrum seiner Ermittlungen gestanden hatte, hatte zu der Situation geführt, dass ein Messer in ihren Hals gerammt worden war. Wäre er doch ein paar Augenblicke früher an Konrad Hugs Hütte angekommen. Aber dieser unfassbare Strohbär aus Wilflingen hatte ihn wertvolle Minuten gekostet. »Die schwäbisch-alemannische Fasnacht gehört zum Immateriellen Kulturerbe der UNESCO und steht somit unter Polizeischutz!«, hatte ihm der Kerl ins Ohr gebrüllt, als sich Björn mit Gewalt einen Weg durch das Treppenhaus gebahnt hatte. Dafür musste er seinen Körper so fest gegen das Stroh pressen, dass die Halme knackten. Als er endlich freie Bahn hatte, fühlte es sich an, als hätte er sich selbst in den Strohbären verwandelt. Überall an seinen Kleidungsstücken und in seinen Haaren hatten sich die Halme verfangen. »Ich werde mir Ihren Namen merken! Was sind Sie denn für ein Kommissar, wenn Sie so wüst mit unserem Brauchtum umgehen? Ich werde mich ganz oben über Sie beschweren!«, rief ihm der wütende Mann hinterher. Björn erinnerte sich, dass er unlängst einen ähnlichen Satz von Alfons Biehler vom Heimatmuseum vernommen hatte. Wenn sich noch so ein Kauz bei Christian Schenk über seine Arbeit beschwerte, wäre er seinen Job los – mit Sicherheit. Aber erstaunlicherweise war ihm das in diesem Moment vollkommen egal. Er bemühte sich nicht einmal um eine Entschuldigung. Stattdessen war er so schnell wie möglich zu seinem Auto gelaufen, um nach Pfaffenbach zu rasen. Er drängelte eine Gruppe Fahrradfahrer von der Straße, weshalb ihm eine erzürnte Bikerin ihre Getränkeflasche gegen die Rückscheibe schleuderte. Das Wurfgeschoss brachte ihn nur dazu, noch schneller zu fahren. Der Weg durch den Wald war eigentlich nicht für Autos gedacht, aber er konnte den Wagen unmöglich stehen lassen und die Strecke zu Fuß zurücklegen. Er durfte keine kostbare Zeit verlieren. Und so war er schonungslos über Wurzeln und durch Erdlöcher gerast – um am Ende doch zu spät bei der Hütte anzukommen.

»Frau Dr. Winkler, ich wollte Ihnen noch kurz sagen, dass ich nicht …«, setzte Björn an.

»Dass wir dankbar sind, wie gut unsere Hannah hier versorgt wird«, fiel Luiserl ihm ins Wort und raunte ihm zu: »Reden Sie keinen Schmarrn! Wir sind beide Angehörige und basta! Da gibt's koan Radi!«

Björn starrte sie entgeistert an.

Luiserl seufzte. »Ich vergaß! Sie verstehen ja kein Bayerisch. ›Da gibt's koan Radi‹ heißt so was wie ›keine Widerrede!‹«

Frau Winkler schien ihr Gespräch nicht mitbekommen zu haben. Sie war schon einige Schritte durch den Flur vorausgegangen, hatte eine Tür geöffnet und winkte sie zu sich herüber. »Aber nur kurz! Frau Aschenbrenners Zustand ist sehr kritisch«, sagte sie.

Als Björn neben ihr durch die Tür schlüpfte, vermied er jeden Blickkontakt, um seine Unsicherheit zu verbergen. Während Luiserl sofort zum Bett eilte, blieb er in einer Ecke des Raumes stehen. Der lilafarbene Ledermantel von Luiserl verdeckte die Sicht auf Hannah Aschenbrenner – was ihm in diesem Moment gar nicht so unrecht war. Er hatte Angst vor dem unverstellten Blick auf das Krankenbett. Allein die vielen blinkenden Apparate und Schläuche, die in Richtung des Kopfkissens führten, schnürten ihm die Kehle zu. Als er Hannah Aschenbrenners Schreie aus der Hütte gehört hatte, hatte er gar nicht erst auf die angeforderte Verstärkung gewartet. Wegen der grauen Vorhänge war es unmöglich, zu sehen, was da im Innern vor sich ging. Wimmern und Schreie machten jedoch mehr als deutlich, dass Hannah in Not war. Björn lief zur Tür, wo er einen kurzen Moment innehielt. Sein Herz raste und seine Hände zitterten. Er hatte nur diese eine Chance. So eine Situation hatte er bislang nur während seiner Ausbildung in der Theorie durchgespielt: Waffengebrauch in unbekanntem Gelände auf ein bewegliches Ziel. Björn hatte bei diesen Übungen immer versagt, was Christian Schenk jedes Mal mit den Worten kommentierte: »Instinkt kann man nicht lernen, Klingele! Den hat man oder man hat ihn eben nicht.« Warum musste er sich eigentlich jeden dieser dummen Klingele-Sätze merken, als wären sie ein heiliges Mantra? Plötzlich spürte er ein Gefühl von Trotz und Wut, das ihn seine Unsicherheit vergessen ließ. Er musste es versuchen.

Er musste Hannah retten! Mit einem Ruck öffnete er die Tür und zielte, ohne zu zögern, mit der Pistole auf Konrads linkes Schulterblatt. Und schoss. Als Konrad schmerzverzerrt zu Boden sank, fiel auch ein blutverschmiertes Messer auf die Holzdielen. Kurz darauf sackte Hannah in sich zusammen. Ihre Augen waren zu diesem Zeitpunkt schon geschlossen. Sie kauerte am Boden mit dem Rücken zur Wand, während ihre rechte Hand vergeblich versuchte, den Blutstrom an ihrem Hals zu stoppen. Bevor ihr Oberkörper zur Seite fiel, flüsterte sie Björn zu: »Der Kater … Können Sie bitte nach Luitpold schauen?« Dann verlor sie das Bewusstsein. Nachdem Björn Konrad Handschellen angelegt hatte, drückte er ein herumliegendes Küchentuch auf die Wunde an Hannahs Hals, und es vergingen endlose Minuten, bis der Krankenwagen endlich eintraf. Endlose Minuten, in denen Hannahs Puls immer schwächer wurde.

Seither war er nicht mehr zur Ruhe gekommen. Nachdem Björn die nötigsten Formalien am Tatort erledigt hatte, fuhr er zu Hannah Aschenbrenners Wohnung und sprach mit ihrem Vermieter, dass er den Kater in die Tierarztpraxis von Manuela Binninger bringen würde. Zur Praxis gehörte eine kleine Tierpension, wo der schwache Luitpold weiter aufgepäppelt werden sollte. Danach raste Björn zum Krankenhaus, um festzustellen, dass er zum Warten verdonnert wurde. Hannah sei in die Notaufnahme eingeliefert worden – für weitere Auskünfte müsse der Kommissar bitte Geduld haben. Ein paar Stunden später tauchte Luiserl Mayerhofer auf. Sein Kollege Franz hatte sie informiert, und sie war daraufhin sofort von ihrem Seniorenstift aufgebrochen und mit dem Taxi hergefahren. Schweigend hatten Björn und Luiserl nebeneinander auf einer schmalen Bank im Krankenhausflur gesessen, und beide waren jedes Mal zusammengezuckt, wenn sich ein Arzt ihnen näherte und dann doch an ihnen vorbeilief. Bis endlich Dr. Silvia Winkler aufgetaucht war.

»Jetzt stehen Sie nicht wie angewurzelt im Eck«, sagte Luiserl zu ihm. »Kommen Sie endlich mal her, sonst war die Warterei vollkommen umsonst.«

Zögernd machte Björn ein paar Schritte in Richtung des Krankenbettes, den Blick weiterhin ängstlich auf die Maschinen gerichtet – als wollte er kontrollieren, dass keine seiner Bewegungen ihr monotones Schnurren und Piepen durcheinanderbrachte.

»Sie müssen nicht so panisch schauen. Mir geht es ganz gut so weit«, sagte Hannah Aschenbrenner mit leiser Stimme. Trotz eines großen Verbands an ihrem Hals lächelte sie ein wenig.

»Darüber bin ich sehr froh! Wirklich! Sehr froh«, entgegnete Björn und fühlte zum ersten Mal seit Stunden, dass sich seine Anspannung löste.

Jetzt stupste ihn Luiserl Mayerhofer wieder in die Rippen – diesmal allerdings sanfter. »Soweit ich es von Ihrem Kollegen Franz Engler gehört habe, sind Sie Hannahs Lebensretter. Also ein echter Held.«

Björn schüttelte rasch den Kopf. Diese Art von

Anerkennung war ihm unangenehm. Zumal er sich keineswegs als Held fühlte. Er war einfach nur erleichtert, dass er das Schlimmste hatte verhindern können. »Ach was! Ich habe meinen Dienst getan, und das war alles. Frau Aschenbrenner, Ihr Kater ist übrigens für die nächsten Tage gut versorgt. Ich will auch gar nicht weiter stören. Aber ich bin froh, dass es Ihnen gut geht – wirklich sehr froh!«, sagte er und wandte sich in Richtung der Tür.

»Herr Klingele, warten Sie mal!«, hörte er da noch mal Hannahs schwache Stimme. »Kann es sein, dass da Stroh in Ihren Haaren steckt?«

Björn strich sich über seinen Kopf und erfühlte einen Halm, den er verlegen zwischen Daumen und Zeigefinger drehte. »Das kann ich erklären, aber es ist eine längere Geschichte. Als ich Sie gesucht habe, war ich in einem Museum, und dort bekam ich einen Hinweis, wo ich Sie finden kann und …«, begann er.

Doch schon im nächsten Augenblick öffnete Dr. Winkler die Tür. »Wenn ich Sie nun bitten darf … Die Patientin braucht wirklich Ruhe. Sie muss sich erholen«, forderte sie die Besucher zum Gehen auf und deutete in Richtung des Flurs.

»Vielleicht erzähl ich die Geschichte ein anderes Mal«, sagte Björn zum Abschied. Aber da hatte Hannah Aschenbrenner schon ihre Augen geschlossen, und so verließ er das Zimmer auf Zehenspitzen.

43. KAPITEL

Heute hatte sie selbst für einen extradicken Stapel an Zeitungen gesorgt. Solveig Zähringer hatte höchstpersönlich sämtliche Bahnhofskioske der Umgebung abgeklappert, und nun breitete sie ihre reiche Beute mit freudiger Erregung auf dem Schreibtisch aus. Sie las Überschriften wie »Schwarzwälder Polizei tappt nicht mehr im Dunkeln« und »Täter gefasst: Jetzt badet Bad Appenbach im Glück« – diesmal ließ sie sich nicht von den albernen Wortspielen stören. Nachdem sich die Journalisten zuletzt in ihren Artikeln über die ach so düsteren, zappendusteren oder gar mordsfinsteren Tage im schwarzwälderischen Bad Appenbach ausgelassen hatten, überboten sie sich nun mit Wortspielen über die »helle Freude im Schwarzwald« oder darüber, dass »im Schwarzwälder Mordfall endlich ein Licht aufgegangen war«. Solveig Zähringer hätte am liebsten laut losgelacht. Gab es nicht einen Kalenderspruch, dass auf Schatten immer Licht folgte? Wäre ihre Mutter noch hier, würde sie sich mit ihr zusammen amüsieren. Von ihr hatte sie oft den Rat bekommen, dass sie als Politikerin vor allem Ausdauer zeigen musste. Vielen Männern sei diese Fähigkeit praktisch in die Wiege gelegt worden: Probleme aussitzen, bis sie sich von alleine erledigen. Während Solveig bei jedem Problem dem

Reflex widerstehen musste, umgehend eine Lösung zu finden oder – wenn ihr das nicht gelang – die Schuld bei sich selbst zu suchen. Tatsächlich hatte sie in den letzten Tagen, als die Berichterstattung immer unverschämter geworden war, öfter über einen Rücktritt als Bürgermeisterin nachgedacht. Natürlich nur zähneknirschend, weil sie sich damit als Büßerin zur Verfügung gestellt hätte wegen der erfolglosen polizeilichen Ermittlungen. Aber die ganze Misere war jetzt vergessen: Die meisten Artikel zeigten Fotos von ihr, Christian Schenk und Björn Klingele bei der gestrigen Pressekonferenz – alle mit einem Lächeln im Gesicht. Gut, dieser Klingele lächelte nicht wirklich. Er guckte wie immer etwas verhuscht, als stünde er versehentlich vor der Kameralinse.

Dabei hatte sie ihn wegen seiner Unbeholfenheit tatsächlich unterschätzt. Praktisch im Alleingang hatte er den Mörder von Jochen Weiß überwältigt, und zwar mit einem äußerst präzisen Schuss in die Schulter von Konrad Hug – so hatte es Christian Schenk zumindest der Presse erklärt. Dabei hatte der Freiburger Polizeichef den Schuss derart detailreich beschrieben, als hätte er ihn selbst abgefeuert. Als hätte er persönlich Konrad Hug gestellt und Hannah Aschenbrenner gerettet. Auch das verloren geglaubte Testament von Jochen Weiß war aufgetaucht. Konrad Hug hatte es eingesteckt. Er lag derzeit ebenso wie Hannah Aschenbrenner in einem Krankenhaus und wurde rund um die Uhr bewacht. Auf ihre Genesung würde in beiden

Fällen eine Verhandlung folgen: mal in der Rolle als Zeugin und mal in der Rolle als Angeklagter. Solveig Zähringer hoffte darauf, dass der Prozess rasch und reibungslos über die Bühne gehen würde. Die Chancen dafür standen gut, denn Konrad Hug gab sich geständig und reumütig.

Um selbst vom positiven Schwung des gelösten Falls zu profitieren, wollte Solveig so schnell wie möglich Aktionswochen über das Thema Sicherheit lancieren. Sie hatte bereits über mögliche Mottos sinniert: »Mit Sicherheit in Bad Appenbach« oder »Sicher ist sicher – vor allem in Bad Appenbach«. Christian Schenk würde sie auf jeden Fall dafür gewinnen können. Bei Björn Klingele musste sie noch ein bisschen Vorarbeit leisten. Es hatte da zuletzt ein paar unglückliche Gespräche gegeben, bei denen sie ihm gegenüber etwas zu forsch aufgetreten war. Sie war immerhin nicht so weit gegangen, ihn zu beleidigen, aber sie hätte durchaus diplomatischer sein können. Vor allem, wenn sie gewusst hätte, zu welch kühnen Taten der Kommissar fähig war. Doch sie würde diesen unnahbaren Klingele schon irgendwie bezirzen. Vielleicht mit einer großzügigen Esseneinladung – zumindest hatte das bei Klingeles Kollegen Franz Engler immer funktioniert. Am besten würde sie ihm gleich ein offizielles Schreiben zukommen lassen, in dem sie ihre Anerkennung ausdrückte. Eine in geschmeidige Worte gegossene Ehrerbietung – so etwas müsste selbst bei dem spröden Klingele positive Gefühle hervorlocken.

Solveig griff zu ihrem Telefonhörer und tippte die Durchwahl ihrer Sekretärin. »Können Sie bitte kommen? Ich hätte was zu diktieren.«

»Gern, allerdings ist es so, dass …« Inge Ackermann ging in einen Flüsterton über, der so leise war, dass Solveig sie kaum verstand. »Herr Biehler steht schon wieder hier. Ich konnte gerade noch verhindern, dass er direkt in Ihr Büro läuft. Sie sind in einer Besprechung, habe ich ihm gesagt. Aber er wollte nicht gehen und rennt hier auf und ab. Ich weiß gar nicht, was ich jetzt machen soll. Vielleicht können Sie doch mit ihm sprechen?«

»Ich komme«, sagte Solveig und legte den Hörer auf. Allein der Gedanke an den aufdringlichen Museumsverwalter brachte sie in Rage. Dabei hatte der Tag so wunderbar begonnen – und sie würde ihn sich nicht verderben lassen. Nicht heute.

Sie öffnete schwungvoll die Tür zum Vorzimmer. Inge Ackermann rührte verlegen in ihrer Kaffeetasse, während Alfons Biehler den Aktenschrank musterte. Als er die Bürgermeisterin bemerkte, hob er aufgeregt seine Hände in die Luft. »Na endlich! Ich warte schon eine Ewigkeit«, raunte er in einem vorwurfsvollen Ton.

»Soweit ich weiß, sind wir nicht verabredet. Was verschafft mir die Ehre Ihres erneuten Besuchs? Hatten wir nicht gestern alles geklärt?«, fragte Solveig Zähringer und ließ ihrem Gegenüber bewusst keine Zeit, um zu antworten. »Wir haben Folgendes festgestellt: Keine Exponate Ihres Museums wurden entwendet. Der angebliche Einbruch war Teil der Ermittlungen und die wurden bekanntlich erfolgreich beendet. Alles ist also in bester Ordnung.«

»Trotzdem habe ich erwartet, dass auf der Pressekonferenz der Museumseinbruch erwähnt wird. Die Öffentlichkeit muss doch informiert werden, wie verletzlich unser Museum ist. Hätten wir ein gutes Sicherheitssystem, dann wäre das alles nicht passiert«, schnaubte ihr Besucher.

»Wir haben doch schon geklärt, dass der Antrag auf ein Sicherheitssystem in der nächsten Gemeinderatssitzung diskutiert wird«, schnurrte Solveig Zähringer einen Satz herunter, den sie gegenüber Alfons Biehler gewiss schon zehnmal wiederholt hatte.

»Und trotzdem hätte bei der Pressekonferenz der Museumseinbruch nicht verschwiegen werden dürfen. So was gehört an die Öffentlichkeit! Ich gehe hier nicht weg, bis Sie eine neue Pressekonferenz einberufen«, sagte der Museumsverwalter, der sich mit bebenden Nasenflügeln und trotzig verschränkten Armen vor Solveig aufgebaut hatte. Und zwar so dicht vor ihr, dass sie den muffigen Geruch seines Cordsakkos wahrnahm.

Solveig widerstand dem Reflex zurückzuweichen. Stattdessen blickte sie auf die Brillengläser ihres Gegenübers, in denen sich die Deckenleuchte spiegelte – aber nur auf der linken Seite, während das rechte Glas so verschmiert war von Fingerabdrücken, dass es fast matt schien. Das war ein lustiges Bild, dachte Solveig, hell und dunkel – wie in den Zeitungsartikeln. Sie konnte ihr

Kichern nicht unterdrücken. Erst war es leise und dann wurde es immer lauter. Solveig lachte so ungezwungen, dass sie ein leichtes Ziehen im Bauch spürte. Und das wiederum veranlasste sie zu weiterem Gegluckse: lachen, bis sie Bauchschmerzen bekam. Wann hatte sie das zum letzten Mal erlebt? Und wie empört sie dieser Biehler dabei anglotzte. Er schnappte aufgeregt nach Luft wie ein Karpfen, der sich in zu trübe Gewässer verirrt hatte.

Es verging eine Weile, ehe Solveig sich beruhigt hatte und wieder sprechen konnte. »Herr Biehler, ich glaube, Sie haben mich bislang nicht richtig verstanden«, sagte sie atemlos und tätschelte ihrem Gegenüber die Schulter. »Ich muss ich mich wohl etwas klarer ausdrücken: Wenn Sie hier noch einmal ohne Termin auftauchen und mich bei meiner Arbeit stören, muss ich die Polizei einschalten. Und zwar nicht wegen angeblich verloren gegangener Museumsstücke, sondern wegen Hausfriedensbruchs. Aber das möchte ich natürlich gern vermeiden, und ich freue mich, wenn Sie sich hier kooperativ zeigen. Denn Sie haben ja bestimmt mitbekommen, dass unser Kommissar Klingele in kritischen Situationen sehr genau weiß, wohin er zielen muss. Und so ein Drama wollen wir in Bad Appenbach doch nicht noch mal erleben«, hörte sie sich selbst sprechen. Hatte sie das gerade wirklich gesagt?

Alfons Biehler starrte sie mit aufgerissenen Augen an. Inge Ackermann ließ ihren Kaffeelöffel vor Schreck auf den Schreibtisch fallen. Solveig Zähringer wusste, dass sie den letzten Satz vielleicht irgendwann bereuen würde. Aber dieses Problem ließe sich mit Sicherheit aussitzen. Beschwingt drehte sie sich um, ging in ihr Büro und schlug die Tür zu, während Alfons Biehler mit verdutztem Gesichtsausdruck sprachlos dastand.

44. KAPITEL

»Und sie hat dir wirklich einen Job angeboten? Sapperlot! Das nenne ich mal Größe!«, rief Luiserl durchs Telefon.

»Hat sie. Ich war selbst überrascht«, erwiderte Hannah. Erst vor drei Tagen war sie aus dem Krankenhaus entlassen worden. Die Wunde an ihrem Hals war gut verheilt, und auch Luitpold hatte sich mittlerweile vollständig erholt. Sie war gerade dabei gewesen, die Wohnung aufzuräumen, als es an ihrer Tür klingelte. Die Chefin des Hotels Rebenglück wirkte zunächst verlegen, und Hannah ging es nicht anders. In den Minuten, in denen ihr Überraschungsgast an ihrem Esstisch wartete, während sie einen Kaffee aufbrühte, dachte Hannah fieberhaft darüber nach, was ihre Besucherin wohl zu sagen hatte. Ging es um Formalitäten der Kündigung? Oder wollte sie ein Gespräch über die Affäre mit Jochen führen? Sie hätte gewiss noch tagelang grübeln können, aber sie wäre nie im Leben darauf gekommen, was ihre Besucherin ihr tatsächlich sagen wollte. Sie war erschienen, um Hannah die alte Stelle als Wellnesstherapeutin anzubieten, allerdings mit einer großzügigen Gehaltserhöhung. Und nicht nur das: Sie wollte Hannah als Sicherheitsbeauftragte vorschlagen. Eine ehrenamtliche Tätigkeit, für die sie sich jedoch flexible Freistunden im Dienstplan eintragen durfte. Inspiriert durch die angekündigten »Mit Sicherheit in Bad Appenbach«-Aktionswochen der Bürgermeisterin Solveig Zähringer war Angelika zu dem Entschluss gekommen, dass sie dieses Thema im Hotel Rebenglück hatte schleifen lassen. »Nun, vielleicht muss manchmal ein sehr tragisches Unglück passieren, um Dinge zu ändern«, hatte sie gesagt und eine Weile lang schweigend aus dem Küchenfenster geblickt, ehe sie sich wieder Hannah zuwandte. »Jedenfalls dachte ich mir, dass Sie genau die Richtige wären, um an einer Zukunft im Hotel mitzuarbeiten. Es geht mir nicht nur um die Sicherheit der Gäste. Es geht mir auch darum, dass sich die Mitarbeiter gut aufgehoben fühlen nach allem, was passiert ist mit Konrad und Jochen. Ich denke, dass es für jeden von uns wichtig ist, wieder Vertrauen zu fassen.«

Hannah war so überrascht von diesem Vorschlag, dass sie erst mal gar nichts erwidern konnte. Ihre Besucherin schien vorerst auch noch keine Antwort zu erwarten. Sie sprach einfach weiter: »Wahrscheinlich fragen Sie sich, warum ich ausgerechnet Sie für die Aufgabe der Sicherheitsbeauftragten vorschlage? Nun, am Ende sind wir auf den gleichen Kerl hereingefallen, und das nicht ohne böse Folgen. Wegen meiner verletzten Eitelkeit habe ich Sie gewiss in Schwierigkeiten gebracht, dabei war die Beziehung von Jochen und mir schon lange nicht mehr glücklich. Ich gebe zu, dass ich es eine Weile lang gern gesehen hätte, wenn man Sie so schnell wie möglich als Täterin überführt und ins Gefängnis gesteckt hätte. Aber irgendwann habe ich mich bei dem Gedanken ertappt, dass Sie mir eigentlich einen Gefallen getan haben, und dann habe ich mich vor mir selbst geschämt«, sagte Angelika und griff sogar nach Hannahs Hand. »Sie haben in den vergangenen Wochen viel Courage bewiesen. Und wenn ich mich richtig erinnere, hatten Sie schon früher den ein oder anderen Vorschlag für mehr Sicherheit in Ihrem Behandlungszimmer – die ich alle aus ziemlich egozentrischen Gründen ignoriert habe. Deshalb glaube ich, dass Sie perfekt wären als neue Sicherheitsbeauftragte im Hotel.«

Hannah war zum wiederholten Male so überrascht, dass ihr die Worte fehlten. »Danke für das großzügige Angebot, Frau Weiß«, hatte sie gemurmelt.

»Und da gibt es noch etwas: Ich möchte zukünftig Angelika Duffner genannt werden. Das ist mein richtiger Name – mein Mädchenname. Streng genommen bin ich nie Angelika Weiß gewesen. Das war immer eine Farce.«

Hannah musste sie so entgeistert angesehen haben, dass ihre Besucherin geradezu zärtlich über ihre Hand streichelte.

»Tut mir leid, wenn ich Sie heute überfahre mit so vielen Neuigkeiten. Die Sache mit meinem Namen ist eine lange Geschichte. Die erzähle ich Ihnen ein anderes Mal, wenn Sie möchten. Für heute habe ich Ihnen schon genug Stoff zum Nachdenken geliefert«, sagte Angelika und verabschiedete sich. Wobei sie sich vor dem Verlassen der Wohnung noch mal umdrehte und

Hannah freundlich anlächelte. »Bitte denken Sie über mein Jobangebot nach. Es würde mich wirklich außerordentlich freuen, wenn Sie wieder zum Team gehören.«

Hannah hatte ihrer Großtante das erstaunliche Gespräch so detailgenau wiedergegeben, wie sie es noch in Erinnerung hatte.

»Das ist doch mal erstaunlich. Diese Angelika Duffner scheint eine Frau der Tat zu sein. Was auch immer hinter ihrer Namensänderung steckt – das wirst du mir ja bei Gelegenheit bestimmt erzählen. Jedenfalls finde ich es bemerkenswert, dass sie dir diesen Job anbietet. Und was sagst du dazu? Nimmst du ihr Angebot an?«, fragte Luiserl.

»Ich weiß nicht, was ich machen werde. Meine vielleicht zukünftige Chefin hat mir angeboten, dass ich in Ruhe über das Angebot nachdenken darf. Wir haben verabredet, dass wir noch mal einige Einzelheiten besprechen werden«, antwortete Hannah. Ihr gefiel die Vorstellung, dass sich eine neue Herausforderung für sie ergab. Erstaunlicherweise hatte ausgerechnet Jochens Angelika ein besonderes Potenzial in ihr erkannt. Und vielleicht bot sich für sie eine Möglichkeit, endlich mal eine unabhängige Existenz aufzubauen. In den Wellnessbereich zurückzukehren, würde ihr gefallen, denn sie hatte die Tätigkeit von Anfang an gemocht. Ihre Kunden waren ihr immer dankbar dafür gewesen, dass sie ihnen mit beherzten Fingergriffen dringend nötige Entspannung verschafft hatte. Es war eine sinnhafte Tätigkeit. Und zugleich fühlte Hannah sich geschmeichelt, die Aufgabe der Sicherheitsbeauftragten übernehmen zu können. So wäre es nicht einfach eine Rückkehr in den alten Job, sondern eine Weiterentwicklung. Möglicherweise sogar eine Chance, die Ereignisse der letzten Wochen zu verarbeiten – vor allem jenen schrecklichen Tag im Wald: Konrads Angriff hatte ihr in Erinnerung gerufen, wie wichtig es war, sich sicher zu fühlen. Sie war davon überzeugt, dass seine Messerattacke nicht ihr persönlich gegolten hatte – er hatte in einer Art Wahn gegen ein Gespenst gekämpft. Gegen eine Vergangenheit, die er nicht hatte ändern können. Es war auch ein Kampf gegen seine FASD-Symptome, die sein Leben auf eine so dramatische Weise beeinträchtigten. In ihrer neuen Position als Sicherheitsbeauftragte könnte sie sich womöglich auch diesem Thema widmen: Ein allzu lockerer Umgang mit Alkohol konnte verheerende Auswirkungen haben, wenn nicht immer wieder über mögliche Folgen aufgeklärt wurde. Die Freude am Feiern beizubehalten und trotzdem die Risiken im Blick zu haben – diese Kombination würde in dieser Winzerregion sicher keine einfache Mission werden. Doch Hannah war davon überzeugt, dass sich die Anstrengung lohnen würde.

»Lass dir Zeit! Du musst dich wohlfühlen. Überstürze nichts. Aber solltest du diesen Job annehmen, kann dich ja vielleicht dieser Kommissar beraten. Der ist wirklich ein besonderer Bursche, ein echtes Gscheidhaferl! Er will immer alles akkurat erledigen und keinesfalls gegen irgendwelche Vorschriften verstoßen. Aber er ist eine sehr nette Gscheidhaferl-Version. Wenn er irgendwann auch noch meinen Vornamen richtig auszusprechen lernen würde, wäre er mir durchaus sympathisch«, erwiderte Luiserl.

»Du meinst Björn Klingele?«, fragte Hannah lachend und dachte an die blonden Haare des Kommissars, in denen er neuerdings Stroh spazieren trug. Er war bei näherer Bekanntschaft tatsächlich ein durchaus anständiger Kerl. Etwas seltsam vielleicht, doch je mehr sie ihn kennenlernte, desto mehr mochte sie diesen komischen Kauz.

»Genau den! Wie geduldig er im Krankenhaus gewartet hat, weil er unbedingt wissen wollte, wie es dir geht. Und um Luitpold hat er sich ja auch gekümmert. Apropos, wie geht es denn dem Kater? Und was ist eigentlich mit Manuel Weiß passiert? Kommt er trotz der Giftköder ungestraft davon?«

»Na ja, ganz ungestraft auf keinen Fall. Angelika hat mir verraten, dass Jochen seinem Bruder in seinem Testament nichts vermacht hat. Sie ist die alleinige Erbin des Hotels. Das ist ja schon mal eine kleine Strafe. Manuel Weiß hatte wohl tatsächlich eine Chance gewittert, das Hotel zu übernehmen. Wäre das Testament am Ende nicht aufgetaucht, hätte er Angelika weiter unter Druck gesetzt. Manuel Weiß hatte sich wohl zuletzt immer häufiger als Chef in Szene gesetzt und das Misstrauen unter der Belegschaft gegenüber Angelika befeuert. Sie hatte mir während des Gesprächs gestanden, dass gar nicht so viel gefehlt habe, bis sie tatsächlich nachgegeben hätte – einfach, weil sie keine Kraft mehr hatte, sich ständig gegen alle Widerstände zu behaupten. Irgendwie kann ich sie sogar verstehen: Dieser Manuel Weiß ist ein widerlicher Mensch. Angelika hofft, dass er Bad Appenbach für immer verlässt. Die Sache mit Luitpold kann ich ihm wahrscheinlich nicht nachweisen. Immerhin hat sich der Tierschutzverein darum gekümmert, dass alle Giftköder entfernt werden. Und außerdem geht es meinem Kater zum Glück wieder gut. Er döst gerade genüsslich«, sagte Hannah und beobachtete Luitpold, der mit geschlossenen Augen auf dem Sofa lag.

»Ausruhen ist immer eine gute Idee. Das solltest du jetzt auch machen! Und diesmal hörst du bitte wirklich auf mich. Und zwar ausnahmsweise mal nicht auf die Hannah-Art, sondern auf die vernünftige Weise. In den nächsten Wochen musst du meine nicht mehr ganz taufrischen Nerven ein bisschen schonen«, forderte Luiserl.

»Du hast recht! Ich verspreche es dir hoch und heilig«, sagte Hannah lachend. »Vielleicht hilft mir ein bisschen Schlaf tatsächlich weiter. Es wäre großartig, wenn ich danach endlich wüsste, wie meine Zukunft konkret aussehen könnte.«

EPILOG

Vier Wochen später

»Und was wird das genau?«, fragte Katharina. Zwischen zwei Agenturterminen in Frankfurt und Basel hatte Björns Schwester einen Zwischenstopp in Bad Appenbach eingelegt. Nun stand sie in seiner Küche und beugte ihren Kopf neugierig über die Schulter ihres Bruders.

»Das wird eine Bibeleskäs-Mousse«, antwortete Björn und machte einen extragroßen Schritt in Richtung einer Schublade, um seine Zitronenreibe hervorzuholen – und um etwas Abstand zwischen sich und seine Schwester zu bringen. »Ich muss mich jetzt auf die Zubereitung konzentrieren, sonst gelingt mir das Rezept nicht.«

»Wow! Du wirst ja noch ein richtiger Abenteurer! Mein halbes Leben lang durfte ich mir deine Vorträge anhören, dass Bibeleskäs nur im Originalrezept zubereitet werden und nur in Begleitung von Pellkartoffeln serviert werden darf. Und jetzt machst du so verrücktes Zeug wie Bibeleskäs-Mousse«, sagte Katharina und plumpste geräuschvoll auf einen Küchenstuhl. »Kaum bist du ein Held, schon stürzt du dich in kulinarische Wagnisse.«

»Sehr komisch«, raunte Björn und ließ den Zitronenabrieb vorsichtig in die frisch angerührte Creme aus Quark, Mineralwasser und Eiweiß rieseln.

»Mal ohne Witz: Ich bin wahnsinnig stolz auf dich! Als ich die Artikel in der Presse gelesen habe, ist mein Herz in die Höhe gehüpft wie auf einem Trampolin. Sogar in der Stralsunder Zeitung war ein Bericht über deinen Erfolg. Dank meines tapferen Brüderleins erlebt der Schwarzwald seine helle Freude – so was in der Richtung stand da. Dein schrecklicher Chef weiß dich jetzt hoffentlich endlich zu schätzen«, plauderte Katharina vergnügt.

Björn legte den Rührbesen beiseite und drehte sich um. Die Erwähnung von Christian Schenk weckte in ihm Gesprächsbedarf. »Der ist tatsächlich wie ausgewechselt. Auf einmal bin ich sein erklärter Liebling, und meine Art der Ermittlung gilt als vorbildlich. Er nennt das nun: den Klingele machen. Was wohl so viel heißen soll wie: Man darf ruhig unkonventionelle Wege gehen, solange diese am Ende von Erfolg gekrönt sind. Seine plötzliche Begeisterung für mich ist mir fast noch unheimlicher als die Schikanen zuvor. Wer weiß, wie lange es dauert, und dann bin ich wieder der Klingele, der das Klingeln nicht hört.«

»Ach, denk nicht gleich wieder was Negatives, sondern genieß die Anerkennung. Vielleicht hat dein Chef auch endgültig erkannt, welches Glück er mit dir hat«, meinte Katharina. »Aber sag mal: Was passiert eigentlich mit diesem Konrad? Irgendwie kann er einem doch auch ein bisschen leidtun, oder?«

Björn rückte einen Küchenstuhl neben seine Schwester. »Du hast recht! Das Leben hat ihn sicher nicht reich beschenkt. Und außerdem wurde er von seiner Mutter angelogen – vielleicht wusste sie es selbst nicht besser. Jochen Weiß war nicht sein Vater. Es wurde extra noch mal ein Test durchgeführt. Es gibt keine verwandtschaftliche Beziehung zwischen den beiden. Trotzdem ist Jochen Weiß nicht unschuldig an Konrads Schicksal: Unsere polizeilichen Befragungen von damaligen Zeitzeugen legen nahe, dass er dessen Mutter vor und während der Schwangerschaft zum Alkohol verführt hat. Vielleicht hat Karin Hug im Rausch mal irgendeinen Kerl mit nach Hause genommen und konnte sich später nicht mehr daran erinnern, wer weiß. Wahrscheinlich hat sie wirklich daran geglaubt, dass Jochen Weiß der heimliche Vater war.«

»Das ist echt eine tragische Geschichte.«

»Ja, allerdings«, sagte Björn und überlegte, ob er gegenüber seiner Schwester noch eine andere Sache ansprechen sollte. Ihn ließ der Verdacht nicht los, dass auch Manuel Weiß in die Sache verstrickt war. Bei der Vernehmung hatte Konrad mehrmals von einem gewissen Suto gesprochen, den er in einem Onlineforum für Pflanzenfragen getroffen hatte. Dieser Suto könnte ihn regelrecht zu dem Mord angestachelt haben. Konrad schien ihm fast ein bisschen hörig zu sein. Um ihm seine Tat zu beweisen, hatte er das Testament von Jochen Weiß mitgenommen. Aber mittlerweile gab es keine Spur mehr von einem User mit dem Namen Suto. Seine

Einträge waren vollständig gelöscht. Natürlich könnte es auch sein, dass nicht Manuel Weiß, sondern jemand anders dahintersteckte. Oder vielleicht hatte Konrad sich diesen angeblichen Freund nur eingebildet. Von dieser Theorie zumindest war Christian Schenk überzeugt – denn jeder hinterließ Spuren im Netz, und wenn es keine gab, dann war dieser Suto vielleicht nur so was wie eine teuflische Stimme in Konrads Kopf gewesen. Björn entschied sich dafür, nicht mit seiner Schwester über seinen Verdacht zu sprechen. Er würde ihn niemandem gegenüber erwähnen, ehe er irgendwelche Beweise gefunden hatte. Und er würde nicht aufgeben, bis er Klarheit hatte über Manuels Verstrickungen in den Mord.

»Ich habe Konrad kürzlich erst gesehen«, erzählte Björn. »Er wirkte erleichtert, als er alles zu Protokoll geben konnte. Seine Kooperation wird sich sicherlich strafmildernd auswirken. Außerdem hat er mir gedankt für den Schuss in seine Schulter. Dieser hätte ihn im letzten Moment davor bewahrt, Hannah Aschenbrenner … Nun ja. Er meinte, dass er sie in seinem Wahn vielleicht tatsächlich erstochen hätte.«

»Ich habe doch gesagt: Du bist ab sofort mein Held! Und noch dazu bist du der Held von dieser Hannah und aller Frauen«, neckte ihn Katharina und drückte ihrem Bruder einen Kuss auf die Wange.

»Jetzt ist aber gut«, sagte Björn und stand von seinem Stuhl auf, um sich wieder dem Bibeleskäs-Mousse zuzuwenden. Das hatte zugleich den Vorteil, dass seine

Schwester nicht mitbekam, wie verlegen ihn die Erwähnung von Hannah Aschenbrenner gemacht hatte. Mit großem Eifer rührte er die Quarkmasse mit einem Schneebesen um und dachte dabei an die Begegnung mit ihr in der letzten Woche im Hotel Rebenglück. Hannah hatte dort ihre Arbeit im Wellnessbereich wiederaufgenommen und war zugleich zur Sicherheitsbeauftragten ernannt worden. Sie hatte Björn vor einigen Tagen überraschend angerufen und gefragt, ob er sie wegen der Anschaffung von Überwachungskameras beraten könne. Björn hatte sofort zugesagt. Mindestens eine Stunde lang war er mit Hannah durch das Hotel gestreift, und sie schien beeindruckt gewesen zu sein von seinem Wissen – wobei er verschwieg, dass er sich alles in der Nacht zuvor angelesen hatte. Eigentlich hatte Björn nämlich wenig Ahnung von Überwachungskameras. Aber offensichtlich war das Hannah nicht aufgefallen. Sie meinte sogar, dass er mit seinem technischen Verstand gern mal zu ihr nach Hause kommen könne – dort müsse dringend eine Deckenlampe ausgetauscht werden. Das sei eines dieser Projekte, die sie schon viel zu lange aufgeschoben habe. Vielleicht erinnerte er sich sogar an das hässliche ockerfarbene Ding mit den staubigen Kordeln? »Sie waren ja schon öfter mal in meiner Wohnung – diesmal würde ich Sie sogar offiziell einladen. Es gibt auch Kaffee mit Kuchen und ich werde mich auch richtig gastfreundschaftlich benehmen. Sie werden staunen«, hatte Hannah noch gesagt. Allerdings hatte sie dabei mädchenhaft gekichert, weshalb Björn nicht genau hatte deuten können, ob die Einladung in ihre Wohnung ernst gemeint war oder nur ein Scherz. Wäre er schlagfertig, hätte er souverän reagiert. Aber wahrscheinlich hatte er Hannah in diesem Moment nur ziemlich blöd angestarrt. Jedenfalls hatte sie schnell das Thema gewechselt und über Innensirenen und Fluchtwege gesprochen, während Björn sich insgeheim weiter mit der Frage beschäftigt hatte, ob er gerade eine Chance verpasst hatte. Sein Kollege Franz Engler neckte ihn schon seit Tagen, dass er Hannah Aschenbrenner einfach mal zum »Wandspern« mitnehmen sollte. Aber er konnte sie ja schlecht so aus dem Nichts zu einem gemeinsamen Nachmittagsausflug einladen. Nein, er brauchte irgendeinen beruflichen Anknüpfungspunkt. Er könnte sich beispielsweise einen Schwung offizieller Polizeibroschüren zum Thema Sicherheit schicken lassen. Und vielleicht könnte er Hannah zu sich nach Hause einladen, um ihr diese zu geben. Dann würde er bei ihr anrufen und zum ersten Mal »Hallo, Hannah!« sagen, denn immerhin hatte sie ihn beim letzten Treffen mit »Ciao, Björn!« verabschiedet. »Jetzt, wo Sie nicht mehr hinter mir her sind, können wir uns doch endlich mal duzen«, hatte sie gesagt und dabei hoffentlich nicht gemerkt, dass er bei der Formulierung »jetzt, wo Sie nicht mehr hinter mir her sind« zusammengezuckt war.

Am liebsten würde er für Hannah kochen. Kein Drei-Gänge-Menü, denn das könnte zu übertrieben wirken. Aber er hatte neulich dieses Rezept entdeckt, bei dem er sofort an sie denken musste. Eine badische Köstlichkeit mit bayerischem Dreh: Schwarzwälder Kirsch mit Blutwurz verfeinert. Das Ganze sollte in Gläsern angerichtet werden und würde dadurch originell wirken. Zumindest hoffte Björn das. Er wünschte sich, dass Hannah dieses Rezept amüsant finden würde. Vielleicht war es auch eine dumme Idee. Aber bevor er den Plan allzu schnell verwarf, könnte er das Rezept zumindest mal ausprobieren. Einfach um zu testen, ob der bayerische Likör den Schwarzwälder Klassiker verbesserte oder ob das Ergebnis am Ende ungenießbar war. Eigentlich klang der Mix aus Schokolade, Butter, Sahne, Vanillezucker und Kirschen, verfeinert mit einem Schuss Blutwurz, ganz verlockend. Die Zutaten hatte er längst besorgt. Den Likör hatte er extra bei einem bayerischen Onlineshop bestellt, denn der Supermarkt in Bad Appenbach führte ihn nicht im Sortiment. Björn ließ den Rührbesen sinken und drehte sich seiner Schwester zu. »Wenn du noch ein bisschen länger hier in Bad Appenbach bleibst: Kann ich vielleicht nachher ein weiteres Rezept ausprobieren und du sagst mir deine ehrliche Meinung dazu?«

Katharina nickte begeistert. »Na klar. Wird es denn wieder so etwas Aufregendes wie diese Bibeleskäs-Mousse?«

Björn grinste beim Gedanken an seine Schwarzwälder Kirsch mit Blutwurz. »Vielleicht wird es das größte Abenteuer, das dir jemals in deinem Leben serviert wurde.«

SCHWARZWÄLDER KIRSCH MIT BLUTWURZ

Zutaten für 12 Cupcakes:

Für den Teig:

100 g Zartbitterschokolade, 125 g weiche Butter, etwa 180 g Kirschen aus dem Glas (Abtropfgewicht), 150 g Zucker, 1 Päckchen Vanillezucker, 3 Eier, 1 Prise Salz, 200 g Mehl, 2 TL Backpulver, 2–4 EL Blutwurz (nach Belieben).

Für die Dekoration:

400 g Schlagsahne, 3 Päckchen Sahnesteif, 2 EL Puderzucker, 2–3 EL Blutwurz (nach Belieben), Zartbitter-Schokostreusel zum Bestreuen.

Zubereitung: Die Mulden eines Muffinblechs mit Muffinförmchen auslegen. Die Zartbitterschokolade zerkleinern und zusammen mit der Butter im Wasserbad schmelzen. Die Masse kurz abkühlen lassen. Währenddessen die Kirschen in einem Sieb gut abtropfen lassen. Danach die Schokobuttermischung mit dem Zucker und dem Vanillezucker verrühren, dann die Eier unterrühren. Anschließend das Salz, das Mehl sowie das Backpulver zum Teig geben. Den Blutwurz hinzugeben und alles gut verrühren. Zuletzt die Kirschen unter den Teig heben. Mit zwei Löffeln die Förmchen gleichmäßig mit Teig befüllen. Im vorgeheizten Backofen bei 160 Grad (Umluft) circa 30 Minuten backen. Anschließend vollständig auskühlen lassen. Für die Dekoration die Schlagsahne mit dem Sahnesteif und dem Puderzucker steif schlagen – wahlweise auch hier etwas Blutwurz unterrühren für einen besonders intensiven Blutwurzgeschmack. Die Sahne in einen Spritzbeutel füllen und kleine Häubchen auf die ausgekühlten Muffins spritzen. Zuletzt mit Schokostreuseln bestreuen. Wer möchte, setzt noch Mini-Bollenhüte obendrauf, die es beispielsweise in manchen Schwarzwälder Souvenirläden zu kaufen gibt.

Tipp: Wer die Cupcakes für Kinder oder für Gäste zubereitet, die teils keinen Alkohol zu sich nehmen wollen, mischt den Blutwurz nicht in den Teig, sondern nur in einen Teil der Sahne. Der andere Teil der Sahne bleibt dann alkoholfrei. Die verschiedenen Varianten lassen sich beispielsweise gut auseinanderhalten, wenn sie mit hellen und dunklen Schokostreuseln markiert werden.

KLEINES BADISCH-BAYERISCHES WÖRTERBUCH

Einleitend zu diesem Wörterbuch sei kurz erwähnt: Eigentlich gibt es weder den einen bayerischen Dialekt noch den einen badischen Dialekt. Badisch ist vielmehr ein Sammelbegriff für diverse Mundarten, die auf dem Gebiet des ehemaligen Großherzogtums Baden gesprochen werden. Während die südbadische Mundart vom Alemannischen geprägt ist, weist die nordbadische Mundart viele Parallelen zur fränkischen Dialektgruppe auf – weshalb Badener und Bayern teilweise ähnliche Begriffe verwenden: Als »Gosch« oder »Goschn« wird hier wie dort zum Beispiel der »Mund« bezeichnet. Eine »Großgosche« ist dementsprechend jemand, der besonders vorlaut ist. Und mit »Grusch« wird in vielen Teilen des süddeutschen Raums »Krempel« bezeichnet – mal wird das »G« weich ausgesprochen und mal hart, sodass ein »Krusch« dabei herauskommt. Auch in Bayern gibt es nicht *den* einen Dialekt. Je nach Region wird Fränkisch, Schwäbisch oder eben jenes Bairisch gesprochen, das wiederum fließend in österreichische Mundarten übergeht. Wer an den bayerischen Dialekt denkt, hat meistens die oberbayerische Variante im Ohr, bekannt aus TV-Formaten à la »Rosenheim Cops« oder

»Monaco Franze«. Bevor ich in den Schwarzwald gezogen bin, habe ich lange in Bayern gelebt. Aufgewachsen bin ich im Bayerischen Wald (genau genommen in der Oberpfalz) und uns sagen böse Zungen gern nach, dass wir eher bellen als sprechen, da wir besonders viele kehlige ou-Laute verwenden. »Dou! A Kouh« heißt in meiner Heimat so was wie »Da! Eine Kuh«. Und dann wären da noch mal die Variationen zwischen einzelnen Ortschaften. Das »Gerede« wird in der Oberpfalz wahlweise »Glaber«, »Gwaaf« oder »Gsooch« bezeichnet. In Baden ist es natürlich nicht anders: Von Stadt zu Stadt wird anders gesprochen, und genau in dieser Vielfalt liegt der Reiz der Mundart. Dialekte sind eine wunderbare Möglichkeit, miteinander in Kontakt zu treten. Wenn ich einen besonderen Begriff aufschnappe, dann tausche ich mich gern darüber aus, und nicht selten entstehen dabei sehr lebhafte Gespräche. Jeder Dialekt hat einen herrlichen Wortschatz – ich mag beispielsweise den Ausdruck »wunderfitzig« besonders gern, weil er viel charmanter klingt als das eher nüchterne Adjektiv »neugierig«. Einen bunten Mix aus einigen Mundart-Schätzen habe ich in meinem kleinen Badisch-bayerischen Wörterbuch zusammengestellt – wobei ich hier gern noch mal betonen möchte, dass die Übergänge zwischen den Dialekten fließend sind. Außerdem gibt es bei vielen Begriffen verschiedene Schreibweisen, wie etwa beim »Dipfelischisser«, der beispielsweise auch »Tüpflischisser«, »Dipferleschisser« oder »Dipferlascheißer« genannt wird. Zugleich lade ich Sie als Leser herzlich dazu ein, mir Ihre Dialektvariationen und Dialektlieblinge aus Baden oder Bayern zu verraten – vielleicht tauchen sie im nächsten Krimi auf. Meine Kontaktdaten finden Sie auf www.marion-stieglitz.de

BADISCH - BAYERISCH - HOCHDEUTSCH

Alltagsbegriffe:
Abort – Heisl – Toilette
Backevesper – Watschn – Ohrfeige
Geldschi – Diridari – Geldschein
Gluggser – Schnackler – Schluckauf
Gutsele – Gutti – Bonbon
Fisimatenten – Schmarrn – Unsinn
Labbe – Hodern – Putztuch
Muggedatscher – Fliagnduscher – Fliegenklatsche
Verschnuufeckli – Brotzeitplatzerl – Rastplatz
Weckle – Semmel – Brötchen

Tätigkeiten:
duddle – sandeln – herumlungern
hiedeigsle – zammwursteln – etwas fertigstellen mit reichlich Improvisationskunst
loddere – nackeln – wackeln
lüschdere – luasn – hören
gugge – luagn – schauen
schbachdle – neihaun – gierig essen
umenondergingele – trietscheln – trödeln
verseggle – obleamen – auf den Arm nehmen

Eigenschaften:

dappig – damisch – dümmlich
drimmelich – dramhappert – benommen
ehrenkäsig – protzert – angeberisch
gählwiädig – gachzornig – jähzornig
gribbelich – wepsert – unruhig
jesesmäßig – saumäßig – sehr schlimm
labbrig – glumpad – instabil
schibutzig – scheich – schüchtern
verhuddelt – scheps – durcheinander
wunderfitzig – gspannt – neugierig

Neck- & Kosewörter:

Bruddler – Grantler – Nörgler
Bussierschdengl – Hallodri – Frauenheld
Dilldapp – Dodl – Trottel
Dipfelischisser – Gscheidhaferl – Besserwisser
Hoschbes – Auftreiber – hyperaktive Person
Grasdaggl – Himbeerdoni – Depp vom Dienst
Iwwerzwerch – Grossschellboussa – Gernegroß
Käppsele – Schanial – Alleskönner
Kruzeggel – Saufratz – freches Kind
Labbeduddel – Hirndappiger – Einfaltspinsel
Schbinadwachdl – Mistbritschn – blöde Kuh
Schäddsle – Spatzerl – Liebling
Schlabbergosch – Ratschkathl – Plaudertasche
Viehkerli – Pfundskerl – Spitzenmann

Aufforderungen & Redewendungen:

Alderle hä – Da legst di nieder – Ist ja unglaublich

Alla hopp! – Pack mas! – Jetzt geht's los!

Bass uff! – Pass amoi auf jetztat! – Sei vorsichtig!

Da kenndsch de neilege – Des is sakrisch guad – Es schmeckt vorzüglich

Ebbes was de Bebbes nix ageht – Mid dia hod koana gschussad – Das geht dich nichts an

Gsait isch gsait! – Da gibt's koan Radi! – Und damit basta!

Hogg di na! – Pflanz di her! – Setz dich!

Kumm, geh fort! – Sappradi! – Wahnsinn!

Lass de Schorz waggle! – Schick di! – Beeile dich!

Mol gugge – Schau ma mol – Das werden wir sehen

Es isch, wies isch – Ja mei – Klagen hilft nicht

Salli! – Servus! – Hallo! Tschüss! (Gruß- & Abschiedsbegriff)

THOMAS ERLE
DIE KAPELLE
ROMAN
GMEINER